Konstantin Helfrich

FEYN
Der Präsident
–

Teil Eins
Fehler

Welt K

IMPRESSUM

Bibliografische Information der Deutschen Nationalbibliothek: Die deutsche Nationalbibliothek verzeichnet diese Publikation in der deutschen National-bibliothek; detaillierte bibliografische Inhalte sind im Internet unter http://dnb.dnb.de abrufbar.

Lektorat: Melina Wendt (weltenzeilen)
Korrektorat: Eileen Altas (korrektoratia)
Cover & Buchsatz: Viktoria Bühling (covered_in_colours)

Bildnachweise Cover: stock.adobe.com | gopfaster, jonnysek, srckomkrit, Terablete

Herstellung und Verlag:
BoD – Books on Demand, Norderstedt

© Konstantin Helfrich
Alle Rechte vorbehalten.

ISBN: 9783757828455

FEYN

DER PRÄSIDENT I

KONSTANTIN HELFRICH

Für meine wundervolle
Mama Antonia

Teil Eins
Fehler

Kapitel

LOST LOVE

Unaufhaltsam schmetterte der Regen vom Himmel herab und überschwemmte die Straßen. Die Nacht war einsam, keine Scheinwerfer leuchteten in der Dunkelheit auf und niemand begegnete ihm auf seinem Weg durch die Finsternis.

Das Blut floss immer noch an seinen Armen hinab, so unnötig war es vergossen worden. Es war alles so sinnlos gewesen, es hatte nichts gebracht, und er hasste sich dafür. Das Wasser spülte das von seinen Fingerkuppen tropfende Blut davon und nahm es dankbar in den Fluten auf, die zwischen seinen Stiefeln dahinplätscherten.

Er probierte den Schmerz zu lindern, das brennende Gefühl in seinem Innern zu ersticken, er wollte diese Gefühle nicht mehr spüren. Sie zehrten an ihm. Zerrissen ihn, erstickten und ertränkten ihn immer wieder und wieder. Er wollte sie nicht mehr fühlen, konnte diese grausamen Qullen keine Sekunde länger ertragen. Er wünschte, sie würden ihn töten, er wünschte, sie würden es endlich beenden.

Doch sein Wunsch ging nicht in Erfüllung.

Er stolperte die Straßen entlang, die Hände an sein Herz gepresst, ein lächerlicher Versuch, das Leiden in seinem Innern zu beenden. Seine Kleidung war durchnässt und von seinen Haaren tropfte Wasser in sein ohnehin schon nasses Gesicht. Er lief los und während er rannte, flossen ihm Tränen aus den Augen. Seine Hände zitterten in der Kälte, doch es kümmerte ihn nicht. Der Schmerz war zu stark, zu grausam, er hatte aufgehört, seinen Körper zu fühlen. Wie eine Maschine bewegte er sich weiter vorwärts, um sein Ziel so schnell wie möglich zu erreichen: ein grau-weißes Hochhaus, in dem nur noch ein paar wenige Lichter in den Fenstern brannten.

Es war ein schlichtes Gebäude, von diesen Häusern gab es tausende in der Stadt. Die Wohnungen waren klein und billig. Meistens nicht so schön, doch man konnte es sich darin gemütlich machen. Er wusste das. Sie hatten es schließlich geschafft. Doch das war nicht das Hochhaus, in dem sie gelebt hatten, nein, das hier war ein fremdes. Er hatte es noch nie gesehen. Spontan hatte er es ausgewählt, nachdem seine letzte Hoffnung zerstört worden war, war das der einzige Ausweg.

Er weinte, als er die schwere Eisentür erreicht hatte. Das kalte Metall der Klinke brannte wie Feuer auf seiner Haut.

Feuer.

So unberechenbar und so grausam. Er kannte die Stärke der Flammen. Ein wimmerndes Geräusch drang aus seinem Mund, als er an das Feuer erinnert wurde, das Liam aus seinem Leben gerissen hatte.

Er brach die Tür auf und betrat das Treppenhaus, in dem es kaum wärmer war als draußen. Liams Gesicht erschien vor ihm und es versetzte ihm erneut einen Stich. Keuchend stieg er auf die erste Treppenstufe, die sich durch die häufige Nutzung gebogen hatte. Die Tür schlug hinter ihm zu.

Der Regen war nun nur noch ein Rauschen in weiter Ferne und es erinnerte ihn an den Fernseher, wenn er wieder einmal versucht hatte ihn zu bedienen. Er hatte es nie geschafft, Liam hatte sich über ihn lustig gemacht und den Fernseher mit ein paar einfachen Bewegungen zum Laufen gebracht.

Es waren immer Nächte wie diese gewesen, an denen sie sich Filme angesehen hatten, es war so schön gewesen, so friedlich. Er wünschte sich an einen dieser Abende zurück, in einen dieser Momente, doch es würde nicht genügen. Trotzdem würde ein Augenblick reichen, um all das, was er sagen wollte, zu sagen. Es würde genügen, um noch ein weiteres Mal Glück zu fühlen, um noch einmal die Liebe zu spüren, die ihm nun für immer verwehrt blieb.

Danach konnte er gehen, diese Welt verlassen, doch wenn er ihn nur noch einmal sehen, sein Lachen hören, sich an ihn lehnen und ihm sagen könnte, wie sehr er ihn liebte.

Doch es war nicht möglich, es war vorbei. All das Glück, all die Liebe für immer Vergangenheit, für immer verloren. Genau wie er.

Schneller und schneller eilte er die Stufen hinauf. Achtete nicht auf die Stimmen hinter den verschlossenen Türen, wollte ihre schönen Geschichten über Glück, Liebe und Freundschaft nicht hören, er wollte sie anschreien und sie für ihre Freude bestrafen. Er hätte es gekonnt, aber er tat es nicht.

Das Wasser tropfte auf den Boden, als er die Tür, die auf das flache Dach des Hauses führte, erreicht hatte. Er drückte die Klinke hinunter, doch nichts rührte sich. Die Tür war abgeschlossen. Er strengte sich nicht wirklich an, zog nicht einmal den Stab aus seinem Mantel.

Ein leiser Knall war zu hören, dann schwang die Tür auf, prallte gegen die Hauswand und ließ Putz auf den nassen Boden rieseln. Der Regen spritzte ihm ins Gesicht und sein Mantel wehte hinter ihm her wie ein gefangener, wild um sich schlagender Vogel. Als er auf das Ende des Daches zulief, spielte er in seinem Kopf einen Song ab, zu dem sie immer getanzt hatten. Sie hatten beide nicht tanzen können, es war mehr ein Umhereiern gewesen als richtiges Tanzen, doch er hatte es geliebt.

Er hatte *ihn* so sehr geliebt.

Der Kies knirschte unter seinen Füßen und als der Song in seinem Kopf das erste Mal den Refrain beendet hatte, hatte er das Ende des Daches erreicht. Er drehte sich um. Wie er erwartet hatte, wurde er beobachtet.

Im Schatten eines großen Schornsteins stand eine Gestalt, so starr wie eine Statue. Sie trug einen Hut, der einen Schatten warf und das Gesicht der Person unkenntlich machte. Die Gestalt regte sich nicht, nicht einen Millimeter, nur der lange Mantel, der ihr bis zu den Stiefeln reichte, wehte leicht im Wind.

Seine letzte Hoffnung war dahin, doch er hatte schon erwartet diese Kreatur hier zu sehen. Genau so, wie es in den Legenden stand. Er wandte sich ab und richtete seinen Blick gen Himmel. Versuchte sich ein Bild von Liam ins Gedächtnis zu rufen, er wollte seine Gedanken auf ihn richten und ihn sehen.

Hätte er noch einmal zurückgeblickt, hätte er gesehen, dass die Gestalt verschwunden war, genauso lautlos, wie sie aufgetaucht war.

Er schloss die Augen, sie brannten durch die Tränen.

Liam hätte das nicht gewollt.

Er trat einen Schritt nach vorne, über das Dach hinaus. Sein Fuß fand keinen Halt mehr und er stürzte hinab. Er fiel schneller als der Regen, sah durch seine geschlossenen Augen hindurch das Licht der Straßenlaternen, fragte sich, ob es wehtun würde. Er hoffte, es würde schmerzlos sein, er hoffte, sie würden sich jetzt wiedersehen.

Doch er schlug nie auf dem Boden auf.

Wie fühlt es sich an?
Es fühlt sich so an, als würdest du sterben, und nun ja.
Vielleicht tust du es sogar.
Vigrazorkegra grilveorl vliatep?

KAPITEL 1
THE BEGINNING

18. September 2002

Die Stufen der massiven Steintreppe, die zum Schulgebäude heraufführte, waren vereist. Ich rutschte immer wieder ab und konnte mich nur mit Mühe aufrecht halten, trotzdem nahm ich mir das Treppengeländer nicht zur Hilfe.

Während ich die Stufen hinunterlief, atmete ich die kalte Luft tief ein und versuchte, nicht mehr über die Prüfungsfragen nachzudenken. Wenn ich zu sehr darüber grübelte, verwechselte ich sie am Ende noch miteinander und machte mich nur verrückt. Deswegen schob ich die Frage in meinem Kopf, wer denn der älteste Präsident der Geschichte war, hinter das Buch, das ich gerade las. Es handelte von einem wahnsinnigen Magier, der seine Opfer auf sehr grausame Weise ermordete, während er vor der Regierung floh.

Ich hatte mir das Buch eigentlich nur gekauft, weil es von Steven Leuvs war, einem meiner Lieblingsautoren, und es sehr viele gute Rezensionen bekommen hatte. Leider hatte ich mich bisher noch nicht wirklich mit der Geschichte anfreunden können. Vielleicht überzeugte es mich noch in der zweiten Hälfte.

»Fal, warte doch mal!«, rief eine Stimme hinter mir.

Ich drehte mich um und sah Kara. Sie wedelte mit dem Arm, damit ich stehen blieb. Ihre lang gelockten schwarzen Haare wehten wie Seide hinter ihr her, während sie so schnell die

Treppe herunterlief, dass sie immer wieder ausrutschte. Sie verlangsamte ihr Tempo jedoch nicht und blieb erst abrupt stehen, als sie mich erreicht hatte.

Fast wäre sie nun doch hingefallen, aber sie bekam meinen Ärmel zu fassen. Als sie sich wieder hochzog, stieß sie mich beinahe die letzten Stufen hinunter.

»Hi.« Kara lachte und stellte sich wieder gerade hin.

»Hi«, sagte ich. »Ich dachte, ihr wärt schon längst weg.«

Kara nickte. »O ja, das waren wir auch fast.« Sie verdrehte die Augen. Wir machten uns auf den Weg nach unten. »Ich hab nur rumgetrödelt und dann wurde ich zum Aufräumen eingeteilt.«

Ich grinste. »Und wie lief es sonst so? Warum ist Lanee nicht auch dabeigeblieben? Sie lässt doch sonst keine Chance aus, zu helfen.«

»Stimmt. Aber Lanee hatte einen kleinen Nervenzusammenbruch und ist früher gegangen.«

»Ahh, das kann ich mir gut vorstellen.«

Kara schmunzelte.

»Aber bei mir lief es eigentlich ziemlich gut. Ich glaube, ich habe alles so weit richtig beantwortet, und der praktische Teil war, wie wir uns schon dachten, mega einfach.«

»Stimmt. War er echt.«

»Und bei dir?«

»Och, ja, ich denke, ich war okay.«

Kara seufzte erleichtert auf. »Ich bin jedenfalls zufrieden.«

»Solange wir kein schlechtes Gefühl haben, kann es nicht allzu schlecht sein.«

»Glaube ich auch«, sagte Kara. »Es sind immer nur eine Handvoll Schüler, die die Prüfungen nicht bestehen, die sind wirklich einfach. Apropos, ich habe noch mal die ganzen Broschüren und Flyer für die Ausbildung mitgenommen, die können wir uns dann irgendwann anschauen.« Sie wedelte mit ihrer Ledertasche umher.

»Es wird also wirklich ernst«, sagte ich und verzog leicht das Gesicht. »Worauf willst du dich spezialisieren? Was willst du mal machen? Wohin wirst du gehen? Das alles liegt noch in so weiter Zukunft für mich.«

»Für mich auch.« Kara seufzte. »Aber so lange hin ist es gar nicht mehr, Fal.«

»Ich weiß.«

Wir hatten nun die Prüfungen hinter uns. Wenn wir sie bestanden hatten – der Brief würde in den nächsten Tagen eintreffen –, würden wir mit der Ausbildung anfangen und alles über unsere Magie und Magie generell lernen. Wir würden die Zaubersprüche, die Flüche, Verwünschungen und Rituale, ob nun gut oder böse, studieren und uns dadurch einen Platz in der magischen Gesellschaft sichern.

Über wie viel Magie wir verfügten, würde sich erst in unserer Ausbildung zeigen. Dort lernte man, seine Magie zu entdecken und sie zu kontrollieren. Es gab eine Zeremonie zum Anfang der Ausbildung, bei der man sich mit verbundenen Augen einen Lehrer aussuchte, zu dem man eine besondere Verbindung spürte – deshalb wurden Lehrer auch Partner genannt.

Niemand hatte mir bisher wirklich gut beschreiben können, wie sich so eine Verbindung anfühlte, aber offenbar war es etwas, bei dem man sofort wusste, dass es richtig war. Man spürte so eine Verbindung dann, wenn die beiden Magien sehr gleich waren. Nur eine Person, deren Magie ähnlich oder genau gleich wie meine war, würde mich ausbilden können. Mein Onkel Illn hatte immer noch Kontakt mit seinem alten Lehrer, viele Leute verbrachten aufgrund der Verbindung ihr ganzes Leben zusammen. Das musste nicht heißen, dass sie sich liebten, aber das war durchaus schon vorgekommen.

»Mann, ich hoffe, ich finde meinen Partner überhaupt. Das wäre so peinlich, wenn nicht«, sagte Kara und strich sich nervös über die Stirn.

»Wir werden auf jeden Fall jemanden finden«, sagte ich, doch es lag Zweifel in meiner Stimme. Es gab immer wieder Leute, die ihren Partner nicht fanden und ihr volles Potenzial nie erreichen würden.

»Ich meine, auch ohne kannst du erfolgreich werden, nur wird alles sehr viel schwieriger und unberechenbarer. Viele Agenturen und Arbeitnehmer würden dich nicht mehr nehmen und mit dem bisschen, was du in der Schule lernst, kannst du ja nichts anfangen.« Kara klang nicht besonders zuversichtlich, als sie das sagte.

»Na ja, immerhin können wir schon kleine Dinge schweben lassen und Feuer entfachen.« Ich musste lachen, weil es mir so lächerlich vorkam. Gefühlt hatten wir in der Schule nichts über Magie gelernt.

»Ja, natürlich«, sagte Kara, die meinen Sarkasmus nicht beachtete. »Aber wäre es nicht furchtbar schade, durch die Welt zu gehen, ohne deine Magie vollständig zu entdecken, und tausend Dinge zu sehen, die du nie lernen kannst?«

»Doch, natürlich wäre es das«, sagte ich leise. Es war nicht nur schade, es war meine größte Angst.

Kara und ich hatten das Ende der vereisten Treppe erreicht, sie sah mich an.

»Schon komisch, jetzt zu gehen, oder?«

»Ja, finde ich auch«, sagte ich.

Wir drehten uns zu unserer Schule um. Es war ein wirklich beeindruckendes Gebäude. Eigentlich war es einmal nur eine gewöhnliche, recht große Hütte gewesen, doch nachdem immer und immer mehr Schüler und Schülerinnen gekommen waren, wurden weitere Hütten an und auf das erste Schulgebäude gebaut. So hatte es sich in die Höhe und Breite ausgedehnt. Einige Hütten, die über das Dach des ersten Schulgebäudes hinausragten, standen auf schmalen Stelzen, die hauptsächlich durch Magie gehalten wurden.

Eine schmale Treppe aus Stein und ohne Geländer führte von einer Hütte durch die Luft bis zur nächsten, die ganz oben auf Stelzen stand. Schwebend darunter lag ein Gang aus Glas. Hoch oben hatten wir immer gern Hausaufgaben abgeschrieben und geschwänzt. Es war so merkwürdig, es war der offensichtlichste Platz, aber erwischt wurden wir dort nie. Vielleicht dachten sich die Lehrer auch, dass es idiotisch wäre, wenn man etwas Verbotenes darin tat.

»Verrückt, wie die Zeit vergeht.«

»O ja.«

Eine Weile blieben wir noch stehen und betrachteten das Gebäude in der untergehenden Sonne, die den gläsernen Gang erleuchtete. Wir sahen Schüler darin herumrennen und für einen Moment wünschte ich mir, dass wir auch dort oben stehen würden. Der Moment verflog schnell.

* * * * *

Das nasse Gras durchweichte meine Schuhe, während wir uns vom Schulgebäude entfernten. In den Hütten neben uns brannte Licht, und wir hörten glückliche Stimmen.

Vereinzelt konnte man kleine Häuser zwischen den Hütten erkennen. Vor einer der Hütten, die neben einem solchen neumodischen Haus stand, schwebet ein Schild in der Luft, auf dem hieß es: *Aus Hütt' wird Haus. Verwandeln sie jetzt ihre alte Hütte in ein neues, sicheres Haus.* Dann veränderte sich der Schriftzug und das grinsende Gesicht eines Maklers erschien darauf, kurze Zeit später verwandelte sich der Hut des Maklers in ein steinernes Dach und der Mann lachte stumm auf dem Plakat und hielt sich den Bauch, dann wurde er wieder zu Schrift.

»Ich verstehe die Leute einfach nicht«, sagte ich. »Warum würde jemand so etwas tun? Warum wollen sie den Normalen so ähnlich sein?«

Kara klopfte auf das Plakat, das sich drehte und lautlos weiterlachte. »Hier steht es: Sicherheit. Das ist alles, was die Leute wollen. Das wollten sie schon immer, aber sie fürchten sich zu sehr, um es zuzugeben, deswegen verstecken sie es hinter Prunk und Modernität.«

Wir ließen den lachenden Makler hinter uns und traten aus der Gasse hinaus, von hier aus versperrten die Hütten nicht mehr den Blick auf das einzige Hochhaus von Ratrou.

Ich schenkte ihm schon lange keine Beachtung mehr und Kara sah es gar nicht mehr an, sie tat, als würde es nicht existieren. Mehrmals hatten wir uns schon über Touristen lustig gemacht, die Ratrou nur wegen der prunkvoll verzierten Marmorwände des Präsidentengebäudes besuchten und eifrig Bilder davon machten. Die drei Türme waren zwar wunderschön gebaut, doch sie waren keinen extra Besuch wert.

An einer Hüttenwand, an der wir vorbeiliefen, flatterte ein mit zwei Nägeln befestigtes, durchnässtes Papier im Wind. Merkwürdig, dass es nicht mit Magie in der Luft gehalten wurde. Es war ein Wahlplakat, auf dem unser momentaner Präsident abgebildet war. Fargrim Fillgert war ein erstaunlich gutaussehender Mann, er hatte helle braune Haare, einen perfekt gestutzten Dreitagebart und leuchtend grüne Augen, die mich aus dem Plakat heraus anstarrten. Ein kaum merkliches Lächeln war auf seinen Lippen zu sehen und erweckte einen freundlichen Eindruck.

Als Kara das Plakat entdeckte, wurde ihr Blick steinern. Sie stapfte darauf zu und riss es von der Hüttenwand. »Ich glaube einfach nicht, dass er immer noch zur Wahl steht.« Das Plakat in ihrer Hand qualmte zuerst und ging schließlich in Flammen auf. Sie warf es zu Boden.

Ich nickte, während ich auf die Reste des Plakates starrte. Die Wahlen waren bereits in vollem Gange, und alle Leute vermuteten, dass Fillgerts Amtszeit sich erneut verlängern würde.

Seit seiner ersten Wahl vor einigen Jahren hatte er alle anderen Wahlen gewonnen und hatte sich immer weiter an die Spitze gearbeitet. Schon zweimal war er zur Person des Jahres ernannt worden und hatte aufgrund seiner langen Regentschaft einige Orden und Medaillen verliehen bekommen.

Hier in Ratrou gab es wahrscheinlich niemanden, der Fillgert mehr hasste als Kara. Sie ballte die Hände zu Fäusten.

»Ich hasse ihn so sehr. Er hat meinen Vater grundlos auf die Erde verbannt!« Eine Stichflamme schoss von dem verkrumpelten Papier in die Höhe und erhellte ihr Gesicht. »Irgendwann werde ich ihn töten und meinen Vater retten.«

Ich hoffte, dass es nur Gerede war, weil wenn sie es wirklich plante, standen ihre Chancen nicht besonders gut. Allein ihre Kräfte waren denen des Präsidenten weit unterlegen.

»Warte bitte noch bis nach der Ausbildung«, sagte ich und grinste.

»Klar, wir müssen ja schließlich in Hochform sein.«

Ein Windhauch wehte mir die Haare aus dem Gesicht und ich schlang fröstelnd die Arme um meinen Körper.

Damals, als Karas Vater verbannt worden war, war das Wetter genau gleich gewesen.

Fast das ganze Dorf hatte sich in dieser Nacht vor dem Präsidentengebäude versammelt und einen Kreis um ihn herum gebildet. High von einer getrockneten Blauwurzel waren Stan und ich den Leuten gefolgt und hatten uns in der Menschenmenge wieder gefunden, die reglos auf Karas Vater gestarrt hatte. Niemand hatte etwas unternommen, als eine von Fillgerts Wachen vorgetreten, den Trank der Verbannung in seinen Mund geschüttet hatte und schnell von ihm weggetreten war, um nicht durch eine Berührung mit ihm zusammen verbannt zu werden. Kara war schreiend durch die Menschenmasse gerannt, ich hatte sie am Arm gepackt und sie war stehen geblieben, unsere Blicke hatten sich gekreuzt, doch als sie sich wieder umwandte, um ihren Vater zu sehen, war das zerdrückte Gras das Letzte, was an ihn erinnerte. Stumme Tränen waren über ihre Wangen gelaufen und sie war wieder zwischen den Leuten verschwunden.

Am Tag danach hatte sie sich in der Schule zu uns gesetzt. Sie hatte nicht viel gesagt, aber seit diesem Tag war sie meine beste Freundin.

Ich trat auf das Plakat und löschte so die Flammen. Kara funkelte mich wütend an. »Ich hätte es schon selbst ausgemacht!«

»Ich weiß, aber ich hatte keine Lust, weiter darauf zu warten.«

»Ich hasse dich«, sagte Kara, während sie mir folgte.

»Ich dich mehr.« Ich warf ihr eine Kusshand zu. Sie schubste mich ein wenig, als sie mich erreicht hatte. Dann sah sie auf ihre Uhr und stöhnte auf. »Den Zug bekommen wir natürlich nicht mehr.«

»War ja klar«, sagte ich genervt. »War es jemals anders?«

»Glaube nicht. Wir sind gefühlt nur dreimal mit dem Teil gefahren. Welchen Weg wollen wir nehmen?«

»Wald, oder?«

Kara nickte zustimmend. Am Wald entlang war es vielleicht nicht der kürzeste Weg, aber immerhin waren wir dort ungestört und das konnten wir nach den Prüfungen gut gebrauchen.

Kara und ich mochten den Wald sehr. Im Sommer verbrachten wir fast jeden Tag dort. Früher hatten wir immer irgendwelche Spiele gespielt oder Hausaufgaben gemacht. Nun saßen wir oft einfach herum. Manchmal tranken wir etwas, aber meistens redeten wir nur. Für die Prüfungen hatten wir auch oft dort gelernt. Irgendetwas hatte der Wald an sich, das das Merken der verschiedensten Trankrezepte leichter machte.

Nun, da es Herbst und merklich kühler wurde, verbrachten wir immer weniger Zeit dort. Wir hatten Glück, dass die Prüfungen nicht noch später geschrieben wurden. Dann wäre das Lernen nämlich um einiges schwerer geworden.

Während wir am Waldrand entlangliefen, spürte ich das allzu bekannte Gefühl, das Trauer und Angst ähnlich war. Es war ein beklemmendes Gefühl, ich spürte es meistens, wenn ich nicht damit rechnete, oft sogar, wenn ich glücklich war.

Doch oft kam es nachts in der Dunkelheit, allein, begann an mir zu nagen und hielt mich stundenlang wach, bis dann doch schließlich die Müdigkeit siegte. Es fühlte sich fremd an, als wären es nicht meine eigenen Schmerzen, die ich spürte, doch was könnte es sonst sein? Ein Therapeut hatte mir gesagt, es läge nur am Stress und an der vielen Arbeit in der Schule. Ich hatte ihm nicht geglaubt. Er hatte mir Tabletten verschrieben. Ich hatte sie täglich eingeworfen, jedoch hatten sie nichts gebracht und ich hatte aufgehört, sie zu nehmen. Ich war nicht noch einmal zu dem Therapeuten gegangen. Sah er das nun als Erfolg an?

Das Gefühl zeigte sich eigentlich eher selten oder kaum, wenn ich in Gesellschaft war. Nur manchmal, wenn sich der Abend dem Ende neigte und es Zeit war, zu gehen. Oftmals schnürte es mir die Kehle zu und das Atmen fiel mir schwer. Ich versuchte, es mir nicht anmerken zu lassen, doch hin und wieder erkannte Kara, dass etwas nicht stimmte.

Ich räusperte mich und probierte das Gefühl zu verdrängen. Ein Versuch, der schon so oft gescheitert war.

»Meinst du, Lanee darf heute überhaupt noch mal raus?«, fragte ich mit stockender Stimme.

Kara stöhnte auf. »Ohhhh. Es nervt mich so sehr.« Sie kickte einen Ast durch die Luft, er schlug gegen einen Baum und blieb dort am Stamm hängen, als würde er festgehalten werden. Der Baum würde ihn als neuen Ast dankbar annehmen.

»Sie sollte sich lieber mal nicht so anstellen. Sie ist achtzehn, sie kann machen, was sie will. Seit drei Jahren kann sie schon weg von ihren schrecklichen Eltern, aber sie tut es nicht. Sie darf sogar schon mit den Winden reisen und tut es nicht, weil ihre Eltern es verbieten. Das ist so dumm!« Sie verdrehte die Augen. »Sie sollte sich mal ein Beispiel an uns nehmen, wir hören auch nicht auf das, was unsere Eltern sagen.«

Ich lachte. »Du hast recht. Das mit den Winden nervt mich aber auch. Jeder wartet sehnlichst darauf und sie ignoriert es komplett. Einfach unfair.«

»Ich weiß.« Kara schüttelte den Kopf. Mit den Winden zu reisen, war die einfachste und schnellste Art sich auf Toverun fortzubewegen, doch für Minderjährige strengstens verboten.

Der Weg, den wir liefen, führte nun zwischen ein paar dünnen grünen Bäumen vorbei, deren Lianen wie in Zeitlupe nach uns griffen, deren schwere Blätter nach uns reckten und uns auf den Rücken klopften.

»Warum verbrennt man eigentlich seine Schulsachen?«, fragte Kara nach einer Weile. »Es ist doch einfach nur dumm.«

Ich nickte. »Es ist total bescheuert, keine Ahnung warum, aber wahrscheinlich hat es eine grausame Geschichte, an die wir erinnert werden sollen, aber es nicht werden, weil wir keine Ahnung haben, was diese Geschichte ist.«

»Bestimmt. Wahrscheinlich hat sich jemand grausam geopfert.«

»Mit Sicherheit. Es gab ein brutales Massaker und die Leute haben das Blut mehrerer Mächtiger getrunken, um ebenfalls mächtig zu werden.«

Kara lachte. »Schreib ein Buch darüber.«

»Das würde bestimmt ein Bestseller werden.« Ich lachte ebenfalls.

»Und endlich würden die Leute wissen, warum man Bücher verbrennt ... Ist das Stan?«

Ich sah auf. Im Schatten der Bäume kamen drei Gestalten auf uns zugelaufen. Im Näherkommen erkannte ich Stan, Lanee und zu meiner großen Freude (nicht) auch Ian Cutch, der hinter den beiden herlief und gerade in einem Ast hängen blieb.

Er lieferte sich einen kurzen Faustkampf mit dem Ast, um sich aus ihm zu befreien, nur damit er dann stolz und möglichst unauffällig weitergehen konnte, als wäre nichts passiert und als hätte er sich nicht absolut lächerlich verhalten.

Ich verstand nicht, warum Kara mit ihm zusammen war, irgendetwas musste er wahrscheinlich an sich haben, jedoch war ich noch nicht in den Genuss gekommen, dieses Etwas zu sehen.

»Er ist eigentlich ganz anders«, sagte Kara immer. »Ihr seid einfach nur sehr verschieden.« Jedenfalls hoffte ich für Kara und auch für mich, dass sie nicht mehr besonders lange zusammenbleiben würden.

Ian hatte immer noch einen Ast in seiner Jacke stecken. Bemerkt hatte er es noch nicht, aber er sah total bescheuert aus.

Er hatte sich wie fast alle Mitglieder seiner Clique die Haare abrasiert und trug eine Lederjacke, die ihm meiner Meinung nach viel zu klein war. Natürlich trug er auch noch einige andere Klamotten, aber es war nichts Erwähnenswertes dabei.

Lanee beschleunigte ihre Schritte und umarmte erst Kara, dann mich. Vor ein paar Wochen hatte sie sich ein Pony schneiden lassen, ihre Mutter hatte offenbar einen halben Nervenzusammenbruch deswegen erlitten, darum gefiel mir ihre neue Frisur noch besser.

Lanee hüllte sich in einen langen dunkelbraunen Mantel, sie hatte ihn fest zugebunden und er schaffte es fast, leider nur fast, ihre furchtbaren Turnschuhe zu verbergen.

Ich hasste diese Schuhe wirklich sehr.

Wahrscheinlich verbrachte ich zu viel Zeit damit, Dinge zu hassen, die ich nicht hassen sollte. Aber diese Schuhe …!

Ich roch ihr Parfum, das ich nur allzu gut kannte. Wir hatten es vor ein paar Jahren aus einem Laden gestohlen, in dem wir nun Hausverbot hatten, und sie benutzte es seitdem fast jeden Tag. Das war wirklich eines der besten Parfums, die es je gegeben hatte.

Stan klopfte mir auf die Schulter, seine gläserne Hand war noch kälter als sonst. Während mir ein Schauer den Rücken hinunterlief, konnte ich kleine Schneeflocken in seiner anderen Hand sehen. Das hatte mich schon bei unserer ersten Begegnung, als wir noch Kinder waren, fasziniert.

Da er ein Glasmensch war, hielt er sich immer fern von Trubel und Menschenmassen und streifte lange durch den Wald. So hatten wir uns damals kennengelernt und er war mein erster richtiger Freund geworden.

Früher hatten wir jeden Tag stundenlang irgendwelche dämlichen Dinge unternommen.

Ich merkte, dass wir uns nach und nach immer mehr voneinander entfernten. Wahrscheinlich würde das mit der Zeit nicht besser werden, aber so war das nun mal und meistens konnte man auch nichts dagegen tun.

Vielleicht würden wir noch nicht einmal zusammen die Schule abschließen, denn keiner von uns war sich sicher, ob Stan an den Prüfungen teilgenommen hatte. Leider hatte er seine *Ist mir alles scheißegal und es bringt eh alles nichts*-Haltung seit Beginn der Schule noch nicht abgelegt. Eigentlich war es ein Wunder, dass er noch nie sitzen geblieben war. Na ja, wir hatten ihn auch oft genug abschreiben lassen.

»Na, wie geht's dir?«, fragte Stan. Er klopfte mir immer noch auf die Schulter.

»So weit ganz gut.«

»Wie liefen die Prüfungen?«, fragte Lanee ein wenig außer Atem.

»Ganz gut, würde ich sagen.« Ich war nicht in der Stimmung, eine Konversation zu führen, und wusste nicht einmal, warum.

»Und deine?«

»Ach, komm schon, Feyn«, maulte Ian und küsste Kara kurz auf den Mund. »Anlügen kannst du dich auch allein. Hier weiß jeder, dass du die Prüfungen komplett versaut hast.«

Ich warf ihm eine Kusshand zu und Kara stieß ihn an. »Hör auf mit so was.«

»Okay, okay, sorry.« Ian grinste mich an.

Wie sehr ich ihn doch hasste, er war das lästige Insekt, das man versuchte, aus seinem Zimmer zu bekommen, das aber ständig gegen die Scheibe anstatt aus dem Fenster flog.

Mit etwas Glück war er es, der die Prüfungen nicht bestanden hatte, und ich war ihn los. Aber Glück ist nicht das Wort, mit dem ich diese Geschichte in irgendeiner Weise beschreiben würde.

»Ich hoffe, ihr habt nicht *die Mächtigen* bei der Frage, wer die größten Feinde der Magier sind, angegeben«, sagte Ian und kicherte.

Stan verdrehte die gläsernen Augen. »Es sind trotzdem Feinde der Magier gewesen.« Er schnaubte.

»Aber die Mächtigen wurden schon vor hunderten von Jahren ausgelöscht«, sagte Lanee kopfschüttelnd. »Wenn, dann waren die Magier die Feinde der Mächtigen. Aber ich bin mir ziemlich sicher, dass die richtige Antwort *die Slonks* gewesen wäre.« Sie sah sich in der Runde um und warf mir einen scheuen Blick zu. Wie jedes Mal, wenn sie die Slonks erwähnte.

Es nervte mich so langsam. Nur weil sie meine Eltern getötet hatten, hieß das nicht, dass ich jedes Mal einen Nervenzusammenbruch erleiden würde, wenn man sie erwähnte. In der Schlacht der Drachen waren viele Leute gestorben, nicht nur meine Eltern.

»Wenigstens hast du mitgeschrieben«, sagte ich an Stan gewandt. Er grinste, doch wirkte sehr unglücklich dabei.

»Es gibt trotzdem tausend verschiedene Wesen, die sich der dunklen Magie zugewandt haben und sie ausüben«, erwiderte er dann. »Über viele weiß man nicht mal Bescheid.«

»Ja, Stan, aber man sollte trotzdem die momentanen größten Feinde der Magier nennen. Aber keine Sorge, Feyn hat auch die Mächtigen aufgeschrieben.« Ian lachte laut auf. »Oder etwa nicht?«

Ich zuckte die Schultern. »Keine Ahnung.«

Ich wusste, dass ich die Frage richtig beantwortet hatte, aber ich hatte keine Lust mehr, mit Ian darüber zu diskutieren.

»Es sind aber auch viele Fragen, da kann man schon mal verwirrt sein«, sagte Stan.

»Ja, natürlich. Aber bestimmt war es nicht schlimm.« Lanee klopfte auf seinen Arm und sah dann zu Boden. Jetzt fing sie an, sich Gedanken über die Prüfungen zu machen. Na super, das schien ja ein spaßiger Abend zu werden.

Ian hielt seine Schultasche in die Höhe. Er grinste.

»Seid ihr bereit?«, fragte er in die Runde.

»Ja, Mann.« Stan schlug bei Ian ein. Beinahe hätte ich mich deswegen übergeben. »Na, dann los.« Die beiden verschwanden zwischen den Bäumen. Kara wandte sich zu mir und verdrehte die Augen, dann folgte sie Ian und Stan.

»Verstehst du das mit dem Verbrennen?«, fragte Lanee mich.

»Nein«, sagte ich wahrheitsgemäß.

Sie hatte ihre Schultasche natürlich nicht dabei, aber was hatte ich auch erwartet.

»Meine Eltern haben mir nur erlaubt, so rauszugehen«, sagte Lanee, als hätte sie meine Gedanken erraten.

»Lass uns endlich mal eine kleine Hütte suchen.« Während ich das sagte, wusste ich nicht einmal, ob ich das wirklich wollte. »Das haben wir schon länger vor.«

Nein, ich konnte mir nicht vorstellen, mit Kara und Lanee oder sogar nur mit Lanee in einer Hütte zu wohnen. Außerdem hatte Lanee sowieso Angst, auszuziehen.

Sie wusste nicht, wie sie ohne ihre Eltern zurechtkommen würde. Ich war der Meinung, es würde ihr nur guttun. Wir würden ja nicht mal weit wegziehen, vielleicht würden wir sogar in Ratrou bleiben oder in einem Nachbardorf. Harmloser ging es wirklich nicht. Aber ich sollte meine Entscheidung, umzuziehen, nicht von Lanee oder Kara oder sonst jemandem abhängig machen.

»Fal. Wir haben beide keinen Job. Wir haben niemals genug Geld dafür.«

»Ich habe einen Job«, sagte ich fast schon stolz. »Du weißt doch, bei Ms. Bobbles.«

»Das reicht trotzdem nicht«, murmelte Lanee.

Leider hatte sie recht, im Buchladen die Regale abzustauben und Bücher ein- und auszusortieren, war zwar ein sehr entspannter Job und Ms. Bobbles war die beste Chefin, die man sich vorstellen konnte, aber ich verdiente damit nur wenig.

Trotzdem würde es genügen, wenn Lanee sich auch einen Job suchte, gemeinsam könnten wir die Miete bezahlen.

»Besser als nichts«, seufzte ich, da ich keine Lust hatte, sie wieder einmal zu fragen, warum sie sich denn keinen Job suchte. *Es ist zu stressig, meine Eltern wollen das nicht, das schaffe ich von der Zeiteinteilung niemals.* Das waren die Lieblingsargumente. Am Anfang hatte ich es noch verstanden, doch nun störte es mich einfach nur.

Ich wollte nicht über dieses Thema reden und ärgerte mich über mich selbst, da ich damit angefangen hatte. Ungeschickt sprang ich über eine Wurzel, die mich sonst noch durch die Gegend geschleudert hätte. Wurzeln haben ihr ganz eigenes Leben und mögen es manchmal nicht so gerne, wenn man auf sie steigt.

»Wo bleibt ihr denn?«, rief Kara weit vor uns.

»Wir kommen!« Ich grinste Lanee zu.

Sie sah mich schon wieder traurig an. »Ich hoffe, ich hab die Fragen alle richtig.«

»Natürlich hast du das.« Ich legte meinen Arm um ihre Schulter. »Bald schon fangen wir mit der Ausbildung an und können Ian endlich in eine Echse verwandeln.«

»Hoffentlich. Apropos Echsen, hast du alles über die Drachen aufgeschrieben? Ich hab das Gefühl, ich habe alles weggelassen.« Sie raufte sich die Haare.

»O Lanee. Über die Drachen haben wir seit der dritten Klasse nichts mehr gelernt, weil wir alles wissen. Die Slonks haben uns angegriffen, die Drachen haben sie vertrieben, die Schlucht gezogen und sind verschwunden. Mehr gibt es nicht.« Ich lachte. »Die Drachen haben nie viel mit den Menschen interagiert. Deswegen gibt es nicht viel zu berichten. Und du wirst auf jeden Fall bestehen.«

Lanee nickte und lächelte. »Ich mache mir nur zu viele Gedanken.«

»Wie immer, und jetzt vergiss die Prüfungen, komm!« Wir folgten den Stimmen unserer Freunde und standen schließlich auf einer kleinen Lichtung, die wir als einen unserer Treffpunkte festgelegt hatten.

Der Wald war einer meiner Lieblingsorte, nichts war friedlicher denn das Rascheln der Blätter und der Geruch, der so nirgendwo anders zu finden war. Beides beruhigte auf ganz eigene Weise. Oft saß ich hier im Wald und las ein Buch, ungestört, versunken in einer Geschichte, beherrscht von der Traurigkeit, die hier so viel leichter zu ertragen war. Ich wusste nicht, warum.

Früher hatten wir jeden Tag einen neuen Abschnitt des Waldes erkundet, jetzt kannten wir die schönsten Plätze und hatten einige zu unseren festen Treffpunkten ernannt.

Diese Lichtung war schön, doch es war nicht mein Lieblingsplatz, sie war zu nah am Waldrand und man war nicht so ungestört wie an einigen anderen Plätzen. Die Bäume des Waldes waren von dichtem grünem Moos überwuchert, das auch auf dem Boden wuchs und jeden Schritt abfederte. Die Leute sagten, es fühlte sich so an, als würde man auf Wolken laufen. Ob das stimmte, wusste ich nicht. Ich war noch nie auf Wolken gelaufen.

Unter dem Moos leuchteten einige Wurzeln hell auf und bewegten sich hin und her, um in eine bequemere Position zu gelangen. Wenn es dämmerte, so wie jetzt, dann schwebten kleine Glühwürmchen durch den Wald und tauchten ihn in ein goldenes Licht, das hin und wieder von den Wassertropfen, die sich auf den Blättern gebildet hatten, widergespiegelt wurde. Oftmals hatte ich mir eingebildet, das Spiegelbild eines Grarvell in den Tropfen zu erkennen, doch sicher sein konnte ich mir nie. Die kleinen, feenartigen Geschöpfe schwebten und sprangen mit ihren gebrechlich wirkenden Körpern durch den Wald, wie Blätter, zwischen denen sie sich so gut tarnen konnten.

Auch jetzt berührte ich wie hypnotisiert den silbrig glänzenden Staub, den die Grarvell in ihrem wilden Tanz verteilten. Dieser Staub wurde oftmals zu Drogen verarbeitet, da ich aber keine Lust hatte, high zu werden, ließ ich den Staub zurück auf die Wiptablumen fallen.

»Alles gut, Fal?«

Kara war wieder zu mir gestoßen. Die anderen hatte ich völlig vergessen.

»Was? Ja, was soll denn sein?«

»Keine Ahnung!« Kara zuckte mit den Schultern. »Deswegen frage ich dich ja.«

»Hab nur nachgedacht«, erwiderte ich leise. Ich wollte nicht, dass Ian es hörte und sich einen weiteren Spaß dazu erlaubte. Er hatte es trotzdem gehört, war aber anscheinend zu beschäftigt damit, den Inhalt seiner Tasche auf den Boden zu schütten, als sich einen dämlichen Kommentar auszudenken. Mir war kalt, am liebsten wäre ich nach Hause gegangen. Durch die Prüfungen waren meine Nerven ohnehin schon am Ende und wen kümmerte schon diese dämliche Tradition? Wahrscheinlich würden wir die Bücher noch einmal brauchen. Bestimmt war es nur ein Trick, damit wir mehr Geld ausgaben, wenn wir uns die Bücher noch mal kaufen mussten.

»Das ist doch perfekt.« Ian betrachtete stolz seinen schön säuberlich aufgereihten Stapel an Büchern und Heften.

»Hm«, machte ich und warf meine gesamte Tasche auf den Haufen. Eine neue Tasche hatte ich mir bereits gekauft, ich würde nichts an dieser hier vermissen.

Stan warf ebenfalls seine gesamte Tasche auf den Stapel und Kara schüttete den Inhalt ihrer darauf. Lanee legte eine Hand voll Laub auf den Stapel. »So brennt es besser.«

Ian holte ein Feuerzeug aus seiner Jackentasche, er zündete ein paar Seiten eines dicken Buches an. Ich lachte, als ich den Titel las: *Erste magische Fähigkeiten*. Eines der ersten Kapitel darin erklärte, wie man Feuer ohne Feuerzeug entfachen konnte. Kara und ich grinsten uns an. In so etwas hatten wir uns schon immer verstanden.

Ian warf das Buch auf den Stapel und während das Feuer die Seiten zerfraß, hörte ich ein Rascheln hinter mir. Ich drehte mich um und sah in das Gesicht eines jungen Skwiirrlls. Es sah mich mit seinen dunklen braunen Augen an und streckte mir eine Haselnuss mit den zierlichen Pfoten entgegen. Sie wirkte viel zu groß in den winzigen Krallen dieses eichhörnchenähnlichen Geschöpfs.

Skwiirrlls waren kleine Wesen, die in den Wäldern von Toverun zuhause waren. Sie hatten allesamt unterschiedliche Fellfarben, manchmal konnte man daran erkennen, zu welchem Stamm sie gehörten oder welches das Anführer-Skwiirrll war. Die häufigste Farbe war braun-rötlich, meistens mit einem silbrigen Schimmer darin. Ich hatte sogar schon einmal ein blaues gesehen, wahrscheinlich gab es in jeder Farbe eines.

Sie waren sehr liebe, friedliche Kreaturen, die man auch als Haustiere halten konnte, trotzdem sollte man das nicht tun, da sich dadurch die Lebensdauer eines solchen Geschöpfes drastisch verkürzte. Skwiirrlls lebten in Kolonien miteinander, sie bauten sich Nester in den Bäumen und boten vorbeigehenden

Leuten und Wanderern immer eine Nuss, eine Beere oder sonst irgendetwas in der Art an. Man sollte dieses Geschenk auf jeden Fall annehmen, wenn man es ablehnte, waren Skwiirrlls sehr schnell verletzt und wurden aggressiv. Es war eine Beleidigung an ihnen und an ihrer Arbeit, wahrscheinlich sogar an ihrer gesamten Familie.

Nach einer Ablehnung wurde ein Kampfschrei ausgerufen und die Person angegriffen. Durch den Schrei wurden die anderen Skwiirrlls angelockt und fingen ebenfalls an, die Person zu attackieren. Ein paarmal hatte es schon Todesfälle gegeben, zum Glück nur selten. Aber ganz ehrlich, warum würde man das Geschenk der Skwiirrlls ablehnen? Sollte man überleben, glaubte ich kaum, dass man noch einmal denselben Fehler begehen würde.

Das Skwiirrll hatte gold-braunes Fell und schien mich anzulächeln, während es mir die Nuss hinhielt und schnupperte. Ich kannte dieses Skwiirrll, es war mir schon mehrmals begegnet. Es war noch recht jung und ich glaubte nicht, dass es schon viele Menschen vor mir getroffen hatte, wenn überhaupt.

Nicht so viele Leute gingen in den Wald, ich hatte nur selten irgendjemand anderen getroffen. Wenn Leute hierherkamen, hielten sie sich eher auf den Waldwegen. Ich streifte lieber weglos durch den Wald.

Ich streckte meine Hand aus, das Skwiirrll krabbelte darauf und legte die Nuss hinein. Lächelnd sah ich es an und das Skwiirrll lächelte zurück, jedenfalls bildete ich mir das ein. Es kletterte an meinem Jackenärmel empor und kuschelte sich an meiner Schulter zusammen, dort begann es leise zu schnurren. Ich streichelte behutsam über das weiche Fell, dann knackte ich die Nuss und steckte mir ein Stück in den Mund.

»Aww, ist das süß«, flüsterte Lanee und kam zu mir hinübergelaufen. Voller Liebe betrachtete sie das kleine Wesen.

Auch Kara war zu uns getreten.

»Es ist ja noch ganz jung.« Sie streichelte dem Skwiirrll über den Kopf. Es stieß ein zufriedenes Schnurren aus.

»Ich hab es schon ein paarmal gesehen, wahrscheinlich kennt es Menschen noch nicht wirklich und ist deswegen so zutraulich.«

»Daran hat bestimmt niemand sonst gedacht, Feyn!«, zischte Ian offensichtlich furchtbar genervt.

Ich versuchte, ihn zu ignorieren, was schwierig war, denn er sagte: »Außerdem sollte man keine Viecher aus dem Wald auf seine Schulter nehmen!« Er hob einen kleinen Ast vom Boden auf und warf es nach dem Skwiirrll, na ja, eher nach mir, da das Skwiirrll ja schließlich auf mir saß.

Ich riss meine Hand in die Höhe, der Ast flog zur Seite und das Feuer vor Ian schlug nach ihm aus. Er schrie auf, seine Jacke hatte Feuer gefangen und er schleuderte sie von sich.

»Spinnst du?«, schrie er mit ungewöhnlich schriller Stimme. Ich musste mir ein Lachen verkneifen, doch durch meine schnelle Handbewegung war das Skwiirrll aufgeschreckt und davongesprungen.

»Was sollte das denn?«, rief Kara. Sie sah uns wütend an, dann schnappte sie sich ihre Tasche und stampfte davon.

Ian sah mich wutentbrannt an, ich zuckte mit den Schultern und er lief ihr hinterher. »Kara!«, rief er, doch als er sie erreicht hatte, schlug sie seinen Arm weg.

»Nein, lass mich einfach, Ian. Ich bin so angepisst davon, dass ihr jeden einzelnen Moment kaputt machen müsst. Es ist so ätzend. Ihr kotzt mich an!« Sie warf mir einen wütenden Blick zu, dann beschleunigte sie ihre Schritte und war schon bald zwischen den Bäumen verschwunden.

»Toll gemacht, Feyn.« Ian funkelte mich an, dann folgte er Kara, seine rauchende Jacke schleifte er hinter sich her.

Ich hätte gern etwas gesagt, um ihm zu erklären, dass ich in diesem Moment nicht das Problem war, doch er hätte es sowieso nicht verstanden, dafür wollte ich meine Zeit nicht verschwenden.

»Ihr versteht euch echt super«, stellte Stan fest. Am liebsten hätte ich ihn geschlagen.

»Ach was.«

Lanee sagte nichts, sie sah in die Bäume hinauf und hielt nach dem Skwiirrll Ausschau. »Es wird nicht wiederkommen«, sagte ich. »Mit etwas Glück sehen wir es die Tage noch.«

»Gehen wir noch zum Diner?« Stan sah uns hoffnungsvoll an. Eigentlich wollte ich nur noch nach Hause, ich hatte überhaupt keine Lust, den Rest des Tages im Diner zu verbringen.

»Klar, warum nicht.« Wenn ich jetzt nach Hause ging, war Stan wieder für die nächsten drei Monate so verletzt, dass er nicht mal aus seinem Bett aufstehen konnte.

Es kotzte mich so furchtbar an. Ich trat auf die glühenden Buchseiten. »Das hat sich ja total gelohnt.«

KAPITEL 2
FRIES

18. September

Lanee, Stan und ich machten uns auf den Weg zum Diner. Als wir aus dem Wald herausliefen, wurde es schlagartig kälter.

»Sollten wir Kara nicht noch fragen, ob sie mitkommen will?«, fragte Lanee.

»Sie will jetzt eh nicht mehr«, grummelte Stan. Er hatte wahrscheinlich recht, aber ich hätte sie gerne dabeigehabt.

An den Hütten und Laternenpfosten, an denen wir vorbeikamen, hingen weitere Wahlplakate für Fillgert. Tatsächlich hatte ich kaum Plakate von seinem Gegner gesehen, davon gab es nur ein paar, vielleicht hatte Fillgert sie überkleben lassen oder so etwas. Bestimmt hätte ich öfter darüber nachdenken müssen, wie beunruhigend das alles tatsächlich war.

Offenbar war es auch nicht wirklich wichtig, wer sein Gegner war, Fillgert würde sowieso wieder gewinnen, da war sich mein Onkel Illn ganz sicher.

Ich wusste nicht, was ich über all das denken sollte, ich wollte keinen Krieg und wie Fillgert vieles regelte, schien kein schlechter Weg zu sein. Natürlich waren einige seiner Methoden extrem, die Zunahme der Verbannungen zum Beispiel, doch es hatte dafür keine größeren Verbrechen oder Schlachten gegeben. Wenn man bedachte, dass die Schlacht der Drachen nur 16 Jahre zurücklag, war das beeindruckend. Jedenfalls hier.

Natürlich konnte man das Verbannen der Leute als Verbrechen ansehen, dann war der Präsident ja höchstpersönlich der Übeltäter. Bestimmt gab es auch einige Dinge, von denen man nicht wusste, dass sie passierten, und die ganz besonders unschön waren. Vielleicht herrschte auch schon längst ein Krieg, von dem wir nur hier noch nichts erfahren hatten.

So genau wollte ich das gar nicht wissen.

Wir hatten Ratrou erreicht, ein schmaler, gepflasterter Weg führte zwischen den Hütten hindurch und zweigte in mehrere verschiedene Richtungen ab.

»Lasst uns nicht an meiner Hütte vorbeilaufen.« Lanee zog uns zur Seite. Ich verstand sie nur zu gut, wenn ich solche Eltern hätte, würde ich auch einen großen Bogen um meine Hütte machen.

Wir betraten eine gewundene Gasse, liefen eine kleine Treppe hinauf und huschten an den anderen Hütten vorbei. Kurz bevor wir den Diner erreichen konnten, hielt Stan uns zurück.

»Ey, Leute, wartet mal!«, rief er und wir drehten uns zu ihm um. Stan zog etwas aus der Innentasche seiner Jacke. Es war eine Kamera. Er machte ein Foto von uns. Lanee hielt sich die Hände vors Gesicht.

»Cool«, sagte ich. »Ist das die neue?«

»Jaaa!« Stan strahlte. Die Kamera war grau und hatte sicherlich Stans ganzes Taschengeld gekostet.

»Sie ist echt super, wollte sie euch schon früher zeigen, aber hatte es eben vergessen. Habe sie seit gestern und bin die ganze Zeit nur am Bildermachen.«

»Das ist echt schön«, sagte Lanee.

»Ich will ein Album erstellen. Komm, bleibt so stehen.« Er bewegte seine Hände, um uns zu zeigen, dass wir uns zusammenstellen sollten.

»Ein Album?«, fragte Lanee, während wir uns vor den Neonlichtern des Diners positionierten.

»Ja, ich will jeden Tag festhalten. Habe von früher noch Bilder, wisst ihr noch die Kamera, die kaputt gegangen ist?«

»Klar.« Ich grinste. Stan hatte mehrere Jahre lang tausende Bilder gemacht, doch vor ein oder zwei Jahren war seine Kamera kaputt gegangen und er hatte aufgehört. Offenbar fing jetzt die Fotophase wieder an.

Lanee strahlte in die Kamera und ich versuchte, auch zu lächeln und dabei immer noch gut auszusehen. Ich mochte es nicht sonderlich, wenn ich lächelte. Fotos von mir gefielen mir nur selten.

»Super«, sagte Stan und steckte die Kamera wieder in seine Jackentasche. »Weiter geht's.« Wir betraten den nach Pommes riechenden Diner.

Es war nicht besonders viel los, nur ein paar Teenager, die ich nicht kannte, saßen laut lachend in einer Ecke und bemerkten uns nicht einmal. Unser Stammtisch war noch frei, also lief ich darauf zu und setzte mich in die hinterste Ecke, dort war es am gemütlichsten.

»Ohhhh, hiiiii«, rief eine Stimme, die wir nur allzu gut kannten. Enna kam auf uns zugerannt. Ihre rot-braunen Haare wehten hinter ihr her.

Sie war ein sehr fröhlicher Mensch, im Unterricht war sie manchmal vielleicht ein bisschen überdreht, doch wenn man sie etwas besser kannte, war es wirklich schön mit ihr.

Sie war die Tochter eines reichen Geschäftsmannes, den niemand wirklich kannte, und eigentlich musste sie nicht hier im Diner arbeiten, Geld bekam sie von ihren Eltern genug. Doch sie tat es trotzdem, wahrscheinlich hatte ihre Mutter sie dazu gebracht. Der Diner gehörte ihrem Onkel, also war es vermutlich einfach gewesen, den Job zu bekommen.

Ich wusste, dass sie Model oder Schauspielerin werden wollte, eigentlich egal, Hauptsache schön und berühmt. Sie hatte sogar schon an einigen Shows teilgenommen, heimlich natürlich.

Das hatte sie mir einmal betrunken auf einer ihrer Partys erzählt, doch ihre Eltern wollten nicht, dass sie Model oder Schauspielerin wurde – etwas, das kein »richtiger Beruf« war, wollten sie nicht für ihre Tochter.

Ich fand das ziemlich bescheuert von ihren Eltern. Sie war sehr traurig, dass ihre Eltern sie nicht unterstützten, und hatte auf der Party geweint, doch daran erinnerte sie sich nicht mehr, zumindest hatte sie das danach nie wieder erwähnt.

»Wie geht's euch, Leute?«, fragte Enna und stützte sich am Tisch ab. »Wie liefen die Prüfungen bei euch?«

»Es war okay. Lief ganz gut. Und bei dir?«, sagte ich.

»Das freut mich mega«, sagte sie. »Bei mir war's auch okay.«

»Bei uns auch.« Stan schwenkte ungeduldig die Speisekarte umher, damit er endlich bestellen konnte. Enna ignorierte ihn.

»Das ist so super, ich sag's euch, Leute. Also, wie immer bei euch?«

»JAA«, sagte Stan und legte seine Speisekarte auf den Tisch zurück.

Enna verdrehte die Augen und eilte davon, um uns unser Essen zu bringen.

»Du kannst ruhig etwas netter zu ihr sein, Stan.«

»O Mann, entspann dich. Sie versteht das schon.«

Nachdem Enna verschwunden war, wusste niemand so recht, worüber wir jetzt reden sollten. Schweigen herrschte, während ich mit einem Messer ein Gesicht in den Tisch schnitzte.

Mit Stan und Lanee war es schwierig zu reden – wenn Kara dabei war, war es immer sehr viel einfacher. Wir hatten immer etwas, über das wir reden konnten, und Lanee konnte immer miteinsteigen, aber mit Stan war es schwierig.

Seit einiger Zeit wollte Lanee ihm gegenüber nichts Falsches sagen, was zur Folge hatte, dass sie gar nichts mehr sagte. Das war ziemlich nervig, doch auch Stan und ich hatten keine wirklichen Themen mehr, über die wir reden konnten.

»O nein«, sagte Lanee schließlich und ich und Stan sahen auf. Die Tür war klingelnd aufgeschwungen und Bryce, Roger und Blair hatten den Laden betreten.

Sie waren Teil der Clique, der auch Ian angehörte. Niemand mochte diese Clique, trotzdem war sie aus irgendeinem Grund ziemlich beliebt. Wahrscheinlich weil sie immer Gratisstoff auf Partys verteilten. Ich glaubte nicht, dass irgendjemand diese Leute vermissen würde, wenn sie verschwänden, wie traurig so etwas doch sein musste.

Ich hasste diese Leute so sehr, sie waren so unnötig in meinem Leben vorhanden. Aber wenn ich ehrlich war … Wären sie nicht da, über wen sollte ich mich dann schon aufregen? Wenigstens einen Zweck hatten sie.

»Ey, Enna!« Bryce winkte durch den ganzen Laden. Er hatte sich genau wie Ian und Roger die Haare komplett abrasiert, sein Kinn sah deswegen sehr viel größer aus als sein restlicher Kopf. Es hatte mich schon öfter laut zum Lachen gebracht, warum ließ er sich nicht einfach die Haare wieder wachsen? Es raubte ihm das letzte bisschen Persönlichkeit, die er ohnehin noch nie gehabt hatte.

Er trug genau wie all die anderen Mitglieder ihrer Gang eine zu enge Lederjacke, auf die das Symbol ihrer kleinen Gruppe eingestickt war. Aus vertraulichen Quellen wusste ich, dass Bryce etwa noch dreißig Stück davon bei sich im Keller hatte, weil er eigentlich gedacht hatte, jeder wollte Mitglied seiner Gruppe sein. Na ja, das wollte eben niemand und so hatte er noch dreißig Ersatzjacken, von denen sich Ian bestimmt bald eine nehmen konnte, weil seine ja verbrannt war. Sehr praktisch.

Enna stellte das Essen bei uns ab und rollte an mich gewandt mit den Augen, dann schlenderte sie zu Bryce und den anderen hinüber. Sie umarmte kurz Blair und nahm dann ihre Bestellungen entgegen.

Lanee hatte sich auf ihrem Sitz zusammengekauert. »Es sind doch nur dumme Kinder«, sagte ich zu ihr. »Ignoriere sie einfach.« Ich war sehr genervt, dieser Abend verlief nicht nach meinem Geschmack.

»Ich weiß nicht, wie«, jammerte Lanee. »Ich will nicht, dass sie irgendwas sagen.« Lanee, Kara und ich waren schon immer diejenigen gewesen, die besonders gerne von Bryce und den anderen runtergemacht wurden. Wir waren laut Blair einfach »supertotalkomisch« und das reichte offenbar als Grund. Sie waren so einfallsreich.

Natürlich war auch der Fakt, dass Kara und ich keine Eltern und Lanee grausame Eltern hatte, ein Anlass, sich über uns lustig zu machen. Da hielt sich Bryce jedoch ein wenig zurück, weil auch er keinen Vater mehr hatte. Der hatte ihn und seine Mutter für seine Sekretärin verlassen und war verschwunden. Um ganz ehrlich zu sein, bei Bryce als Sohn war ihm die Entscheidung bestimmt nicht sonderlich schwergefallen. Bryce hatte uns schon beim Reinkommen bemerkt und schlurfte jetzt zu uns herüber.

Lanee stöhnte auf und versteckte sich hinter ihrem großen Pappbecher.

»Feyn«, sagte Bryce grinsend. »Hab dich gar nicht gesehen von da drüben.«

»Schön.« Ich lächelte Bryce breit an.

»Na, wie geht's dir, Fally?« Er strich sich über sein Kinn, offenbar dachte er stark nach.

»Mir geht's ganz wunderbar«, sagte ich. Ich wünschte, er würde sich einfach wieder verpissen. Er hätte mit seinem Vater verschwinden sollen.

»Ah, wie schön. Hast also mal wieder deinen Onkel gefickt?«

Bryce lachte laut auf, er fragte mich das fast jeden Tag, es wurde langsam wirklich langweilig, konnte er sich nichts Neues überlegen?

»Nein, heute nicht, dein Vater bringt's ja auch noch ziemlich gut ... oh ... warte.«

Bryce' Gesicht lief rot an vor Wut, mein Mächtiger, wenn ihn das schon so wütend machte. Er holte mit der Hand aus und schlug meine Labtia-Limonade vom Tisch. Ich hielt den Becher davon ab, auf dem Boden zu landen, indem ich ihn mit meinen Gedanken nach oben zog. Ohne mich großartig zu bewegen, schleuderte ich das Getränk auf Bryce.

Er riss seine Hände nach oben und konnte es so ein paar Zentimeter vor seinem Gesicht in der Luft halten. Er versuchte, es auf mich zurückzuschleudern, doch ich starrte auf den Becher und er begann in der Luft zu zittern.

Bryce lief wieder rot an, während er sich bemühte den Becher mit aller Kraft in meine Richtung zu drücken, doch ich ließ ebenfalls nicht von dem Becher ab. Er zitterte immer stärker und die Limonade spritzte auf den Boden.

»Hört auf!«, rief Enna, die zu uns getreten war. In diesem Moment knüllte sich der Becher zusammen und fiel rauchend auf den Boden.

»Euer Essen ist fertig, Bryce!« Sie deutete auf den Tisch der drei und bückte sich, um den Becher aufzuheben.

Bryce funkelte mich an. »Ich mach dich fertig, du Miststück!« Dann kickte er Enna den Becher aus der Hand und ging zurück zu seinem Tisch.

»Echt toll. Danke, Bryce, du Idiot!«, rief Enna ihm nach.

»Ich freu mich drauf!« Ich zeigte Bryce den Mittelfinger.

Er drehte sich seinem Essen zu und warf sich Pommes in den Mund. Dann wandte er sich noch einmal zu mir um und machte diesen »superbedrohlichen« Blick, den Männer so gerne machten. Ich musste mir ein Lachen verkneifen.

Dann entschuldigte ich mich bei Enna.

»Ach, kein Ding.« Sie winkte ab. Ich stand auf, um ihr zu helfen, die Limonade aufzuwischen. Als wir fertig waren, sah sie mich einige Sekunden lang an. »Meinst du, du kannst mir hinten noch was helfen? Diese eine dämliche Tür geht einfach nicht auf, ich habe schon alles probiert.«

Sie grinste verlegen.

»Klar.« Ich warf Stan einen Blick zu, der sich, sobald ich aufgestanden war, bei meinen Pommes bedient hatte. Er zog eine gläserne Augenbraue hoch und grinste.

Ich folgte Enna in die Küche hinein. Hier war es kalt und leise, nur Enna arbeitete heute und das einzige Geräusch, das zu hören war, war das in der Fritteuse blubbernde Öl. Enna stellte die Fritteuse ab. Jetzt war fast nichts mehr zu hören.

»Bald kann ich das alles mit Magie.« Sie grinste. »Hoffentlich arbeite ich dann aber nicht mehr hier.«

Sie zog eine pinke Uhr aus ihrer Tasche und stopfte sie sofort mit einem lauten Stöhnen zurück. »Noch zwei Stunden arbeiten.«

»Das ist mies«, sagte ich. »Aber überschaubar.«

»Ja, du hast ja recht.« Sie lächelte mich an.

Ein sanftes Geräusch ertönte und Enna eilte zu einer etwa handgroßen Tasche hinüber, die neben einem Tiefkühlsack Pommes lag. Sie war mit pinken Glitzersteinen bestickt. Enna zog einen Zettel daraus hervor, las die Nachricht und verdrehte wieder die Augen.

»Der ist von meiner Mutter.« Der Zettel landete im Mülleimer unter der Arbeitsplatte. »Sie will, dass ich meinen Brüdern etwas zu essen mitbringe. Dafür bin ich also gut geeignet.« Sie trat gegen den Mülleimer, fischte einen kleinen Zettel aus ihrer Hosentasche, kritzelte etwas darauf und steckte ihn in die Glitzertasche. Für einen kleinen Moment schloss sie die Augen. Nachrichten an ihre Mutter konnte sie anscheinend, wie das bei vielen Magiern und Magierinnen der Fall war, bereits mit der gedanklichen Vorstellung an die Empfängerin versenden und brauchte dafür nicht deren Namen zu flüstern.

Von Enna auf die Idee gebracht, zog ich meinen Beutel aus der Jackentasche und sah hinein. Ich hatte keine Nachrichten bekommen.

»Wo ist diese Tür denn jetzt?« Ich wollte nicht noch mehr Zeit in der Küche verbringen. Insgeheim wusste ich aber, dass es hier nicht nur um diese Tür ging.

»Grad dort vorne.« Enna deutete auf eine massive Metalltür, ich lief hinüber und Enna folgte mir. Ich zog an der Tür, natürlich ließ sie sich ohne Probleme öffnen.

»Mann, bist du stark.« Enna schauspielerte wirklich schlecht und ich musste lachen. »Hab sie die ganze Zeit nicht aufbekommen, irgendwas muss geklemmt haben.« Sie lachte nun ebenfalls und sah mir in die Augen.

»Wahrscheinlich«, sagte ich.

»Freust du dich schon auf den Abschlussball?«

»Was? Hm, ich weiß nicht genau.« Enna war ein Stück näher getreten. »Ich habe noch keine Begleitung, also keine Ahnung, dachte, vielleicht gehe ich dann einfach so hin.« Das hätte ich nicht sagen sollen.

»Na ja, das kann man doch bestimmt ändern.« Wir standen jetzt sehr nahe beieinander.

»Willst du mit mir hingehen?« Ich stellte die Frage, ohne großartig darüber nachzudenken. Ich hätte sie nicht fragen sollen, aber es war immerhin besser, als allein hinzugehen. Doch war es das wirklich?

»Das würde mich freuen.« Enna strahlte.

Ich konnte ihren Atem auf meinem Gesicht spüren, sie war noch einen Schritt näher gekommen. Es war mir unangenehm, ich mochte sie zwar, doch ich war nicht besonders scharf darauf, sie zu küssen.

Also richtete ich meine Hand hinter meinem Rücken auf irgendetwas, das in der Küche stand, und machte eine kleine, aber ruckartige Bewegung. Es knallte, Enna zuckte zusammen.

Die Besteckschublade wurde aus einem der Küchenschränke gerissen und in die Höhe geschleudert. Sie schlug krachend auf dem Boden auf.

»Was war das denn?!«, rief Enna aus und lief zu dem Besteckhaufen.

»Keine … Ich weiß nicht.« Ich zuckte mit den Schultern.

Während ich ihr half, die Messer und Gabeln zurück in die Schublade zu räumen, wurde die Tür aufgerissen und Stan betrat den Raum. Er sah uns an, dann das Besteck auf dem Boden und verzog das Gesicht.

»O Leute, sagt mir nicht, dass ihr hier gefickt habt. Das ist immer noch 'ne Küche.«

»Nein, Stan, du Idiot.«

Ich hob die Schublade in den Schrank zurück und deutete darauf. »Die ist einfach so da rausgesprungen.«

»Ah, ja.«

»JA!«

Er verdrehte die Augen. »Egal jetzt. Kommst du, Lanee und ich sind schon fast mit dem Essen fertig, Mann.«

Ich sah Enna noch einmal an.

»Danke wegen der Tür, Fal.« Sie schnappte sich einen Müllbeutel und verließ die Küche durch die massive Metalltür. Ich folgte Stan zurück zu unserem Tisch, an dem Lanee schon ungeduldig auf ihrem Stuhl hin und her rutschte.

»Lasst uns gehen, ich fühle mich nicht besonders wohl gerade.« Sie warf einen Blick zu Bryce und den anderen.

»Ich hab noch gar nichts gegessen.« Ich ließ mich wieder auf meinen Platz fallen.

Lanee sah mich fast schon flehend an. Dann blickte sie wieder zu Bryce' Tisch. Blair musterte sie und kicherte in sich hinein.

»Schön!« Ich richtete mich auf. »Dann gehen wir eben.«

Ich hatte ohnehin keine Lust gehabt, hierherzukommen. Eigentlich war es mir nur recht, wenn wir jetzt schon gingen.

Das Geld legte ich auf den Tisch und rechnete noch einmal nach, es war mehr als genug Trinkgeld.

Enna kam nicht mehr aus der Küche, also beschloss ich ihr später zu schreiben. Auch darauf hatte ich absolut keine Lust, am liebsten würde ich überhaupt nicht mehr auf den Schulball gehen.

Wir verließen den Diner und während ich die Pommes aß, die Stan mir übrig gelassen hatte, fragte ich Lanee: »Wie geht's eigentlich Mina?«

Lanee zuckte die Schultern.

»Ich weiß nicht genau.« Sie schnappte sich eine Pommes von mir. »Sie ist irgendwie niedergeschlagen in letzter Zeit …«

Sie zögerte, dann zuckte sie wieder die Schultern. »Ich weiß nicht, warum, aber es ist ja auch gerade Prüfungszeit.«

»Das hat sie doch noch nie mitgenommen«, wunderte ich mich. Mina war ganz anders als ihre ältere Schwester, sie war noch nie besorgt wegen irgendwelcher Prüfungen gewesen. Ich hatte sie schon das ein oder andere Mal im Vorbeigehen in einem der Nachsitzräume erspäht. Wenn sie mich auch gesehen hatte, hatte sie die Augen verdreht und so getan, als würde sie sich erhängen. Lanee würde so etwas nie freiwillig tun, aus Angst, sie könnte irgendwelchen Mächten zeigen, dass sie wirklich sterben wollte.

»Es geht ihr bestimmt bald besser, richte ihr schöne Grüße von mir aus.«

»Das mach ich.«

Ich fragte mich, ob Lanee das wirklich tun würde. Die beiden hatten kein besonders enges Verhältnis. Wenn Lanee sich angestrengt bemühte ihren Eltern gerecht zu werden und alle Regeln einzuhalten, schien es Mina als ihre Aufgabe zu sehen, mehr Regeln zu brechen, als eigentlich vorhanden waren.

»Gut, Leute.« Stan sah auf seine Uhr. »Ich muss dann mal los.«

»Bis dann«, sagten Lanee und ich wie aus einem Munde.

Stan winkte uns noch mal zu und lief dann zwischen den Hütten hindurch, deren Lichter hin und wieder einen flackernden Schatten auf ihn warfen. Das Mondlicht erhellte seinen gläsernen Schädel, dann war er verschwunden.

»Ich hab eben Enna gefragt, ob sie mit mir auf den Abschlussball geht«, sagte ich.

Lanees Augen weiteten sich. »Ohhhh, Fal, das ist super!« Sie umarmte mich. »Ihr seid ein tolles Paar. Uhhh, ich kann mir schon alles vorstellen.« Sie breitete die Arme aus und schloss kurz die Augen, vermutlich um sich Ennas und meine Hochzeit genau ausmalen zu können.

»Übertreib nicht.« Ich warf die leere Pommes-Tüte in einen Mülleimer. »Ich mag sie, aber nur als Freundin. Da wird nichts passieren. Eigentlich will ich ...«

Ich beendete den Satz nicht und das störte mich.

Lanee sah mich traurig an. »Das heißt, du empfindest gar nichts für sie?«

»Ich mag sie.« Vorsichtig sah ich Lanee an. Sie sah fast so traurig aus, als hätte ich ihr gesagt, dass ich sie nicht liebte, nachdem sie mir ihre Liebe gestanden hatte. »Aber da ist nicht mehr, weißt du. Keine Liebe oder so. Wenn das so früh überhaupt schon möglich ist.«

»Glaubst du nicht an Liebe auf den ersten Blick?« Lanee schien wieder in Gedanken zu versinken.

»Puh, keine Ahnung. Ich glaube, dass du dich schnell zu einer Person hingezogen fühlen kannst, aber ist das dann Liebe? Ich glaube nicht, dass man sich einfach sofort verlieben kann. Es gehört so viel mehr dazu als nur ein erster Blick ... Keine Ahnung.«

»Hmm.« Lanee nickte. Wir liefen eine Weile schweigend nebeneinander her. Schließlich sah sie mich an und sagte: »Eigentlich muss ich dir noch was erzählen.«

»Was gibt's?«

»Mich hat auch jemand gefragt.« Schüchtern grinste sie.

»Wer?«

»Niall Gilbert.« Sie lächelte, doch ihr Lächeln erstarb schnell. Schon seit Niall letztes Jahr in unsere Klasse gekommen war, wollte Lanee mit ihm zum Abschlussball gehen. Sie hatten noch nie mehr als drei Worte miteinander gewechselt. Es war ein Wunder, dass er überhaupt wusste, wer sie war.

»Lanee!« Als ich ihren Gesichtsausdruck bemerkte, sah ich sie ernst an. »Sag mir nicht, dass du Nein gesagt hast?!«

Entschuldigend wandte sie mir den Blick zu. Warum war sie nur so ängstlich?

»Meine Eltern ...«

»Och, scheiß doch auf deine Eltern.« Ich machte eine energische Handbewegung. »Du solltest ihm sagen, dass du doch mit ihm hingehen möchtest. Keine Ahnung, Lanee, du wolltest so lange schon mit ihm da hin. Lass dir das nicht durch deine Eltern kaputtmachen.«

»Meinst du echt?«

»JA! Sag deinen Eltern einfach, dass du allein gehst, und sag ihm, dass ihr euch dort trefft. Los, geh schon.«

»Was? Jetzt?«

Niall wohnte, soweit ich wusste, nicht weit von hier.

»Ja, jetzt. Wann denn sonst?«

»Ja ... okay.« Sie fuhr sich nervös durch die Haare. Ich schob sie nach vorne.

»Sag mir Bescheid, wie es gelaufen ist.«

Sie sah mich noch einmal ängstlich und nervös an, dann drehte sie sich um und lief schnellen Schrittes davon. Schon bald war sie zwischen den Hütten verschwunden. Wie konnte sie sich nur so von ihren Eltern beeinflussen lassen? Ich war froh, dass Illn so entspannt war.

Ich überlegte, noch einmal bei Kara vorbeizuschauen, doch als ich ihre Hütte passierte, brannte kein Licht mehr in den

Fenstern und kein Geräusch war zu hören. Also machte ich mich auf den Weg nach Hause.

Unsere Hütte war eine schöne, kleine Hütte, die sehr nah am Waldrand stand. Neben der Tür wuchsen meterhohe Sonnenblumen, die trotz der Kälte wunderschön blühten und einen sanften Duft verbreiteten. Illn liebte Sonnenblumen, genau deswegen wuchsen sie hier und blühten fast das ganze Jahr über.

Auch an unserer Hütte hing ein Plakat mit Fargrim Fillgerts Gesicht, seine grünen Augen schienen mich zu durchbohren. Morgen würde bekannt gegeben werden, wer die Wahlen gewonnen hatte. Ich war noch nicht achtzehn, deswegen durfte ich noch nicht wählen gehen. Das nächste Jahr musste ich mich eindeutig mehr mit Politik beschäftigen, damit ich auch guten Gewissens wählen konnte.

Ich vermutete, Kara war heimlich zur Wahltruhe gegangen, hatte sich eingeschleust, um wenigstens eine Stimme gegen Fillgert abgeben zu können. Darüber redete sie nicht. Je weniger Leute es wussten, umso besser. In diesem Fall wusste es wohl niemand.

Direkt neben dem Wahlplakat hing ein weiterer Zettel, es war eine Einladung zum Abschlussball in drei Tagen.

Abschlussball 2002. Alle Eltern und Geschwister der Absolventen sind herzlich eingeladen, sich am 21.09.2002 um 20:00 Uhr in der Cafeteria der Schule zu versammeln, um viele erfolgreiche Schulabgänger zu feiern.

Ach, wie schön, dachte ich. Wenigstens konnte ich mich dort dann legal betrinken, vielleicht würde es sogar spaßig werden. Ich bezweifelte es jedoch stark und bereute erneut, Enna gefragt zu haben. Ich riss die Plakate von unserer Hüttenwand und warf sie in die Mülltonne neben der Tür.

»Furchtbar, dass die das einfach da ranhängen, nicht wahr?«
Ich drehte mich herum. Aus dem Fenster der Hütte zu meiner
Rechten sah der graue Haarschopf von Elaiza Tappett hervor.
Ich unterdrückte ein Stöhnen. Zu allem, was sie nichts anging,
musste sie mindestens eine Sache loswerden. Sich zu beschwe-
ren und sich aufzuregen, war ihr Hobby.

Nicht nur einmal hatte sie mitten in der Nacht an unsere Tür
geklopft und Illn aus dem Schlaf gerissen, weil sie beobachtet
hatte, wie ich mich aus dem Fenster in den Wald geschlichen
hatte. Sie mache sich ja nur so furchtbar große Sorgen, be-
hauptete sie jedes Mal. Illn hasste sie und ich war auch nicht
sonderlich gut auf sie zu sprechen.

»Guten Abend, Ms. Tappett«, sagte ich und wollte schon die
Tür aufschließen.

Doch jetzt streckte sie ihren ganzen Kopf aus dem Fenster
und redete noch lauter als sonst: »Muss ja aber sagen, gut, dass
wenigstens politische Themen aufgehängt werden. Ich muss
ja von mir persönlich reden. Ich wähle ja nicht. An so etwas
glaube ich nicht, aber für die junge Generation ist es wichtig
zu sehen, wie wichtig es ist zu wählen.«

Ich starrte sie an. Warum war sie so?

»Sie sollten wissen, wie wichtig es ist zu wählen. Das ist Ihre
Generation, junger Mr. Feyn. Das ist der Wandel. Trotzdem
habe ich Sie nicht zum Wählen gehen sehen. Woran liegt das
denn? Kein Interesse?« Sie lachte gekünstelt.

»Ich darf noch gar nicht wählen gehen, aber danke für Ihre
Sorge, Ms. Tappett. Sie haben recht, wählen ist wichtig. Sie sollten auch mal darüber nachdenken, vielleicht haben Sie ja dann
was Besseres zu tun, als Ihren Nachbarn hinterherzuspionie-
ren. Schönen Abend noch.«

Ich schloss die Tür auf, während Ms. Tappett noch etwas
von »Frechheit« und »ungezogener Bengel« keifte. Ich grinste, während ich den Flur betrat und mir die Schuhe abstreifte.

»Hi, Fal«, rief mein Onkel aus der Küche. »Ich hab schon gegessen, aber ich hab noch was kalt gestellt.«

»Danke.« Ich hängte meine Jacke an die Garderobe und ging in die Küche. Illn saß hinter einer Zeitung versteckt und las.

Es roch nach gebrannten Mandeln, sie lagen in einer kleinen Schale auf der Mitte des Esstisches. Nachdem ich mir eine Handvoll geschnappt hatte, ließ ich mich ebenfalls auf einen Stuhl fallen.

»Wie war dein Tag?« Illn faltete die Zeitung zusammen und legte sie beiseite, dann streckte er sich und strahlte mich an. Er hatte dieselben dunklen grünen Augen wie ich.

»War ganz gut«, sagte ich und knabberte an einer gebrannten Mandel. »Die Prüfungen waren auch gut, ich denke, ich habe nicht super viel falsch beantwortet und der praktische Teil war, wie wir gedacht haben, am besten.«

»Super. Ich bin stolz auf dich, Fal.«

»Das weiß ich doch.« Ich grinste und Illn strich sich lachend durch die blondbraunen Haare.

Er sah so gut aus, wie mein Vater es getan hatte, ich möchte nicht selbstverliebt klingen, aber gutes Aussehen lag wohl in der Familie. Ich würde nicht sagen, dass ich schlecht aussah, das konnte man über Illn auch nicht sagen. Der Bart, den er immer gepflegt und gestutzt hielt, stand ihm sehr gut.

Bevor meine Eltern gestorben waren, hatte er einmal kurz gemodelt. Er hatte es gehasst und nie wieder getan, doch damals war er von fast jedem angehimmelt worden.

Zwar hatte er, seit seine letzte Freundin ihn verlassen hatte, ein wenig zugelegt, doch das störte ihn nicht. Tatsächlich war er zurzeit glücklicher, als ich ihn je erlebt hatte.

»Soll ich dir noch was zu essen warm machen?«

»Wir waren eigentlich schon essen, aber ich würd mir morgen was von den Resten zum Frühstück nehmen?«

»Ja klar, mach das so.«

»Wie sieht es mit den Wahlen aus?« Ich deutete auf die Zeitung.

»Hm. Nicht so gut.« Er schüttelte den Kopf. »Also Fillgert gewinnt wahrscheinlich.«

»Ist alles, was er tut, so schlimm?« Ich nahm mir noch ein paar Mandeln.

»Nein, das ist ja das große Problem. Letztendlich hat er viele gute Dinge getan, aber er hat viele Leute verstoßen und es waren einige Unschuldige dabei. Er spielt nicht mehr nach den Regeln.« Illn seufzte. »Aber solange du gegen kein Gesetz verstößt, sollte alles gut sein.« Er lachte kurz auf.

»Das hatte ich tatsächlich nicht vor.« Ich grinste.

»Wunderbar.« Illn seufzte abermals. »Na ja, irgendwie wird alles gut werden und wenn nicht, werden wir uns irgendwie daran gewöhnen.«

Ich nickte, hatte jedoch keine besonders große Lust mehr, über dieses Thema zu reden, deswegen sagte ich: »Ich hab ein Date für den Abschlussball.«

Illn strahlte. »Ohh, wer ist es denn?«

Ich musste lachen. »Es ist Enna.« Illn lächelte weiter, doch ich hatte nicht das Gefühl, als wäre er besonders glücklich darüber.

»Das ist doch super«, sagte er. »Läuft da mehr?«

»Nein!«, sagte ich bestimmt. »Ich fühle gar nichts.«

»Hmm.« Illn sah mich an. »Du musst ja auch nichts fühlen, vielleicht kommt es ja auch noch.«

»Ja, vielleicht«, sagte ich und dachte nach. »Ist einfach blöd. Würde lieber mit jemandem hingehen, der mir mehr bedeutet.«

»Ja, das verstehe ich. Aber sieh mal. Ich bin auch nur mit Freunden auf den Ball gegangen, war gar nicht so übel.«

Ich lächelte. »Ja, du hast wahrscheinlich recht.« Jedoch bezweifelte ich momentan, dass es wirklich gut werden würde.

Nach ein paar Minuten fragte Illn: »Wäre es okay, wenn du heute Abend allein zuhause bleibst? Ich müsste noch was erledigen.«

»Klar doch«, sagte ich. »Was hast du denn vor? Etwa ein Date?«
Es würde mich für ihn freuen, wenn er wieder jemanden hätte, den er liebte.

»Hm. Nein, nicht wirklich.«

* * * * *

In meinem Zimmer öffnete ich das Fenster, von dem aus man die Bäume hinter der Hütte fast berühren konnte, und ließ mich aufs Bett fallen. Die kalte Nachtluft strömte herein und wehte mir meine dunkelbraunen Haare ins Gesicht.

Ich war erschöpft. Erst jetzt realisierte ich, wie anstrengend die Prüfungen gewesen waren und wie viel Zeit und Stress es gekostet hatte, für sie zu lernen. Hoffentlich hatte sich das Lernen ausgezahlt und wir hatten alle bestanden.

Ächzend richtete ich mich auf und schnappte mir meinen Nachrichtenbeutel. Dann schrieb ich eine Nachricht auf einen kleinen Zettel und schickte ihn an Enna.

»Hey. Sorry, dass ich so plötzlich gegangen bin. Lanee musste nach Hause. Soll ich dich dann am 21. September abholen?«

Bei Enna reichte der Gedanke an sie allein nicht, deswegen flüsterte ich leise ihren Namen und stellte mir ihr Gesicht vor. Im Nu war die Nachricht verschwunden.

Dann schrieb ich Kara: »Alles gut bei dir?«

Ich wollte den Beutel gerade weglegen, da kam eine Nachricht von Enna an. »Alles gut, kein Problem. Ja, würde mich sehr freuen!« Dazu hatte sie ein kleines Herz gemalt.

»Super, ich freu mich schon«, schrieb ich und es tat mir leid, dass ich es nicht wirklich so meinte.

»Ich mich auch.«

Ich sah aus dem Fenster. Nicht nur einmal hatte ich mich nachts hier rausgeschlichen, um mich mit Lanee, Stan und Kara im Wald zu treffen. Ich bemerkte, wie klein das Fenster eigentlich war, es fiel mir immer schwerer, hindurchzuklettern. Ich sah den Pfahl am Rande des Waldes stehen, mit dem Illn fast jeden Morgen mit den Winden zur Arbeit gebracht wurde. Bald durfte ich auch mit den Winden reisen. Eines der Ereignisse, auf die jeder Magier und jede Magierin (abgesehen von Lanee) sich freute, wenn man achtzehn wurde.

Als wir noch jünger gewesen waren, hatten wir hier unsere Initialen und kleine Zeichnungen in meine Fensterbank geschnitzt. Beim Darüberstreichen musste ich lächeln. Es fühlte sich an, als würde es schon endlos weit zurückliegen. Obwohl ich noch nicht alt war, merkte ich allmählich, was es hieß, älter zu werden. Ich wusste nicht, ob ich dieses Gefühl sonderlich mochte.

Ich wusste, dass jetzt alles schwieriger werden würde und auch anstrengender. Die Ausbildung, eine richtige Jobsuche und Bewerbungen aller Art. Doch ich wusste auch, dass ich es nicht länger aushalten würde, wenn alles so blieb, wie es jetzt gerade war. Ich wollte, dass etwas passierte.

Ich wollte raus aus diesem Dorf, ich wollte die Welt sehen, ich wollte Freiheit, ohne Regeln, ohne Lehrer, die mir sagten, was richtig und was falsch war. Ich wollte leben.

Gerade als ich glaubte, einen Schatten zwischen den Bäumen umherhuschen zu sehen, bekam ich eine neue Nachricht. Sie war von Lanee. »Hey, Fal, er will wirklich noch mit mir hingehen. Ich bin so glücklich. Beeile mich jetzt, nach Hause zu kommen. Danke, Fal.«

Ich malte einen Smiley und schrieb: »Das freut mich für dich.«

Ich legte den Beutel beiseite und ging dann ins Bad, um mich bettfertig zu machen. Bevor ich mich wieder hinlegte, sah ich noch einmal in den Beutel hinein. Keine neuen Nachrichten.

Zufrieden kuschelte ich mich unter meine Bettdecke und schloss die Augen. Normalerweise blieb ich immer noch recht lange wach, doch heute schlief ich fast sofort ein.

KAPITEL 3
THE DARKEST MOMENT

19. September

Ich wachte früh am nächsten Morgen auf. Es war ein schöner Tag, die Sonne schien durch mein Fenster und Vögel zwitscherten in der Ferne ihr morgentliches Lied.

Ein Blick auf meine Uhr verriet mir, dass es noch nicht an der Zeit war, mich mit Kara und den anderen zu treffen, um die Asche und die verbrannten Bücher einzusammeln.

Ich schrieb Kara eine Nachricht, wann wir uns treffen wollten, und legte dann eine Kassette meiner Lieblingssängerin, Cerila Gallon, ein. Es waren hauptsächlich Pop-Rock-Songs. Meistens wiederholte ich eines der Lieder, was auf Kassette etwas lästig war, jedoch schaffte ich es fast jedes Mal, ohne den Kassettenspieler anfassen zu müssen. Die Schule hatte sich also doch ein wenig gelohnt, wobei ich das eher dem geheimen Training mit Illn zuschrieb.

Cerila Gallon war wunderschön. Sie hatte ein Drogenproblem und ihre ersten beiden Alben hatte sie komponiert, als sie high gewesen war. Die neuen Songs hatte sie im cleanen Zustand geschrieben und viele Leute sagten, dass es kaum ein Album gegeben hatte, das so gut war wie dieses. Ich konnte da nur zustimmen.

Sie verstand sich auf bedeutende Auftritte, ihre Outfits änderte sie für jeden einzelnen Song, ihre Shows waren immer ausverkauft. Oh, ich hätte viel dafür gegeben, auf eines ihrer Konzerte gehen zu können.

Sie hatte für einen kurzen Zeitraum meinen Lieblingssänger, Mick Hafflin, gedatet, doch die Beziehung hatte aufgrund ihrer und seiner Drogenprobleme nicht besonders lange gehalten. Gerüchten zufolge waren sie immer noch gut miteinander befreundet und sie hatten eine der besten EPs in der Musikgeschichte herausgebracht. Ihre Stimmen harmonierten so gut miteinander. Ich konnte stundenlang von ihnen schwärmen.

Es gab keinen Menschen, der besser aussah als Mick Hafflin. Er hatte meistens dunkel umrandete Augen, wirkte immer so, als wäre er von einem Tatort geflohen, trug meistens keine oder nur sehr dünne Oberteile auf der Bühne und ging nie ohne seinen Mantel aus dem Haus. Er wusste ebenfalls, wie man einen beeindruckenden und oftmals auch schockierenden Auftritt hinlegte, wahrscheinlich hatte er das von Cerila gelernt.

Mick Hafflin war als Teenager dadurch bekannt geworden, dass seine Familie brutal ermordet aufgefunden wurde und er als Einziger überlebt hatte. Am Anfang stand er erst unter Mordverdacht, doch er hatte ein Alibi und der wahre Mörder wurde schließlich gefunden, verschwand jedoch schon bald wieder aus dem Gefängnis.

Micks erstes Album handelte hauptsächlich von Schmerz und Rache. Viele Leute vermuteten, dass er den Mörder seiner Familie aufgespürt und ihn selbst ermordet hatte, bewiesen werden konnte das jedoch nie. Ich sang den Text des Liedes »Rotten« leise mit, während ich mein Bücherregal neu sortierte.

Unter einem Stapel tintenverschmierter Blätter fand ich ein Buch, das ich schon länger gesucht hatte. Zufrieden stellte ich es zurück ins Regal und legte den Papierstapel obendrauf.

Mein Nachrichtenbeutel flatterte in die Luft, ich schnappte ihn mir, bevor er auf dem Boden landen konnte, und sah hinein. Eine Nachricht von Kara war gekommen.

»Keine Ahnung. Komm einfach rüber.« Sie hatte so undeutlich geschrieben, dass ich die Nachricht kaum entziffern konnte. Ich schlüpfte in eine Jeans und meinen Lieblingspullover, warf mir eine graue Jeansjacke über und lief dann die Treppe hinunter.

Ich versuchte, das Essen von gestern mit einer kleinen Flamme zu erhitzen, hätte es aber beinahe verbrannt und stellte es dann doch lieber auf den Herd, um es dort zu erwärmen. Während die Fnaui-Bällchen und die Langgras-Nudeln vor sich hin brutzelten, schaltete ich das Radio an und lauschte einem Gnafni-Konzert, von dem mir schon bald die Ohren schmerzten.

Sobald ich fertig war, machte ich mich auf den Weg zu Karas Hütte. Der Boden war über Nacht gefroren und das Gras knirschte unter meinen Füßen, mir war kalt und ich beschleunigte meine Schritte, während ich meine Hände in meinen Jackentaschen vergrub.

Kara hatte die Tür nicht abgeschlossen, ich ging durch den schmalen Flur in ihr Wohnzimmer, in dem sie auf dem Boden saß und irgendwelche Stoffe in verschiedenen Größen ordnete.

Neben ihr stand eine außergewöhnlich lange Nähmaschine. Darauf lagen die Broschüren, die sie gestern mitgenommen hatte.

»Was machst du da?«

»Ich werde mir ein Abschlussballkleid nähen.« Sie schnitt mit einer Schere, die größer als ihr Kopf war, ein Stück eines schwarzen Stoffes ab und legte es auf ein anderes Stück desselben Stoffes. Stolz sah sie darauf. »Meine Mutter konnte das, also werde ich es mit Sicherheit auch schaffen.« Sie richtete sich auf. »Willst du was trinken?«

»Nein, passt schon.« Mir war soeben bewusst geworden, dass ich noch keinen Anzug oder irgendetwas Schickes zum Anziehen besaß. Ich hatte überhaupt nicht darüber nachgedacht.

»Ich hab gehört, du gehst mit Enna zum Ball?«

»Woher ...«

Lanee kam durch den Flur auf mich zugelaufen. »Hi, Fal.« Sie strahlte mich an.

»Lief wohl gut gestern?« Ich grinste.

»Ja, war ganz nett.« Sie wurde rot und setzte sich neben Kara auf den Boden.

Ich schnappte mir eine der Broschüren und ließ mich auf die weichen Sessel sinken, die neben dem Kamin standen. Gedankenlos blätterte ich die Seiten.

»Leute, hört euch das an.« Ich räusperte mich und begann vorzulesen.

»Seit der erste Mächtige Magier unseren wunderschönen Planeten Toverun aus nahezu nichts erschaffen und nach dem Abbild der Erde geformt hat, wandeln auf seinen Wegen mehr Kreaturen und Geschöpfe, als man sich vorstellen kann. Möchtest du mehr über den Planeten, auf dem wir leben, seine Geschichte und Geheimnisse erfahren, dann schreibe dich noch heute ein und spezialisiere dich in Geschichte der Magie.«

Die anderen beiden sahen mich fragend an.

»Ich hab noch nie eine schlechtere Werbung gehört. Und wer will sich schon in Geschichte der Magie spezialisieren?«

»Na ja«, sagte Kara und klemmte sich eine Nadel zwischen die Zähne. »Sie lässt vermuten, dass man vielleicht etwas mehr über die Mächtigen erfahren könnte.«

»Die Mächtigen sind schon seit mehreren tausend Jahren ausgestorben.« Lanee reichte Kara ein schimmerndes Stück Stoff.

»Bullshit!«, sagten Kara und ich energisch.

»Was meint ihr?«

»Kommt es dir nicht komisch vor?« Ich setzte mich etwas gerader hin. »Die Mächtigen. So mächtig, dass sie einen ganzen Planeten aus fast nichts entstehen lassen konnten, und dann können sie einfach so getötet werden, von Leuten, die nur so stark waren wie unsere Lehrer und Eltern, wenn nicht sogar schwächer.«

»Ich denke, da war so viel Hass im Spiel«, sagte Lanee. »Die normal mächtigen Magier wollten unbedingt etwas von der Macht der Mächtigen abhaben und weil sie es nicht konnten, sind sie rasend vor Wut geworden.«

»Es ergibt trotzdem keinen Sinn.« Kara seufzte genervt. »Und da die Leute versucht haben das alles zu vertuschen, werden wir wohl nie genau wissen, was wirklich passiert ist.«

»Okay, wenn ihr meint«, gab Lanee nach und sagte, dann um das Thema zu wechseln: »Aber ich finde Geschichte der Magie gar nicht so uninteressant. Man lernt super viel über Toverun und auch über die verschiedensten Arten der Magie. Bestimmt bereist man auch andere Länder, es wäre doch cool, wenn die Ausbildung nicht nur hier in Olvaniru wäre. Ich glaube, das könnte super interessant werden.«

»Ja, vielleicht wenn man Lehrer werden will.« Kara kicherte. »Aber nein, du hast recht. Man lernt so einiges. Aber kann es mehr sein, als man schon im Allgemeinen Kurs am Anfang der Ausbildung lernt?«

Ich zuckte mit den Schultern.

Lanee sah ebenfalls ratlos drein.

»Wir müssen uns einfach mehr damit beschäftigen«, sagte sie. »Zumindest ihr. Ich weiß schon, dass ich Ärztin werden möchte. Und zwar für Menschen und magische Geschöpfe.«

Sie reckte stolz den Kopf.

»Ja, jeder weiß, dass du das schon dein ganzes Leben lang planst.« Ich warf den Flyer beiseite.

»Ihr müsst doch auch schon eine Idee haben.«

Lanee sah uns auffordernd an. Ich hatte tatsächlich überlegt, der Armee beizutreten und Krieger zu werden, die Chancen, dass man seine Kräfte vollends erreichte, waren am höchsten und man konnte sich fast in allen Bereichen weiterbilden lassen. Doch nach einem Leben nach Stress und Krieg sehnte ich mich wirklich nicht.

Außerdem stand man in direktem Dienst des Präsidenten und das konnte ich Kara nun wirklich nicht antun, darum sagte ich stattdessen: »Vielleicht Botanik. Wald- und Pflanzenlehre. Man lernt einiges über die verborgenen Kräfte des Waldes und aus ihm seine Macht zu ziehen. Ist direkt mit der Tranklehre verbunden, deswegen denke ich, dass es echt cool sein könnte.«

»Klingt langweilig, aber auch irgendwie passend zu dir«, sagte Kara tonlos.

»Hey!«, sagte ich und musste lachen. »Ich weiß. Ein langweiliges Leben, das, was uns allen bestimmt ist.«

»Mir nicht«, sagte Kara. »Ich gehe vielleicht doch zur Armee. Ist direkt in Fillgerts Nähe ...« In ihren Augen glitzerten auf einmal Tränen. »Er ist wieder gewählt worden, Fal. Fillgert hat wieder gewonnen.« Sie warf mir eine Zeitung zu und wischte sich über die Augen. Ich faltete die Zeitung auf meinen Knien auseinander und Fillgerts Gesicht lächelte mich direkt von der ersten Seite aus an.

Fargrim Fillgert, er ist der alte neue Präsident. Er hält den Rekord für die längste Amtszeit, noch nie war ein Präsident so lange im Dienst wie er. Alles über Fargrim Fillgert und ein persönliches Interview mit ihm auf den Seiten 1–3.

Ich sah auf. Kara wischte sich die Tränen aus den Augen. Sie lachte bitter. »Vielleicht schließe ich mich auch einfach irgendwelchen Rebellen an, die die Regierung generell zerstören wollen. Vielleicht schaffe ich es dann endlich, ihn zu vernichten und meinen Vater wiederzusehen. Diese verdammte Verbannungsstrafe.« Sie ballte die Hände zu Fäusten.

»Wir finden einen Weg«, sagte ich. »Wir finden einen Weg, deinen Vater zu retten. Versprochen.«

Lanee strich Kara unbeholfen über den Rücken und nickte, doch wir alle wussten, dass das nur leere Worte waren. Keiner von uns hatte wirklich einen Plan, eine Idee oder sah es überhaupt als realistisch an, Karas Vater zurückzuholen.

»Oder ich lasse mich einfach verbannen. Genau wie mein Vater. Vielleicht überquere ich einfach die Schlucht und freunde mich mit ein paar Slonks an oder ich versuche, Fillgert direkt zu töten.« Ihre Stimme wurde laut vor Wut.

»Das wirst du nicht tun!«, rief Lanee entsetzt. »Kara, du könntest gar nichts tun. Du weißt nicht einmal, wie man seinen Geist und Körper schützen kann. Fillgert würde dich innerhalb von einer Sekunde zerquetschen.«

Kara seufzte und schloss für einen Moment die Augen, um sich zu beruhigen. »Ich weiß, ich weiß.«

Dann lächelte sie wieder und versuchte, das Thema zu wechseln, um von ihrem Ausbruch abzulenken.

»Ich will jedenfalls etwas mit Magie machen, damit ich mein ganzes Potential erreichen kann, und auf keinen Fall etwas so Langweiliges wie ihr.«

Sie lachte und Lanee und ich grinsten uns an.

»Wir werden das schon irgendwie hinbekommen«, sagte ich zuversichtlich. Dann ertönte Stans Stimme laut im Eingangsbereich: »Hey! Wir sind da!«

Ein paar Sekunden später betrat er das Wohnzimmer. Hinter ihm kam Ian in den Raum und sah erstaunlich blass aus für seine Verhältnisse. Er lief auf Kara zu und gab ihr einen Kuss.

»Wollen wir dann gehen?«, fragte Stan. Er betrachtete Ian mit einem merkwürdigen Gesichtsausdruck.

Ich hätte niemals gedacht, dass dieser Tag unser Leben für immer verändern würde, aber hätte ich es gewusst, hätte ich dann etwas anders gemacht?

Auf dem Weg hielt Ian Kara fest im Arm und sein blasses Gesicht änderte seine Farbe nicht, er fühlte sich offenbar äußerst unwohl. »Was ist los, Ian?«, fragte Stan, nachdem wir den Wald betreten hatten.

»Gar nichts!«, zischte Ian, er zog Kara fester an sich, doch sie löste sich aus seiner Umarmung und sah mich an.

»Was machen wir eigentlich morgen, Fal? An diesem besonderen Tag?«

»Was für 'n besonderer Tag?«

Ian versuchte, seine Stimme nicht zittern zu lassen, doch es gelang ihm nicht besonders gut.

Was war los mit ihm?

»Fal hat morgen Geburtstag«, sagte Lanee, als würde sie gerade einem kleinen Kind erklären, was ein Geburtstag war.

»Keinen interessiert ...«

»Illn und ich machen einen Ausflug, mehr weiß ich nicht. Nicht mal, wohin wir gehen, aber ich dachte mir, dass wir uns einfach abends treffen und irgendwas Lustiges machen.« Ich zuckte mit den Schultern.

»Klingt doch super.« Stan legte mir die Hand auf die Schulter. »Ich freu mich drauf, besorge noch was.«

»Super«, Kara klang etwas überdreht, während sie versuchte, die schlechte Laune abzuschütteln.

»Ich hoffe, dir gefällt mein Geschenk«, sagte Lanee.

»Da bin ich mir sicher, aber ihr müsst mir nichts schenken.«

»Hab mir nicht die Mühe gemacht, Feyn.« Ian kickte einen Stock vor sich her. Wen wunderte das schon.

»Deine Anwesenheit ist Geschenk genug.« Ich grinste ihn an.

»Was ist denn heute los mit dir?« Kara klang immer noch nicht glücklich.

»Gar nichts!«

»Merkt man.« Stan verdrehte die Augen in meine Richtung.

Schweigend liefen wir weiter. Vielleicht hätten wir wirklich nicht alle gehen sollen, es war doch unnötig. Ian hätte die verbrannten Bücher auch einfach allein wegräumen können. Na ja, ich hätte es auch nicht allein gemacht, aber es war wirklich unnötig, dass wir alle zusammen gingen.

»Die Briefe kommen ja heute an, oder?«

In den Briefen wurde uns mitgeteilt, ob wir die Prüfungen

bestanden hatten und ob wir mit der Ausbildung beginnen konnten, oder eben auch nicht.

»Ja«, sagte Lanee, »sollten sie eigentlich.«

»Toll, dass du alles weißt!« Ian schnaubte.

»Ganz ehrlich!« Kara blieb stehen. »Kannst du dich nicht einmal zusammenreißen? Jedes Mal, wenn wir mit dir unterwegs sind, haben wir Streit!«

»Vielleicht ist das ja nicht meine Schuld, Kara!«

Kara schüttelte den Kopf. »Du merkst es nicht einmal.«

»Was denn?! Dass du mich die ganze Zeit nervst?«

»Wow ... Ich liebe diese Gespräche mit dir!« Doch sie redete so leise, dass sie kaum zu verstehen war.

Genervt von dem Streit wandte ich mich an Lanee. »Und, wie war dein Date gestern?«

»Ach, es war doch kein Date.« Lanee wurde wieder rot, für ein paar Sekunden schien sie in der Erinnerung an gestern verloren. »Aber trotzdem, es war sehr schön. Ich freue mich auf den Ball.«

»Das ist super.«

Mir war es schon immer schwergefallen, glückliche Gefühle oder andere Emotionen preiszugeben. Ich freute mich für sie, wirklich, doch es war schwierig für mich, es zu zeigen.

Wir hatten die Lichtung fast erreicht, einige Skwiirrlls sprangen durch die Baumwipfel. Sie sammelten Vorräte für den Winter, der schon viel zu früh gestartet hatte.

Aus der Ferne konnte ich schon die Stelle erkennen, an der wir gestern die Bücher verbrannt hatten. Der Boden hatte schon begonnen die Asche aufzunehmen und Moos wuchs über den kleinen Haufen.

»Es ist schon fast weg, total unnötig, dass wir uns jetzt die Mühe hier machen.« Ian trat wütend gegen den Haufen. Asche wirbelte in die Luft empor und wurde vom Wind weggetragen.

Wütend sah ich ihn an. Er war es gewesen, der die Idee mit dem Verbrennen gehabt hatte, und obwohl er ein Arsch war, interessierte er sich für das Wohlergehen unseres Planeten und hätte die Asche niemals hier liegen gelassen. Warum verhielt er sich so?

»Es gehört sich eben so!«, sagte Kara genervt, während sie einen Müllbeutel aus ihrer Tasche zog.

Sie reichte mir eine kleine Schaufel und gemeinsam schaufelten wir die Asche und die halbverbrannten Bücher in den Müllbeutel. Wir brauchten nicht besonders lange und ich legte das Moos, das wir abgerissen hatten, wieder auf den Boden. Dort verband es sich sofort wieder mit der Erde. Eine kleine Blume wand sich aus dem Moos und streckte uns ihre violetten Blüten entgegen. Es wirkte fast so, als wollte der Wald sich bei uns bedanken.

Wir richteten uns auf, ich band den Müllbeutel zusammen. Es hatte sich überhaupt nicht gelohnt, die Schulsachen zu verbrennen. Insgesamt hatte es doch nur zu Streit geführt.

»Gehen wir jetzt wieder?«, maulte Ian. »Ich muss noch mit dir reden, Kara.«

»Ich hab keine Zeit«, sagte Kara beleidigt. »Lanee und ich müssen noch etwas vorbereiten.«

»Ich muss wirklich mit dir ...«

»Und ich will nicht mit dir reden!« Kara verdrehte die Augen. Lanee sah mich unsicher an, auch Stan warf mir einen fragenden Blick zu. Wir fühlten uns ein wenig fehl am Platz und ich bewegte mich langsam vorwärts, damit wir nicht die ganze Zeit hier rumstehen mussten.

»Es ist mir wichtig.«

»Und mir ist es egal. Vielleicht können wir reden, wenn du dich abreagiert hast.«

In diesem Moment ertönte ein leises Sirren. Dieses Sirren ertönte hin und wieder, wenn mehrere Leute, die nahe beieinanderstanden, gleichzeitig eine Nachricht bekamen. Ich zog den kleinen Beutel aus der Innenseite meiner Jacke hervor und sah hinein. Die Nachricht kam von Bryce, das konnte ja nichts Gutes bedeuten.

Er hatte mir ein auf Papier gedrucktes Bild geschickt. Sofort erkannte ich es. Das Bild war kein Bild, sondern ein Video, das mit einer normalen Videokamera aufgenommen worden war. Beherrschte man die grundlegende Magie, konnte man solche Videos auf Papier drucken und sie auch abspielen lassen. Große Filme werden so hergestellt, jedoch ist dort die Magie sehr viel stärker und sehr viel besser ausgeweitet als bei dem Video, das Bryce mir geschickt hatte.

Ich wollte es gerade zurück in meine Tasche stecken, am besten ignorierte man die Dinge, die Bryce versendete, da sagte Kara: »Habt ihr auch das Video von Bryce bekommen?«

Sie zeigte uns das Bild.

»Los!«, sagte Stan aufgeregt. »Schauen wir es uns gemeinsam an.« Er hielt seinen Finger auf das Papier, dann pustete er es an und ließ es vor einen Baum schweben.

Wir versammelten uns um das Bild herum, als es sich langsam zu bewegen begann.

Am Anfang sah man nur Dunkelheit, das scheußliche Lachen von Blair war zu hören. Am liebsten hätte ich mich übergeben. Bryce' Lachen stimmte in Blairs mit ein, dann schwenkte die Kamera zur Seite und filmte durch ein Fenster hindurch einen Raum. Die Kamera musste sich erst an das wechselnde Licht gewöhnen, dann konnte man zwei Personen erkennen.

Sie lagen nackt auf dem Bett, eng umschlungen, während sie sich keuchend übereinander beugten und ihre Bewegungen immer schneller wurden.

Eine der Personen war Ian, die andere war Harry Stone, der einzige offen schwule Junge an unserer Schule, er war ein Jahr über uns und hatte schon mit der Ausbildung angefangen.

Kara schlug gegen das Papier. Die Figuren traten heraus und kurz konnte man das Video so sehen wie eines der Bücher, die

Geschichten erzählten, dann verschwammen die Figuren und lösten sich auf.

Stille erfüllte den Wald. Kein Geräusch war zu hören, nichts regte sich. Lanee hielt sich die Hände vor den Mund und Kara starrte auf das zerknüllte Papier am Boden.

Ich warf Ian einen Blick zu. Sein Gesicht war blass, seine Augen feucht, er sah so aus, als würde er jeden Moment in Tränen ausbrechen. »Kara, ich ...«

In ihren Augen funkelte Wut. Stan, der regungslos dastand, schien sich jetzt zu besinnen und stellte sich vor Ian, der auf Kara zugehen wollte.

Sie öffnete den Mund, um etwas zu sagen, doch Stan stellte sich vor sie und schlug Ian so hart ins Gesicht, dass ich hören konnte, wie das Glas seiner Hand knackte und Risse bekam.

Ian stolperte nach hinten und fiel auf den Boden.

»STOPP!«, schrie Lanee, sie schlug sich die Hände vors Gesicht.

»Igitt!« Stans Stimme kochte vor Wut. Er versuchte, Ian zu treten, der auswich und sich wieder auf die Beine rappelte. Seine Nase blutete.

»Ich dachte, du wärst 'n Mann!«, rief Stan.

Ich wollte Stan aufhalten, doch ich hatte nicht erwartet, solche Worte aus seinem Mund zu hören.

Kara liefen Tränen übers Gesicht. Sie öffnete den Mund, doch ihre Stimme versagte.

»Dabei bist du 'ne beschissene, ekelhafte Schwuchtel. Fick dich, du Miststück!« Stan warf sich auf Ian und beide fielen auf den Boden. »Ich dachte, du wärst 'n Freund und jetzt muss ich jeden Moment Angst haben, dass du mich ficken willst. ICH GLAUB'S NICHT!«

Er schlug auf Ian ein, der anscheinend vergessen hatte, sich zu wehren. Tränen liefen über sein Gesicht und er versuchte nur mit halber Kraft, Stan von sich zu drücken.

Das war genug. Ich richtete meine Hände auf die beiden und sie wurden auseinandergerissen. Ian schlitterte über den Boden und wurde von einem Baum gebremst. Stan flog ein ganzes Stück weiter als Ian und schlug mit dem Kopf auf einem Stein auf.

Lanee schrie auf und packte Karas Arm, Kara starrte immer noch auf die Stelle, an der die beiden eben noch gekämpft hatten.

»Spinnst du?!«, schrie Stan, er stand taumelnd auf.

Seine Hand drückte er auf die Stelle an seinem Kopf, mit der er auf den Stein aufgeschlagen war. Ein paar Risse waren zu erkennen.

»Ich hätte sterben können!« Er kam auf mich zu.

»Du kannst ihn nicht einfach so verprügeln«, sagte ich möglichst ruhig. In mir überschlugen sich die Gedanken, ich spürte Wut und ein Teil von mir wünschte sich, Stan wäre auf dem Stein zersprungen.

»Also willst du die Schwuchtel wirklich unterstützen?! HM? Willst du das?!«

Ian kämpfte sich vom Boden auf und warf mir einen Blick zu. »Fick dich, Stan.«

»Bist wahrscheinlich auch so 'ne Scheißschwuchtel wie der!« Seine Stimme brach und ich sah durchsichtige Tränen über seine Wangen laufen. »Du hättest mich töten können.«

»Und ich hätt's gern getan.« Ich wusste, dass ich ihn so verletzen konnte. Eigentlich müsste er wissen, dass es nicht wirklich ernst gemeint war. Doch er konnte es offenbar nicht verstehen. Wie gesagt. Stan war sehr schnell verletzt und konnte mit Streit nicht gut umgehen.

Er blieb stehen, sah mich noch einmal an, dann rannte er in den Wald hinein und war kurz darauf hinter den Bäumen verschwunden.

»Stan, warte!«, rief Lanee.

»Lass ihn doch!«, rief ich, strich mir die Haare aus dem Gesicht und entfernte mich ein Stück von den anderen.

Ich kochte vor Wut und ich konnte nicht klar denken. Am besten sagte ich gar nichts mehr.

Mein Herz schlug schnell, ich atmete tief ein und aus. Hinter mir hörte ich Kara mit Ian reden, ein Schluchzen ertönte, wahrscheinlich von Ian, aber ich wollte dem Gespräch, das die beiden führten, nicht folgen. Ich öffnete den Mund, um tief einzuatmen, doch keine Luft erreichte meine Lungen, ich sah in den Himmel hinauf, doch ich konnte ihn nicht mehr erkennen. Da war kein Himmel mehr, nur noch ein grelles Licht, das mich blendete.

Ich blinzelte. Das Licht schien die Bäume einzunehmen, die nur noch dunkle Striche vor mir waren, und es wurde so grell, dass ich die Augen schließen musste. Das Licht erzeugte einen Ton in meinem Kopf, ein schrilles Quietschen ertönte und ich presste mir die Hände auf die Ohren, aber kaum hatte der Ton begonnen, war er auch schon wieder verstummt.

Vorsichtig öffnete ich die Augen.

Das Licht war verschwunden. Ich stand in einem Raum voller Leute. Verwirrt sah ich mich um.

Die Leute saßen in gestuften Reihen auf weichen Samtstühlen, und blickten alle auf eine hell erleuchtete Bühne hinunter. Ich stand inmitten der Zuschauer, doch es schien sie nicht zu stören. Niemand beachtete mich.

Ich drehte mich um, um zu sehen, ob ich jemandem im Weg war, doch hinter mir saßen nur noch die Umrisse von Menschen, ohne erkenntliche Gesichter. Sie wurden langsam von einer Wand aus schwarzem Rauch verschluckt, die sich endlos in Höhe und Tiefe zog. Ich streckte meine Hand aus und berührte einen dieser Umrisse, die einmal ein Mensch gewesen war, doch ich fasste durch sie hindurch, sie waren nur eine Illusion, nicht real.

Mit wild klopfendem Herzen wandte ich meinen Blick wieder nach vorne. Der Mann auf dem roten Stuhl direkt vor mir blickte ebenfalls auf die Bühne hinunter.

Dennoch passte er nicht zu den anderen Leuten hier. Er hatte zerzaust abstehende Haare. Er trug auch nicht wie all die anderen einen Anzug, sondern einen langen Mantel, der blau im gedimmten Licht schimmerte. Ein Schal fiel darüber. Mehr konnte ich nicht von ihm sehen, der Rest wurde von seiner Stuhllehne und seinen Sitznachbarn verdeckt.

Neben den Stuhlreihen führte eine Treppe, die von einem roten Teppich bedeckt war, hinunter zur Bühne, auf der ein Mann stand. Es wirkte so, als würde der Mann allein dort stehen, aber es waren noch andere Leute zu erahnen, als merkwürdig geformte Schatten, denen man nicht besonders viel Aufmerksamkeit schenken musste und die man kaum erkennen konnte, außer man sah genau hin.

Nur der Mann war scharf gestochen, er schien sich von all den anderen Leuten hier abzuheben.

Der Mann auf der Bühne sagte etwas Unverständliches, das Publikum lachte. Und dann erfüllte mich etwas, das ich noch nie gefühlt hatte.

Es ließ mich nach Luft schnappen, doch es erstickte mich nicht, sondern ließ mein Herz höher schlagen und ich musste lächeln. All meine Angst, meine Zweifel und Sorgen verflogen in dieser Sekunde. Ich fragte mich nicht mehr, warum ich hier war und was das überhaupt war. Das Gefühl war so stark, so gut, so wundervoll, ich hätte vor Überschwang beinahe laut gelacht. Es fühlte sich an, als würde alle Wärme dieser Welt in mir emporsteigen, und es erfüllte mich mit so viel Glück, dass mir die Tränen in die Augen stiegen.

So etwas Wundervolles hatte ich noch nie gefühlt.

Wenn die Leute um mich herum geräuschlos klatschten, dann klatschte der Mann mit dem Schal nie, doch jedes Mal lächelte er breiter und seine Augen leuchteten vor Freude. Er freute sich für den Mann, der dort auf der Bühne stand. Und ich glaubte, dass er verliebt war, ja, ich war mir ganz sicher.

Und zum ersten Mal in meinem Leben fühlte ich, wie sich Liebe für einen anderen Menschen anfühlte. Ich wollte dieses Gefühl greifen, es nie wieder aus meinen Händen gleiten lassen. Es war so wundervoll, ich wollte niemals wieder ohne dieses Gefühl sein, ich wollte nie wieder etwas anderes empfinden.

Ich spürte den Stolz des Mannes, der vor mir saß. Sein Lächeln war anders als das der Leute um ihn herum. Er beugte sich nach vorne und hielt sich die Hände vor den Mund, die Fingernägel waren schwarz lackiert. Er war so glücklich und ich war so dankbar für sein Glück. Noch nie in meinem Leben war ich so glücklich gewesen. Noch nie hatte ich mich so gut gefühlt, noch nie so beflügelt.

Ein paar Minuten, oder vielleicht sogar Stunden, blieb ich so stehen, inmitten des sitzenden Publikums, und genoss das stille Glück. Die Liebe, die alles Schlechte auslöschte und alle Sorgen bedeutungslos machte. Nichts war mehr wichtig, nur dieses eine Gefühl. Obwohl ich nicht einmal wusste, was gerade passierte, wünschte ich, ich könnte für immer hierbleiben, für immer in diesem Meer aus Glück schweben.

Irgendwann ging ich ein paar Schritte weiter, wollte den Mann ansehen, doch ich war nicht weit gekommen, da änderte sich seine Stimmung. Glück verwandelte sich in Misstrauen. Und dann stieg Angst seine Kehle empor und erstickte ihn fast.

Er sprang auf, rief etwas auf die Bühne hinunter und lief los. Ohne auf Füße und Beine der anderen Zuschauer zu achten, hastete er stolpernd durch die Stuhlreihe.

Die Leute beschwerten sich, hin und wieder leuchtete eines ihrer Gesichter scharf auf, wie durch den Blitz einer Kamera, und ich hörte ihre genervten Stimmen.

Ich hasste sie dafür.

Als der Mann die Treppe erreicht hatte, rannte er sie hinunter, sein Mantel wehte hinter ihm her. Ich folgte ihm, so schnell ich konnte. Wieder rief er etwas.

Die Angst des Mannes stieg und ich spürte, dass sie sich betäubend in meinem Körper ausbreitete, wie ein Gift. Das Gefühl der Liebe verschwand nicht, doch es wurde von lähmender Panik überschattet.

Ich atmete schwer, bekam kaum noch Luft, trotzdem rannte ich dem Mann hinterher, der nun die Hälfte der Stufen hinter sich gelassen hatte. Er nahm drei Treppenstufen auf einmal und je weiter er nach unten kam, desto lauter wurden die Rufe der Leute, die sich lauthals beschwerten und Beleidigungen riefen. Warum hatte der Mann Angst, wovor fürchtete er sich so sehr?

Der Mann, der auf der Bühne gestanden hatte, war von der Bühne gesprungen und nun rannten die beiden Männer aufeinander zu. Auch er rief irgendetwas, während er die Stufen hinaufstürmte. Er hatte dunkelblonde Haare und einen Bart, er trug eine Brille, die verrutscht war, und sein Mund bewegte sich, ohne einen Laut von sich zu geben.

Auch der Mann mit dem Schal rief wieder etwas und ich hörte das Beben in seiner Stimme.

Die Angst in mir wurde immer mächtiger und je stärker sie wurde, desto schwächer wurde ich und jeder Schritt war nun schwer.

Ich stolperte und auch der Mann vor mir stolperte. Er stieß einen Schrei der Verzweiflung aus, es versetzte mir einen Stich und Tränen liefen über meine Wangen.

Die Leute wurden immer lauter, riefen wild durcheinander und die Stimmen verwandelten sich in ein Summen, das immer weiter anschwoll. Ich wollte mir die Ohren zuhalten, sie anschreien. Sie sollten leise sein.

Der Schal des Mannes flatterte hinter ihm her, ich konnte

ihn fast berühren, doch als ich meine Hand austreckte, griff ich durch den Schal hindurch.

Verzweiflung übermannte mich.

Der Mann rannte schneller und schneller, es war fast so, als würden seine Schuhe die Stufen nicht mehr berühren, er streckte die Hand nach dem anderen Mann aus, der ebenfalls seine Hand austreckte, und ich spürte ein kurzes, wundervolles Gefühl von Hoffnung.

Doch kurz bevor sie sich erreichten, kurz bevor sie sich berührten, ging das Gebäude in Flammen auf. Irgendetwas explodierte, Flammen schossen in die Höhe, rissen alles mit sich. Ich hielt mir die Hände vors Gesicht, zu erschrocken, um mich richtig zu schützen. Aber ich spürte keine Hitze und keinen Schmerz, also ließ ich die Hände wieder sinken.

Um mich herum brannte es. Nichts war mehr da. Nichts hatte die Flammen überlebt. Nur der Mann mit den wilden Haaren und immer noch wehendem Schal kniete in der Asche, die Flammen wirbelten um ihn herum.

Er schrie. Er schrie aus Leibeskräften.

Mein Körper ertrank in einem Schmerz, der mich betäubte, und ich begann ebenfalls zu schreien. Ich versuchte, das Brennen in mir herauszuschreien, das mein Herz zerfraß und mich von innen heraus zerriss. Aber der Schmerz hörte nicht auf, ich konnte mich nicht mehr aufrecht halten und stolperte nach hinten, klappte zusammen und Asche wirbelte auf. Sie erstickte meinen Schrei, verdunkelte meine Sicht.

Der Mann, der weinend vor mir auf dem Boden kniete, wurde von einem dunklen Meer aus Feuer verschlungen.

Zitternd lag ich auf dem Boden. Die Flammen schlugen gierig nach mir aus.

* * * * *

Blätter wehten mir ins Gesicht, der Duft von Moos drang in meine Nase. Ich öffnete die Augen. Eine erschrockene Lanee beugte sich über mich.

»Alles in Ordnung, Fal?«

Obwohl ich mir nicht sicher war, nickte ich.

»Was ist passiert?«

Ich hatte wirklich keine Ahnung, wie sollte ich es ihr dann erklären? Ich wusste nicht einmal, ob ich wirklich geschrien hatte. Mein Körper fühlte sich taub an.

»Kreislauf«, murmelte ich mit matter Stimme, dann sah ich auf. Kara wandte sich gerade von Ian ab, der sich über das blutverschmierte Gesicht wischte, uns dann den Rücken zudrehte und in Richtung Dorf verschwand.

»Warum sitzt ihr auf dem Boden?« Kara trocknete sich die Augen an ihrem Oberteil.

»Fal …«, begann Lanee.

»Mir geht es gut«, unterbrach ich sie und richtete mich auf. »Gestolpert.«

Wir schwiegen, niemand von uns wusste, was man in solch einer Situation sagen sollte.

»Super, dass du mit Enna zum Ball gehst«, sagte Kara wütend. »Jetzt kann ich nicht mit dir hingehen.«

»Ja, blöd.« Ich strich mir über die zitternden Arme.

Kara sah mich an. »Mehr hast du dazu nicht zu sagen?«

»Was soll ich denn dazu noch sagen? Ich muss mich ja wohl nicht dafür entschuldigen, dass dein Freund dich betrogen hat und du deswegen nicht mit ihm auf den Ball gehen kannst.«

»Ich habe eben mit meinem Freund Schluss gemacht, ein bisschen Mitgefühl wäre angebracht, finde ich.«

»O sorry, dass ich nicht unfassbar traurig darüber bin, dass du mit dem Miststück, das mich nur beleidigt hat, Schluss gemacht hast.«

Lanee trat zwischen uns. »Hört auf!«

Kara verschränkte die Arme. Ich fuhr mir übers Gesicht und seufzte. »Es tut mir leid, Kara.« Ich wollte es so meinen, doch der Streit schien, nachdem was ich eben gesehen und gefühlt hatte, so fern und so unbedeutend.

Sie zögerte einen Moment. »Es war sowieso schon länger vorbei. Das hat mir nur bestätigt, dass es nicht richtig war.«

Lanee nickte. Kara schaffte es so viel besser als Ian, ihren Schmerz zu verstecken. Wenigstens wussten wir nun, warum er den ganzen Tag so blass gewesen war.

»Ich meine ... Harry Stone ...«, sagte ich, als wir die Lichtung hinter uns ließen.

Lanee und Kara starrten mich an, dann hielt sich Lanee wieder die Hände vor den Mund, doch nur, um nicht laut loszulachen.

»Oh, ich hasse dich, Fal«, sagte Kara, grinste aber ebenfalls. »Ich hätte große Lust, ihn zu ruinieren.«

»Sein Sex Tape wurde gerade veröffentlicht, ich glaube, du musst sein Leben nicht ruinieren, das passiert von ganz allein.«

Kara sah mich an und nickte zustimmend.

»Du hast wahrscheinlich recht. Und Ian ...«

»Wenn sein Vater etwas davon mitbekommt, ist er tot.«

»Also ist Ian jetzt schwul?«, fragte Lanee.

»Ist doch völlig egal«, sagte Kara. »Auch wenn, er hat mich betrogen, das heißt, wir hassen ihn. Oh, ich bin so sauer!« Sie kickte gegen einen Baumstumpf.

»Wenn wir uns beeilen, schaffen wir es noch zu Fillgerts Rede«, sagte ich mit einem Blick auf meine Uhr.

»Du schaffst es wirklich jedes Mal, mich aufzuheitern.« Sie klopfte mir auf die Schulter. Ich versuchte, zu grinsen, doch es wollte mir nicht wirklich gelingen. Wir schlugen eine andere Richtung ein.

Auf dem Weg zurück schwiegen wir. In meinem Kopf hallten die Schreie des Mannes mit dem Schal wider. Immer noch brannte der Schmerz in meinem Herzen.

KAPITEL 4
HAPPY BIRTHDAY

19. September

Auf dem Marktplatz hatte sich eine Menschentraube gebildet. Viel mehr Leute, als überhaupt in Ratrou lebten, hatten sich hier versammelt. Ich sah den Präsidenten von der Stadt Flavous zwischen einigen Reportern stehen, bestimmt waren noch mehr Präsidenten dabei, aber ich konnte nur ihn erkennen.

Hinter Fillgert, auf dem weißen Podium, standen drei Personen, sie sahen mit leeren Augen in die Menge hinein. Das waren die Mitglieder des Hohen Rates, die Oberhäupter der Regierung, die alle Wahlen überwachten und noch über all den Präsidenten standen. Jedes Land auf Toverun hatte seinen eigenen Hohen Rat. Passend zu den Farben unseres Landes Olvaniru trugen sie weiß-graue Umhänge.

Fargrim Fillgert trug eine weiße Hose, die fast genauso hell leuchtete wie das Podium. Eine dazu abgestimmte, knielange Jacke durfte natürlich nicht fehlen. Er lächelte in die Menge herunter und ich war beeindruckt. Ich wusste nicht genau warum, aber Fillgert hatte etwas an sich, das alle Blicke auf ihn zog. Er war makellos.

Es war das zweite Mal, dass ich ihn bei einer Ansprache sah, doch es fühlte sich unwirklich an. Irgendwie bizarr, dass er echt war und hier stand und zu den Leuten sprach, die ihn gewählt hatten.

Ich hatte mich wohl in der Zeit vertan, Fillgert war offenbar schon so gut wie fertig mit seiner Rede.

»Und deswegen bedanke ich mich bei all meinen Wählern. Ich freue mich auf ein weiteres Jahr mit Ihnen. Danke, danke.«

Die Leute klatschten und Fillgert wandte sich zum Gehen.

Kurz sah er zu mir herüber, seine grünen Augen trafen meine und für einen Moment schienen sie aneinanderhängen zu bleiben. Es kam mir so vor, als würde ich von diesen Augen angezogen werden. Ich spürte einen Druck in meiner rechten Hand. Ich sah hinunter, doch da war niemand, der sie berühren konnte. Fillgert drehte sich um. Vielleicht irrte ich mich, doch ich bildete mir ein, dass er kurz lächelte.

Fillgert stieg von dem Podest herunter und wurde gleich von Reportern mit buschigen Mikrofonen eingeschlossen, die ihn mit Fragen durchlöcherten. Leute mit riesigen Kameras machten Bilder und liefen wild durcheinander, ich hörte einen von ihnen sagen: »Ich hab ihn lächelnd erwischt. Mann, das wird definitiv gedruckt. Scheiße, wie geil.«

»Er lächelt immer«, sagte ein anderer Fotograf verbittert.

Lanee, Kara und ich schlenderten noch über den Marktplatz und sahen uns bei den Ständen um. Ich fand eine signierte alte Kassette von Cerila Gallon und kaufte sie. Wahrscheinlich war das Autogramm nicht echt, doch ich hatte diese Deluxe Edition noch nicht und soeben ein echtes Schnäppchen gemacht. Wenn das Autogramm echt war, würde die Kassette vielleicht sogar mal einen besonders großen Wert haben.

»Sollten wir vielleicht nach Stan suchen?« Lanee sah besorgt zum Wald, der Himmel färbte sich langsam dunkel. Wir hatten den ersten Tag, den wir nicht zur Schule gehen mussten, kaum genutzt. Na ja, es kamen ja noch einige Tage auf uns zu.

»Nein«, sagte ich. »Der kriegt sich schon wieder ein. Und auch wenn nicht, wegen mir muss er nicht mehr rauskommen.«

»Wegen mir auch nicht.« Kara schüttelte den Kopf.

»Ich weiß, das war scheiße, was er getan hat. Aber er ist unser Freund, ich mache mir Sorgen, wenn er nachts allein im Wald ist.« Lanee klang fast quengelnd.

»Ich war schon öfter allein im Wald, ihm passiert gar nichts. Das ist extrem ungefährlich«, sagte ich.

»Ja, aber du bist nicht Stan.« Ja, ein Glück.

»Er ist wahrscheinlich gar nicht mehr im Wald«, sagte ich genervt. »Schauen wir noch das Buch weiter?«, fragte ich Kara und sie nickte. Sie sah nicht besonders glücklich aus. Das war ja auch kein Wunder. Ich legte einen Arm um ihre Schulter, wir liefen in Richtung ihrer Hütte und Lanee trottete hinter uns her.

»Du brauchst ihn nicht«, sagte ich.

»Ich weiß.«

Wir liefen gerade an Lanees Hütte vorbei, da ertönte ein wütender Schrei und die Haustür flog auf.

Lanees Schwester stürmte aus dem Haus, ihre sonst immer schulterlangen Haare waren jetzt abrasiert. Tränen liefen ihr übers Gesicht.

In der Tür stand Lanees Vater. Er war ein gutaussehender Mann mit einem sehr gepflegten Dreitagebart. Trotz der Version des netten Nachbarn, dessen Rolle er immer zu spielen versuchte, konnte man den Wahnsinn in seinen Augen erkennen. Seine schwarzen Haare standen in diesem Moment etwas zerzaust von seinem Kopf ab.

»Du verstehst mich einfach nicht!«, schrie Mina, rannte durch den Garten und riss das Gartentor auf.

»Du bist kein beschissener Junge, also hör auf, dich wie einer zu verhalten!«, brüllte ihr Vater hinter ihr her. Er warf sogar eine Zeitung nach ihr. Er traf sie nicht und Mina eilte an uns vorbei. Lanee wollte sich umdrehen und ihr hinterherlaufen, doch Terry Avells schriller Schrei ließ sie zusammenzucken und hielt sie davon ab, ihrer Schwester zu folgen.

»Komm sofort her, Lanee!«

Lanee gehorchte wie ein geschlagener Hund und trottete durch den Garten auf ihren Vater zu.

»Hey!«, sagte ich, doch Kara packte mich am Arm und schüttelte den Kopf.

»Haltet euch fern von meiner Tochter!«, schnauzte Terry Avell uns an und bugsierte Lanee in die Hütte hinein. Dann schlug er die Tür zu.

»Komm«, sagte Kara. Ich folgte ihr den Weg entlang, den Mina eingeschlagen hatte. Wir hörten ein leises Schluchzen und gar nicht so weit entfernt, in den Schatten einer alten Hütte gelehnt, stand Mina. Sie schrieb gerade eine Nachricht und steckte sie in ihren Beutel.

»Alles okay?«, fragte ich.

Mina sah erschrocken auf. Sie wischte sich über die Augen.

»Was ist los?«

Sie schüttelte den Kopf.

»Es ist so beschissen. Dieser Ort ist so scheiße. Aber es ist schon alles okay. Danke.«

Traurig lächelte sie uns an. Dann öffnete sie ihren Geldbeutel und zog einen Zettel heraus, las ihn und grinste leicht.

»Das geht aber schon wieder.« Sie strich sich über den abrasierten Kopf. »Ich schlafe heute bei 'nem Freund. Danke, Leute.« Dann lief sie in die andere Richtung davon.

»Was ist heute nur für ein Tag?«, fragte ich.

»Einen, den ich gerne vergessen würde.« Wir drehten uns um und liefen den Weg zu Karas Hütte entlang.

»Wie kann man nur so scheiße sein?« Kara meinte Lanees Vater. »Mein Vater war nicht so, er ist nicht so.«

»Ich weiß«, sagte ich.

Bis zu Karas Hütte war es nicht mehr weit. Dort angekommen nahm ich mir erst einmal eine Schmerztablette. Seit ich den Mann mit den wilden Haaren gesehen hatte, pulsierte ein Schmerz in meinem Kopf und meinen Händen.

Wir setzten uns auf die Couch und ich schlug das Buch auf, das wir uns seit ein paar Wochen anschauten, dann legte ich es vor die weiße Wand und pustete über die Buchstaben hinweg. Sie verschwammen zu einer dunklen Masse und wanderten die Wand hinauf. Figuren bildeten sich draus und das neue Kapitel begann zu spielen. Die Buchstaben erzählten ihre Geschichte.

Natürlich war nicht jedes Buch so, doch jedes Buch, das mit dieser speziellen Magie geschrieben worden war, konnte man auch lesen. Es gab auch Bücher, die ausschließlich für das Anschauen geschrieben wurden, das waren die alten Filme und sie wurden immer noch in Massen produziert, die Leute liebten sie.

Natürlich gab es auch Filme, die mit Kameras aufgenommen werden, mit richtigen Schauspielern und teuer und aufwendig produziert. Für diese Filme gab es meistens auch ein verzaubertes Skript, das man, wenn man schnell war, in den dunklen Ecken von Gratrou zu kaufen bekam. So sahen einige Leute den Film schon, bevor er überhaupt erschienen war.

Ich hatte schon ein paarmal darüber nachgedacht, für solche Firmen zu arbeiten, und hatte überlegt einfach mal einige kleine Geschichten zu schreiben und sie an eiinige Agenturen zu schicken. Vielleicht konnte mir Illn auch dabei helfen, durch seine Arbeit beim Magazin *ZagZm* hatte er einige Kontakte zu wichtigen Leuten, weil er sie schon das ein oder andere Mal interviewt hatte. Nun ja, ich musste mich noch ernsthaft mit meinen Zukunftsplänen auseinandersetzen.

Das Kapitel, das gerade spielte, gefiel uns nicht besonders, deswegen unterhielten wir uns währenddessen und bestellten etwas zu essen. Das darauffolgende Kapitel war weitaus spannender, doch ich war immer noch nicht zufrieden, da mein Lieblingscharakter gerade gestorben war.

Das Essen (eine große Portion Tiefseeargis mit Plairti-Bällchen) kam und während wir aßen, musste ich wieder an Ian und Stan denken und wieder stieg Hass in mir empor und zur selben Zeit erinnerte ich mich an den Mann mit den wilden Haaren, der den anderen Mann nicht erreichen konnte. Ich erinnerte mich an das Gefühl, das ich so noch nie gespürt hatte. Sehnsucht breitete sich in mir aus und ich wünschte mich an diesen Ort zurück, nur für dieses intensive Gefühl. Der Moment des Fühlens erschien mir nun viel zu kurz, ich wollte die Erinnerung daran nicht verlieren, doch das Glück wurde durch die altbekannte Trauer ausgelöscht, die sich durch meinen Körper zog, und schon bald war nichts mehr von ihr übrig.

»Harry Stone sieht nicht mal annähernd so gut aus wie ich.«

Ich blinzelte. Kara starrte aus dem Fenster, Tränen liefen ihr über die Wangen.

»Er ist nichts neben dir.«

Sie sah mich an und lächelte. »Nicht wahr?«

Ich umarmte sie und sie weinte noch ein paar Minuten weiter.

»Ich weiß ja. Er war durchgehend scheiße zu dir und eigentlich zu allen. Aber ich hab ihn trotzdem geliebt. Es tut mir leid, Fal.«

»Du musst dich nicht entschuldigen. Man kann so was eben nicht steuern.«

»Tja«, sagte Kara und löste sich aus der Umarmung. »Schön wäre, wenn doch.«

»Wen würdest du dann wählen? Für deine perfekte Beziehung?« Ich grinste.

Kara dachte nach. »Keine Ahnung, vielleicht Don Reclouw, der ist schon ziemlich nice.«

»Joa, in den Rollen, die er spielt, hat er schon was. Aber ist, glaub ich, nicht so mega mein Typ«, sagte ich und nahm mir noch etwas zu essen. Kara verdrehte die Augen.

»Er ist schon ziemlich gut. Egal, was die Kritiker über seinen baldigen Karriereabsturz und Drogenkonsum prophezeien.« Sie grinste. »Aber gut, dann vielleicht ... ähm.« Sie dachte nach. »... dann Jenette Murphey, die ist zieeemlich hot.«

»Oh«, sagte ich. »Ich meine, damit könnte ich mich abfinden. Sie ist wirklich wunderbar.« Jenette Murphey war ein Model. Sie schmückte momentan fast jedes Schaufenster und ihr Parfüm konnte man seit zwei Wochen signiert kaufen. Sie war wunderschön, aber waren das nicht alle Models?

»Und du?«, fragte Kara mich.

»Hmm. Vielleicht Richard Kassaine.«

Kara starrte mich an. »Och, Fal, … ernsthaft?«

»Als er jünger war. Und noch gelebt hat.«

»Hm. Meinetwegen. Auch wenn ich mich frage, was du mit einem Menschen auf der Erde anfangen willst …«

»Komm schon. Er hatte schon was.«

Kara zuckte die Schultern. »Wenn du meinst.«

»O nein«, sagte ich und hob den Zeigefinger. »Ich weiß.« »Natürlich Mick Hafflin. Ist doch wohl klar.«

Kara dachte wieder nach. »Ach, ich weiß nicht. Ich meine, gut sieht er auf jeden Fall aus. Aber sonst … keine Ahnung.«

»Nein«, sagte ich. »Ich bin mir sicher.«

»Mann, Fal.« Kara schüttelte den Kopf. »Also du solltest noch mal über deinen Geschmack nachdenken. Sonst endest du noch früher unter der Erde, als du es geplant hast.«

Ich lachte. »Ja, es ist doch furchtbar.«

»Solange du nicht Harry Stone nimmst …«

»Herrje. Mit Sicherheit nicht. Hast du schon mal gesehen, was für Schuhe der trägt? Mit so jemandem würde ich mich nicht blicken lassen.« Ich lachte und Kara lachte mit mir.

»Mann, Fal. Wenn du nicht schwul wärst, könnte ich mich grad in dich verlieben.«

»Wage es bloß nicht.«

»Mit Sicherheit nicht, wobei Ian wahrscheinlich ausrasten würde.«

»Er würde jemanden umbringen.«

»Vielleicht sich selbst.«

»Dann sollten wir es doch probieren.« Ich lachte, obwohl mir nicht nach Lachen zumute war. Es war egal.

Ich streckte die Beine aus, während einer der Hauptcharaktere in der Serie gerade abgestochen wurde. Den hatte ich nicht besonders gemocht, er war ein nerviger Typ, deswegen hatte ich gedacht, er würde noch ziemlich lange dabei bleiben.

So war es jedenfalls sehr viel besser.

»Was war vorhin im Wald eigentlich los?«, fragte Kara.

Ich zuckte die Schultern. »Ach, gar nichts.«

Ich wusste nicht, ob ich darüber reden wollte. Andererseits war es vielleicht auch gut, darüber zu reden.

»Sag schon«, sagte Kara und ich verdrehte die Augen.

»Ich hab etwas gesehen.«

»Was hast du gesehen?«

Wie sollte ich ihr das beschreiben? Es war so viel mehr, als nur etwas gesehen zu haben. Ich zuckte erneut die Schultern.

»Ich habe einen Mann gesehen. In einem Raum, ich war sozusagen in dem Raum mit ihm, wie in einem Traum. Aber es war kein Traum! Der Mann hat versucht, einen anderen Mann zu erreichen, doch er hat es nicht geschafft und das Gebäude ist in Flammen aufgegangen.« Ohne die Gefühle zu erwähnen, klang das so gar nicht nach dem, was ich erlebt hatte. Ich konnte es überhaupt nicht in Worte fassen.

»Es klingt sehr stark nach einem Traum. Oder vielleicht einer Vision?«

»Es war kein Traum!«, sagte ich energisch.

Kara hob entschuldigend die Hände. »Sorry.«

»Aber es war so viel realistischer als ein Traum. Keine Ahnung, was es war.« Ich zögerte. »Ich glaube, ich konnte die Gefühle des Mannes fühlen. Ich hab so etwas noch nie gespürt. Es war so real, so echt. Schwer zu beschreiben.«

»Ich weiß nicht, ob das überhaupt möglich ist.« Kara zog eine Augenbraue hoch. Ich zuckte die Schultern.

»Vielleicht war es ja wirklich nur einer von diesen krassen Träumen, weißt du, was ich meine? Das hatten wir doch letztes Jahr in der Schule.«

»Ja, vielleicht«, sagte ich. Doch ich glaubte nicht, dass es stimmte. Wir schwiegen ein paar Minuten.

»Echt toll!«, sagte Kara dann. »Wenn Lanees Müll-Vater nicht gewesen wäre, könnten wir jetzt noch etwas vorbereiten. Aber nein, sie darf mit Sicherheit nicht mehr raus.«

Ich nickte. »Natürlich waren wir auch in genau diesem Moment vor ihrer Hütte. Wir sind doch schon so oft vorbeigeschlichen. Warum hat das heute nicht geklappt?«

»Ugh, keine Ahnung.« Kara verzog das Gesicht. »Es nervt mich nur so sehr. Sie soll einfach zu mir ziehen.«

»Du hast recht.« Ich ließ die Essensverpackungen in den Müll schweben. »Meinst du, Mina geht's gut?«

»Bei so 'ner Familie kann es dir nicht gut gehen. Aber ich denke ja. Vielleicht hatte sie einfach nur 'nen schlechten Tag. Aber das hat ja jeder mal.«

* * * * *

Auf dem Nachhauseweg zog die Trauer, die seit heute Nachmittag noch stärker in mir brannte als sonst, meinen Magen zusammen. Ich atmete tief durch und versuchte, an etwas Schönes zu denken, doch auch der Gedanke an meinen Geburtstag morgen konnte mich nicht fröhlich stimmen.

Ich schloss auf und betrat den Flur. Illn stand in der Küche und rührte in einem Topf. Hinter ihm deckte sich der Tisch von allein. Er sang mit dem Lied mit, das gerade im Radio lief, und wippte von einem Fuß auf den anderen.

Ich wusch mir die Hände und stellte mich neben ihn.

»Hi, Fal.«

»Hi, Illn.«

»Na, wie war dein Tag?« *Komisch und nicht besonders schön.*

»Ganz gut«, log ich. Ich nahm mir eine Karotte vom Tisch und biss hinein.

»Was ist passiert?« Manchmal fragte ich mich, ob Illn doch Gedanken lesen konnte.

»Nichts.« Ich setzte mich. »Ian und Kara haben Schluss gemacht und Stan hat Ian verprügelt. Also nichts Besonderes. Dann hab ich Stan fast umgebracht, nichts Krasses.« Illn drehte sich vom Topf weg. Er sah mich an und lachte kurz.

»Warum haben sie Schluss gemacht?« Der Topf schwebte an meinem Kopf vorbei und platzierte sich sanft auf dem Tisch.

»Ian hat Kara betrogen.«

»Oh, das tut mir leid für sie.«

»Ja ...«

Ob ich Illn die ganze Geschichte erzählen sollte? Vielleicht war es ein guter Moment, aber ich war mir nicht sicher, deswegen tat ich mir lieber stumm Suppe auf.

»Und wie hast du Stan fast umgebracht?«, fragte Illn belustigt, während er sich selbst eine Kelle Suppe nahm.

»Na ja, er hat Ian verprügelt und ich habe die beiden auseinandergerissen. Dabei ist Stan auf einen Stein geflogen.«

Illn sah mich erschrocken an. »Das hätte schiefgehen können, Fal!«

»Ich weiß«, sagte ich, doch auch jetzt empfand ich kein Mitgefühl für Stan. »Aber was hätte ich sonst tun sollen? Ian hat sich nicht mal mehr gewehrt. Weißt du ...« Einen Moment zögerte ich. »Er hat Ian nicht verprügelt, weil er Kara betrogen hat. Sondern weil er sie mit einem Typ betrogen hat.«

Illn seufzte.

»Hätte nicht gedacht, dass Stan so drauf ist. Aber warum hat er überhaupt davon erfahren? Warum ist die Situation so eskaliert?« Ich war mir unsicher, ob ich es Illn sagen sollte. Warum, wusste ich selbst nicht einmal.

»Bryce hat uns allen so ein Video geschickt.« Den Löffel hatte ich neben den Teller gelegt. Der Appetit war mir ein wenig vergangen.

»Fal!«, sagte Illn ernst. »Das muss gemeldet werden. Wenn du weißt, wer das gesendet hat ...«

»Wir können nichts tun«, sagte ich. »Die Schule ist vorbei, sie sind alle schon erwachsen, Illn. Ich wüsste nicht, was wir machen sollten. Die Schule wird mit Sicherheit nichts mehr unternehmen.«

»Wahrscheinlich hast du recht. Und mit den Eltern reden?«

»Wenn Ians Vater das erfährt, ist Ian tot. Mit etwas Glück verliert sich das alles recht schnell.«

Illn sah mich mit hochgezogener Augenbraue an.

»Ja, das kann man nur hoffen.«

Schweigend aßen wir weiter, doch ich konnte das Essen nicht mehr genießen, was komisch war, weil Illns Essen sonst immer wunderbar schmeckte. Ich war froh, dass das Radio ein paar Hintergrundgeräusche von sich gab.

»O mein Mächtiger!«, rief Illn plötzlich und sprang auf. Sein Suppenteller fiel fast vom Tisch.

»Was ist los?!«, fragte ich erschrocken, da lief Illn schon nach hinten in sein Arbeitszimmer und kam ein paar Sekunden später mit einem blauen Briefumschlag in der Hand wieder an den Tisch.

»Ist das ...?«, fragte ich mit klopfendem Herzen.

»Ja, es ist von der Schule. Wir haben heute bei *ZagZm* schon darüber geschrieben. Aber ich hatte es total vergessen, tut mir leid.«

Mit leicht zitternder Hand nahm ich den Brief von Illn entgegen. Bevor ich ihn öffnete, zögerte ich. Was war, wenn ich nicht bestanden hatte? Angst breitete sich in mir aus. Ich durfte nicht daran denken. Tief atmete ich durch, meine Finger waren kalt, als ich den Brief öffnete und ihn auseinanderfaltete.

Mein Zeugnis mit meinen Noten lag vorne. Ich wusste nicht, ob man auch ein Zeugnis bekam, wenn man nicht bestanden hatte. Ich legte es beiseite und las mir das Anschreiben durch. Illn warf einen neugierigen Blick auf das Zeugnis.

Ich überflog den Großteil des Briefes, in dem eine Bewertung über mich verfasst worden war, und betrachtete den letzten Satz.

Faldor Feyn hat somit die Prüfungen erfolgreich bestanden und darf ab dem ersten Januar Zweitausendundzwei (01.01.2002) die Ausbildung zum Magier antreten.

Ich sah Illn an. Mein Herz klopfte immer noch wild, doch auch Erleichterung erfüllte mich. »Und?!«, fragte Illn ungeduldig.

»Ich hab bestanden.«

Illn klatschte zufrieden in die Hände und umarmte mich.

»Ich bin so stolz auf dich, Fal.«

»Danke.« Wieder las ich die Worte *erfolgreich bestanden*. Ich war so glücklich, dass ich es gar nicht begreifen konnte. Illn reichte mir einen weiteren Zettel, der an das Zeugnis angeheftet war. »Merk dir das gut. Es ist wichtig für die Ausbildung.«

Ich nahm den Zettel und warf einen Blick darauf.

»Jedes magische menschliche Wesen verfügt über die Macht der bla bla bla, die Kraft der Gedankenkontrolle, die uns schützt, bla bla bla.« Ich zog die Augenbrauen in die Höhe.

»Illn, ich weiß das alles. Diesen Zettel haben wir schon in unserem ersten Schuljahr bekommen. Mithilfe von Tränken, Zaubern und was weiß ich können wir über unsere normale Kraft hinauswachsen. Ich kenne den Text.«

»Es ist trotzdem wichtig, dass du es verstehst«, beharrte Illn und tippte auf das Papier. »Sonst wirst du nie mehr können, als Möbel durch die Wohnung schweben zu lassen. Willst du das wirklich?«

»Nein.« Ich schüttelte den Kopf. »Ich werde auf jeden Fall mehr können, als nur Möbel schweben zu lassen. Ein bisschen Feuer kann ich sogar auch erzeugen.«

»Ich weiß, Fal. Es tut mir leid. Es ist nur … manche erreichen ihre volle Kraft nicht, nur weil sie nicht aufmerksam waren, und ich sehe so viel Potenzial in dir. Es wäre eine Schande, wenn du es vergeuden würdest.« Er lächelte.

»Ich werde mich bemühen.« Ich faltete den Zettel zusammen, steckte ihn in meine Jackentasche und sah noch einmal auf das Anschreiben.

Das Lernen hatte sich tatsächlich ausgezahlt. Endlich würde ich ein richtiger Magier werden. Eigentlich wollte ich es sofort Kara und Lanee erzählen, doch Lanee hatte bestimmt ihre Nachrichtentasche abgenommen bekommen. Kara konnte ich immer noch später eine Nachricht schicken.

Illn lief in sein Schlafzimmer und kam mit einem dunkelblauen Paket zurück.

»Zum Schulabschluss.« Er reichte mir das Paket.

»Danke, Illn!« Sorgfältig legte ich den Brief zur Seite, dann nahm ich Illn das Paket ab und öffnete den Knoten, mit dem es verbunden war.

Ich hob den Deckel an und leichter schwarzer Stoff fiel heraus, wand sich über meine Hände. Er fühlte sich an wie in Seide gewebtes Wasser. Ich hielt den Stoff in die Höhe. Es war ein Anzug, er war tiefschwarz und doch war er es auch nicht. Im Licht der Lampe glänzte der Stoff in einem anderen Ton als im Schatten des Pakets.

Mir fiel die Kinnlade herunter. Jetzt hatte ich etwas Passendes für den Abschlussball.

Mit geöffnetem Mund sah ich Illn an.

Anzüge aus diesem Stoff waren sehr teuer. Es war ein Stoff, der sich der Größe und den Wünschen des Trägers anpasste. Natürlich konnte man normale Kleidung auch so verzaubern, doch wenn ein Stoff eigens dafür geschneidert wurde, war das Ergebnis genauer – und natürlich war der Stoff sein ganz eigenes Wunder. Wie er hergestellt wurde, hatte ich vergessen, ich wusste nur, dass es ein Prozess war, der mehrere Wochen, sogar Monate dauern konnte. Deswegen gab es diese Anzüge nur selten und sie waren schwierig zu bekommen.

Ich wusste nicht, was ich sagen sollte.

»Illn ...«, begann ich, doch ich klang furchtbar monoton, deswegen unterbrach ich mich selbst und versuchte, meine Stimme glücklicher klingen zu lassen. »Danke, Illn.«

Es war so wenig, ich hoffte, er wusste, wie dankbar ich war. Für alles, was er tat.

Illn strahlte. »Gefällt er dir?«

»Ähm, ja, natürlich. Er ist toll!«

»Na dann auf, zieh ihn an.«

Ohne zu zögern, sprang ich auf und lief die Treppe hinauf, den Anzug an meine Brust gepresst. Schon während ich ihn anzog, spürte ich, wie er sich meiner Größe und Körperform anpasste. Ich betrachtete mich im Spiegel.

Das Hemd aus Seide, das dabei gewesen war, passte perfekt dazu. Ich fühlte mich gut. Der Anzug stand mir.

Auch wenn der Abschlussball scheiße werden würde, wenigstens würde ich nicht scheiße aussehen.

Aus meinem Kleiderschrank zog ich die alten Lederstiefel meines Vaters hervor. Sie wirkten, als wären sie für den Anzug gefertigt worden. Mein Vater wäre bestimmt auch stolz gewesen. Vielleicht hätte er mir seine Schuhe für den Abend überlassen, vielleicht.

Noch einmal sah ich mich im Spiegel an, dann lief ich die Treppe hinunter und drehte mich vor Illn im Kreis.

Er lachte. »Er steht dir.«

»Ja, oder? Er sieht gut aus.« Ich konnte nicht aufhören, zu lächeln. »Danke dir.«

»Klar doch, gerne. Den kannst du auch für immer behalten. Er wird sich immer deiner Größe anpassen.«

»Du darfst ihn dir auch gerne mal ausleihen.«

Illn klopfte mir zwinkernd auf die Schulter. »Das will ich doch hoffen.« Ich strich über den weichen Stoff. Wie konnte etwas so weich sein?

»Hast du noch Lust auf eine Partie Karten?«

Nachdem ich den Anzug wieder ausgezogen hatte und in meine normalen Klamotten geschlüpft war, spielten wir Karten und die Zeit flog an uns vorbei.

Wir hatten schon immer viel Karten gespielt.

Es kam mir alles so verrückt vor. Es war, als wäre ich gerade erst in die Schule gekommen. Es war so unwirklich, dass ich nun bald meine Ausbildung beginnen würde.

Nach dem zehnten oder fünfzehnten Spiel legte Illn seinen Kartenstapel beiseite und blickte auf die Uhr.

»Du bist bald achtzehn, Fal.« Ich sah ebenfalls zur Uhr hinüber. Es war zehn vor zwölf.

»Stimmt.«

»Freust du dich denn gar nicht?«

»Doch, klar. Ich weiß auch nicht.«

»Wieder diese Traurigkeit?« Ich nickte. Ich hatte Illn schon vor längerer Zeit davon erzählt. Es brachte ja auch nichts, so etwas zu verschweigen.

»Aber es ist schon alles gut.«

Ich streckte mich. Illn sah besorgt aus, doch dann lächelte er wieder.

»Gut, denn wir wollen schließlich gleich los.«

»Was meinst du?«

»Na ja, die Überraschung. Wir gehen schon jetzt los. Du kannst bald mit den Winden reisen, das heißt, wir machen jetzt einen kleinen Ausflug.«

»Wohin geht's denn?«, fragte ich.

»Überraschung! Aber nimm eine Badehose mit. Na los, mach dich fertig.« Er wirbelte mit der Hand durch die Luft und die Karten, mit denen wir eben noch gespielt hatten, flogen in das Regal, in dem wir sie aufbewahrten. »Wenn wir uns beeilen, sehen wir den Sonnenuntergang noch. Du musst nicht viel mitnehmen. Wir sind nur eine Nacht weg.«

»Wohin gehen wir denn, dass wir den Sonnenuntergang noch sehen können?«, fragte ich belustigt und sah aus dem Fenster in die Nacht hinaus.

»Lass dich überraschen.« Illn zwinkerte mir zu.

Auf dem Weg nach oben nahm ich zwei Stufen auf einmal, das war bei der kleinen Treppe eigentlich unnötig. Ich stopfte eine Jacke und ein Buch in meinen Rucksack und eilte die Stufen wieder hinunter.

Illn hatte seine Tasche natürlich schon gepackt und wartete auf mich. Ich hatte gedacht, dass wir erst am nächsten Morgen aufbrechen würden, doch so war es umso besser. Ich freute mich darauf, noch etwas zu unternehmen und nicht stundenlang in meinem Bett zu liegen und mir den Kopf an irgendwelchen Dingen zu zerbrechen.

»Bist du bereit?«, fragte Illn.

»Klar.«

»Perfekt, dann komm. Schnell. Aber nimm den Schal ab, sonst wirst du noch bei deiner ersten Reise mit den Winden erdrosselt. Das wollen wir wirklich nicht.« Er grinste und ich packte den Schal eilig in meinen Rucksack.

Wir verließen die Hütte durch die Hintertür. Ich schloss sie hinter uns und nachdem ich noch mal auf meine Uhr geblickt hatte, folgte ich Illn. Es war eine Minute vor zwölf. Illn lief voraus, das gefrorene Gras knirschte unter seinen Schuhen, er erreichte den Pfahl, der nur wenige Meter von unserer Hütte, im Wald zwischen ein paar Bäumen versteckt, in die Erde gerammt war.

So oft hatte ich Illn schon neidisch beobachtet, wie er mit den Winden zur Arbeit gereist war. Jetzt durfte ich es endlich auch.

Illn lief zu dem Pfahl hinüber, zog etwas aus seiner Tasche und legte es auf den Kopf des Pfahles. Ich vermutete eine Karte mit dem Ziel unseres Ausflugs, vielleicht war es aber auch einfach nur ein Zettel mit dem Ortsnamen. Manche konnten sogar mit purer Gedankenkraft das Ziel festlegen, zu dem die Winde sie bringen sollten.

Wir hatten Glück, dass dieser Pfosten nicht weit von uns entfernt war und die Winde von ihm aus an viele Orte führten. Natürlich gibt es nicht überall Winde und manchmal muss man ein ganzes Stück laufen, um einen weiteren Pfosten zu erreichen. Dann kann es natürlich auch sein, dass der Pfahl einen nicht überall hinschicken kann. Das System ist eben nicht perfekt ausgearbeitet.

Illn flüsterte etwas und sah zu mir herüber. Er grinste.

»Ein Zauberspruch?« Ich sah ihn fragend an.

»Für eine sichere Reise. Mehr Aberglaube als richtige Magie, aber ich vertraue, dass es wirkt. Komm her.«

Ich stellte mich neben ihn.

»Du musst nur den Pfahl berühren. Lass dich treiben, der Wind wird dich sicher an unser Ziel bringen. Verkrampfe dich nicht zu sehr, sonst könntest du versehentlich woanders hinsteuern. Bleib einfach ruhig.«

Ich legte meine Hand auf das kalte Holz – und schon wurde mir der Boden unter den Füßen weggerissen.

Blätter wirbelten auf, als ich jeglichen Halt verlor. Bäume zogen an mir vorüber und kalte Luft brannte mir in den Augen.

Ich schloss sie und bemerkte, dass ich immer schneller wurde. Als ich noch einmal blinzelnd die Augen öffnete, sah ich Menschen durch das Wirrwarr aus Rauch, Blättern und Wasser schweben. Sie waren ebenfalls mit den Winden unterwegs. Ich sah Vögel und kleine Wasserperlen an mir vorbeizischen, ich streckte die Hand aus, um sie zu berühren, und wurde zur Seite gerissen.

Plötzlich hing ich kopfüber in der Luft und begann mich rasend schnell um die eigene Achse zu drehen.

Meine Füße schlugen gegen etwas und ich hörte einen wütenden Aufschrei.

Panik erfasste mich. Ich drehte den Kopf zu Seite, um zu erkennen, wo ich war, doch ich konnte nur noch grauen Nebel sehen, der immer schneller und schneller an mir vorbeizog.

Von irgendwoher kam ein Rauschen, das lauter und lauter wurde. Ich schloss die Augen erneut. Mein Rucksack drohte mir aus der Hand zu fallen, deswegen packte ich ihn noch fester. Mir war schlecht, ich drehte mich immer noch unaufhaltsam und hoffte, das Fliegen würde endlich ein Ende haben, da spürte ich Sand an meinen Händen und landete schließlich unsanft auf dem Boden.

Mit Tränen in den Augen sah ich Illn, der stolpernd und lachend neben mir zum Stehen kam.

»Niemals etwas im Wind berühren.« Er lachte. »Alles okay?«

Ich nickte und atmete tief ein. Salzige Luft stieg mir in die Nase und verriet mir, wo wir waren.

Ich rappelte mich neben Illn auf. Wir standen auf einer Düne, vor uns erstreckte sich ein heller Sandstrand, der von der untergehenden Sonne rot gefärbt wurde. Mit einem sanften Rauschen schlugen die Wellen auf den Strand.

Ich stand einfach nur da und betrachtete das wunderschöne Panorama.

Schon einmal war ich hier gewesen, doch das war lange, lange her. Ich wusste nicht einmal, warum ich mich noch daran erinnerte, aber es erschien mir so klar und wunderschön in diesem Moment.

Vielleicht waren die Erinnerungen jedoch gar nicht echt, vielleicht wusste ich in Wirklichkeit gar nichts mehr und bildete mir nur ein, so einen atemberaubenden Ort nicht vergessen zu können. Und die Menschen, mit denen ich hier gewesen war.

Doch in diesem Moment war es echt für mich und Tränen stiegen mir in die Augen.

»Happy Birthday, Fal«, sagte Illn voller Freude.

KAPITEL 5
WAVES

20. September

Ich fiel Illn um den Hals. »Danke«, flüsterte ich.

Illn sagte nichts, ich wusste, dass dieser Ort in ihm eine sehr viel realere Erinnerung auslöste als in mir.

Wir waren schon einmal hier gewesen, Illn und ich, aber auch meine Mutter und mein Vater. Wir waren alle hier gewesen, kurz bevor sie gestorben waren.

Es lag schon fast fünfzehn Jahre zurück. Für diesen Ort waren wir nie hier gewesen, unsere Fußspuren im Sand waren längst weggewaschen und überdeckt worden. Unsere Stimmen schon lange vom Wind weggetragen, nichts an diesem Ort erinnerte mehr an uns, da waren nur Erinnerungen und meine waren schon fast verschwunden.

Da war fast nichts mehr, das geblieben war. Nur ein kleiner Hauch, ein kleines Fünkchen von Glück, von längst vergangenem Glück.

Und doch, es war da. Noch immer, nach all dieser Zeit.

Ich machte einen Schritt nach vorne, dann konnte ich mich nicht mehr halten, ließ meinen Rucksack fallen und lief die Düne hinunter.

Als das Wasser meine Schuhe berührte, drehte ich mich zu Illn um. Er hatte meinen Rucksack aufgehoben und war mir gefolgt. In seinen Augen glitzerten Tränen.

»Es ist so lange her.« Das Rauschen des Meeres erfüllte meine Ohren. »So lange.«

Die Sonne versank langsam in den Wellen und kleine Fische sprangen durch das Wasser hindurch und verschwanden in den Tiefen des Wassers.

»Ja ...« Illn trat neben mich. »Ich wäre gerne früher mit dir hergekommen, aber ...«, er sah zu Boden, »... es ist schwierig.«

»Ich weiß«, sagte ich. »Ich hatte es fast vergessen. Es ist so komisch, dass diese Erinnerungen wieder aufgetaucht sind. Ist das überhaupt möglich?« Eine Träne lief mir über die Wange.

»Danke«, sagte ich erneut und in diesem Moment klang es so dankbar, wie ich es meinte.

»Komm«, sagte Illn und legte einen Arm um meine Schultern. Ich wischte mir über die Augen und wir spazierten den Strand entlang.

Nicht weit von uns entfernt, hinter ein paar Dünen verborgen, stand eine kleine Hütte.

Ich erkannte sie wieder. Dort hatten wir Urlaub gemacht.

Wir bewegten uns schneller darauf zu. Illn zog einen Schlüssel aus seiner Hosentasche und schloss die knarrende Holztür auf.

Wir betraten die Hütte. Es roch nach Salz und altem Holz. Der Geruch wirkte so vertraut und so beruhigend, ich atmete tief ein und musste lächeln.

Die Sonne war auf dem Weg zur Hütte untergegangen, doch das graue Licht des Mondes erhellte den Raum, weswegen wir nicht im Dunkeln standen. Zusätzlich zündete Illn ein paar Kerzen an, deren Licht das kleine Wohnzimmer vollends ausfüllte.

»Es ist so wunderschön«, sagte ich und begann eine Erkundungstour durch das Haus.

Ich öffnete jede Tür und sah in jeden der fünf Räume. In einem der größeren Zimmer stand ein Ehebett, das fast den ganzen Raum ausfüllte. Hatten meine Eltern dort drin geschlafen, als wir hier gewesen waren? Hatte ich mich zu ihnen geku-schelt? Ich sah auf das Bett und der Gedanke, dass meine El-tern vor vielleicht nicht allzu langer Zeit hier drin geschlafen hatten, erfüllte meinen Kopf. Sie waren hier gewesen, ich war hier gewesen, mit ihnen. Es war alles real gewesen.

Ich wünschte, ich würde eine Erinnerung an die Wärme be-kommen, an das Aufwachen in diesem Bett, an die Liebe.

Ich wollte die Erinnerung, ich wollte ein Gefühl, ich wollte mehr, ich wollte mehr als nur ein leeres Haus. Ich wollte, dass sie hier waren. Ich wollte ihre Stimmen in der Küche und ihr Lachen hören, ich wollte, dass sie hier in dieser Sekunde in die-sem Raum standen. Es war mir egal, was sie tun würden, mei-netwegen konnten sie sich auch streiten, es war mir egal. Ich wollte sie nur wieder haben, wenn nicht für immer, dann we-nigstens für einen Abend, wenigstens für eine Stunde.

Noch nie hatte ich so etwas gefühlt wie in diesem Moment. Das Zimmer verschwand vor meinen Augen und ich ließ den Tränen freien Lauf. Wenn sie hier waren, in dieser Sekunde, an diesem Ort, nur nicht sichtbar, nicht erreichbar für mich, dann sollten sie meinen Schmerz sehen. Sie sollten wissen, dass ich sie geliebt hatte, obwohl unsere Zeit miteinander zu kurz ge-wesen war.

Ich wollte etwas tun, etwas berühren, etwas, das nicht da war. Etwas fühlen, das ich nicht mehr fühlen konnte. Doch es war unmöglich.

Also stand ich einfach nur in der Tür und weinte, meine Bei-ne wollten mich nicht mehr halten, deswegen sank ich am Tür-rahmen hinunter und hielt mir die Hände vors Gesicht.

Schritte kamen näher, eine Hand legte sich auf meine Schul-ter, dann wurde ich in eine warme Umarmung gezogen. Und ich umarmte Illn ebenfalls und weinte an seine Schulter gelehnt.

Nach ein paar Minuten räusperte Illn sich und sagte: »Sie wa-ren oft hier, weißt du.« Seine Stimme klang rau.

»Deine Mutter und dein Vater, sie haben früher fast jeden Sommer hier verbracht. Diesen einen Sommer waren wir alle zusammen hier. Es war einer der glücklichsten Sommer meines Lebens, Fal. Sie haben dich so sehr geliebt. Ich hoffe, du weißt das.«

Ich nickte und löste mich aus Illns Umarmung, dann richtete ich mich wieder auf und wischte mir über die Augen. »Darf ich heute Nacht hier schlafen?« Ich deutete auf das Bett.

»Du hast freie Wahl.« Illn erhob sich ebenfalls und ging ins Wohnzimmer, ich hörte, wie er sich auf die Couch fallen ließ.

Ich folgte ihm und setzte mich neben ihn auf die Couch.

»Das ist das schönste Geschenk«, sagte ich.

Illn lächelte traurig.

»Ich habe noch etwas für dich.« Er hob seine Tasche auf den Schoß. »Ich habe es selbst behalten, ich weiß nicht warum. Als deine Eltern gestorben sind, habe ich diese Dinge an mich genommen, ohne daran zu denken, dass du sie haben solltest und nicht ich.«

In meinen Augen brannten schon wieder Tränen. »Du musst mir nichts geben, was du selbst behalten möchtest.«

Illn lächelte, doch er schüttelte den Kopf.

»Du solltest sie haben, ich brauche sie nicht. Sie sind bei dir besser aufgehoben als bei mir.«

Er nahm einen Beutel aus der Tasche. Er öffnete ihn und zog einen Bilderrahmen hervor.

»Das wurde hier aufgenommen, in diesem Sommer. Nicht weit von hier entfernt. Wir haben jemanden gefragt, ob er ein Foto von uns machen kann, er war ein ziemlich schlechter Fotograf, deswegen ist es ein wenig unscharf, aber es ist das einzige Bild, das es von uns allen gibt.« Er reichte mir das Foto.

Es war wirklich ein wenig unscharf, doch ich konnte ganz klar Illn erkennen, der genau wie mein Vater und meine Mutter in die Kamera strahlte. Meine Mutter hielt mich in die Höhe, ich musste etwa drei Jahre alt sein und sah nicht sonderlich zufrieden aus, doch ich hatte kaum Bilder von uns zusammen, es bedeutete mir viel. Illn und ich mussten auch ein Foto zusammen machen, an demselben Ort, gleich morgen.

»Danke, Illn, das ist toll.«

Illn holte noch etwas aus dem Beutel. »An dem Abend, an dem sie gestorben sind, sind sie aus dem Haus gegangen, ohne die Dinge mitzunehmen, die sie sonst immer bei sich trugen. Aus diesem Grund habe ich sie noch bei mir. Sie sind nicht verloren gegangen.«

Er hob etwas in die Höhe und ich erkannte eine kleine Taschenuhr, die an einer goldenen Kette baumelte.

»Die hat deinem Vater gehört, er trug sie immer bei sich.« Er reichte sie mir und ich spürte sie kalt in meiner Hand, die Initialen meines Vaters waren in die Rückseite der Uhr eingraviert.

Ich öffnete sie und erkannte ein Bild von meiner Mutter in der Innenseite der Uhr. Sie lächelte in die Kamera, sie war so wunderschön. Ich hatte noch nie eine schönere Frau gesehen. Ihr Lächeln war warm und ihr Haar fiel ihr leicht ins Gesicht, es war eines der Bilder, das nicht geplant wirkte, es war einfach geknipst worden und es war perfekt.

»Ich glaube, die Uhr ist verzaubert. Sie zeigt einige Daten anders an als andere, ich denke, sie birgt die ein oder andere Überraschung.« Illn schmunzelte und sein Blick wirkte verheißungsvoll. Die Zahlen auf dem verblichenen Zifferblatt waren kaum noch zu erkennen. Ich klappte die Taschenuhr wieder zu und sah Illn an.

Ich wusste, es war noch etwas im Beutel, und ahnte, dass es von meiner Mutters sein musste.

Mein Herz klopfte, als Illn erneut in den Beutel griff und ein kleines Stoffsäckchen hervorzog. Er reichte es mir und ich nahm es in die Hand. Nach ein paar Sekunden Zögern öffnete ich es und zog eine Kette hervor.

Sie war schlicht, nur ein dünnes Band ohne Anhänger, doch sie fühlte sich schwer an. Silbrig blau glitzerte sie in meiner Hand, ich hob die Kette in die Höhe und sie funkelte im Licht der Kerzen.

»Deine Mutter hat sie nur nachts abgelegt. Dein Vater hat sie ihr geschenkt.«

»Sie ist wunderschön«, sagte ich.

»Willst du sie tragen?«

Ich nickte, reichte Illn die Kette und drehte mich um, sodass er sie mir zumachen konnte. Die Kette fühlte sich angenehm kalt auf meiner Haut an.

»Danke, Illn«, sagte ich zum gefühlt hundertsten Mal an diesem Tag. Er lächelte nur und legte den Beutel und seine Tasche beiseite. Die Taschenuhr in der Hand, ließ ich mich nach hinten in die weichen Sofakissen fallen.

»Gibt es irgendwelche neue Musik?«, fragte Illn mich, auch er ließ sich in die Sofakissen sinken.

Ich dachte nach, dann berichtete ich ihm von einigen Songs, die ziemlich gut gewesen waren, und versprach, sie ihm am nächsten Tag zu zeigen.

Für einige Minuten saßen wir einfach nur da. Manchmal schwiegen wir so zusammen. Ich wusste nicht, ob das normal war, aber wer wollte schon normal sein? Es tat ab und zu gut, einfach in Gedanken oder beim Lesen zusammenzusitzen und nichts zu tun. Der Moment war günstig, um das, was ich vor Illn nie ausgesprochen hatte, endlich zu sagen.

Vielleicht wusste er es schon. Mir wurde plötzlich heiß und mein Herz begann schneller zu schlagen.

»Illn?«, sagte ich lauter, als ich es geplant hatte.

»Ja?« Illn drehte den Kopf zu mir. Mit dem Daumen fuhr ich an der Kette entlang.

»Ich muss dir ... ich muss mit dir über etwas reden.«

»Was gibt es denn?«

Meine Hände schwitzten, ich wischte sie an der Hose ab. »Ich bin nicht ... normal, Illn.«

»Na, ein Glück.« Illn lächelte sein warmes Lächeln. »Das wäre doch viel zu langweilig. Du bist alles andere als normal oder gewöhnlich, Fal.«

Ich musste schmunzeln, doch abermals stiegen mir Tränen in die Augen, ich wusste nicht einmal, warum. Ich wusste nur, dass meine Augen wehtaten.

»Ich steh auf Typen, Illn ...« Ich hatte eigentlich noch etwas wie »Das ist nicht das Unnormal, das du wolltest« oder etwas Ähnliches hinzufügen wollen, doch ich sagte nichts, jetzt kam es mir unnötig vor.

»Ach, Fal.« Illn beugte sich vor und umarmte mich. »Du bist wunderbar, genau so, wie du bist. Nichts könnte jemals etwas daran ändern, wie lieb ich dich habe. Ich hoffe, das weißt du. Ich hoffe, du wusstest es eigentlich schon immer.«

Ich nickte. Jetzt war ich mir sicher, er hatte es schon gewusst, und das ließ mich lächeln.

Wir spielten noch eine Runde Karten, bevor wir ins Bett gingen. In dem ehemaligen Zimmer meiner Eltern öffnete ich das Fenster, sodass die frische Meeresluft hineinströmen konnte, dann legte ich mich aufs Bett und schloss die Augen.

Die kühle Luft strich über mein Gesicht. Ich rollte mich zur Seite und kuschelte mich in die Decken ein, schloss das Fenster mit einem sanften Stoß meiner Hand. Nach nur wenigen Sekunden fielen mir die Augen zu und ich sank in einen ruhigen Schlaf, der seit langer Zeit mal nicht von Alpträumen und Angst gestört wurde.

Am nächsten Morgen schien mir die Sonne ins Gesicht. Schon jetzt wurde ich traurig, dass wir wieder gehen mussten.

Ein Windhauch wehte mir ins Gesicht und ich öffnete meinen Beutel. Kara und Lanee hatten mir Nachrichten geschrieben, dass auch sie die Prüfungen bestanden hatten.

Von Stan war keine Nachricht gekommen, was mich nicht weiter wunderte. Erleichterung breitete sich in mir aus. Ich würde die Ausbildung mit meinen zwei besten Freunden beginnen. Es schien doch alles gut zu werden.

»*Das feiern wir!*«, schrieb ich, nachdem ich ihnen auch mitgeteilt hatte, dass ich bestanden hatte und atmete tief die frische Luft ein.

»*Darauf kannst du Gift nehmen. Übrigens: Happy Birthday, Fal.*«

Illn rief aus dem Esszimmer. Ich legte den Beutel weg, stand auf und zog mich an.

Auf dem Weg durch den Flur warf ich mir eine Weste über. Illn saß am Esstisch, der sich gerade fertig deckte.

»Setz dich«, sagte er. »Es gibt Essen.« Ich setzte mich zu ihm, nahm mir gleich ein Brötchen und biss hinein. Ich hatte noch nie so gute Brötchen gegessen.

Nach dem Essen spazierten wir noch mal am Strand entlang, begleitet vom Geräusch der Wellen und dem Kreischen vereinzelter Möwen, die über uns hinwegschossen und nach Nahrung Ausschau hielten. Ein paar wenige Urlauber grüßten freundlich, doch es waren nicht viele Leute unterwegs.

»Wir müssen noch ein Bild machen«, sagte ich zu Illn.

»Nicht weit von hier gibt es einen kleinen Laden, der Kameras verkauft. Wir könnten so eine kaufen, die die Bilder gleich ausdruckt, und jemanden fragen, ob er uns fotografiert.«

Illn bog nach rechts ab, sodass wir über einige Dünen liefen, bis wir einen gepflasterten Weg erreichten, der uns durch die Dünen bis hin zu einem kleinen Dorf führte. Irgendwo spielte leise Musik und die Menschen, denen wir begegneten, lächelten und begrüßten uns, als würden sie uns schon lange kennen.

Illn lief zielstrebig durch die Straßen, er schien zu wissen, wo er hinwollte. Nach ein paar Minuten standen wir vor einem Kamera-Geschäft. Illn öffnete die Tür und eine Glocke ertönte.

Im hinteren Teil des Ladens regte sich etwas und eine junge Frau, mit blonden Haaren und schmalem Gesicht, erschien hinter der Ladentheke.

»Hallo«, sagte sie. »Wie kann ich euch helfen?«

Derweil Illn mit der Verkäuferin redete, sah ich mich im Laden um, es war ein kleiner Raum. Die Wände waren mit Fotos beklebt, die Menschen darauf lächelten alle.

Illn lachte, nachdem die Verkäuferin etwas gesagt hatte und ihm die Tüte mit seiner neuen Kamera gegeben hatte. Zufrieden drehte er sich zu mir um und hielt die Tüte in die Höhe. Wir verabschiedeten uns und verließen das Geschäft.

»Ein komischer Laden«, sagte ich und lachte.

»Ja, ein wenig. Aber sehr nett.«

»Das stimmt. Hier sind irgendwie alle sehr nett, oder nicht?«

»Ja, du hast recht. Hier sind die Menschen sehr viel netter als zuhause. Aber vielleicht liegt es daran, dass wir hier eben nicht zuhause sind.«

»Vielleicht.« Wir verließen das Dorf und machten uns wieder auf den Weg zum Strand. Jetzt, da es auf die Mittagszeit zuging, versammelten sich mehr Leute am Strand und es war leicht für uns, jemanden zu bitten, uns zu fotografieren.

Nachdem die Kamera das Foto sofort gedruckt hatte, steckte ich es ein und wir gingen zur Hütte zurück.

Dort packten wir unsere Sachen zusammen und verließen das Haus, Illn schloss die Tür hinter uns.

Am liebsten wäre ich noch länger geblieben, doch ich schwor mir, wieder hierherzukommen.

KAPITEL 6
PARTY

20. September

Ich berührte den Pfahl, der rostig und schief im Sand steckte, und wurde zurück zu meinem Zuhause geweht, zurück in die Normalität. Ich war mir nicht sicher, ob ich wirklich zurück-wollte. Das war ein guter Ort gewesen. Ein guter Platz, mit guten Erinnerungen.

Bei der Landung stolperte ich, schaffte es aber, nicht hin-zufallen. Illn lief ein paar Schritte weiter als ich und lächelte mich dann an. Auf dem Weg zu unserer Hütte fragte er mich: »Hat es dir gefallen?«

»Es war wunderschön. Ich wäre gerne noch länger geblieben.«

»Nächstes Jahr machen wir mehrere Wochen dort Urlaub. Wenn du magst.«

»Das klingt super!« Illn schloss die Haustür auf.

Es dauerte nicht lange, da machte er sich auch schon wie-der fertig, um arbeiten zu gehen. In meinem Zimmer schaute ich zuerst in den kleinen Beutel hinein. Ich hatte eine Nach-richt von Kara bekommen, sie hatte geschrieben, dass ich heu-te Abend so gegen acht zu ihr kommen sollte.

Das war noch eine ganze Weile hin, deswegen beschloss ich, noch einen Kuchen zu backen, das dauerte immer recht lange. Tatsächlich konnte ich sogar gut backen, trotzdem verbrann-te mir der Kuchen heute fast.

Nachdem ich den Kuchen zum Abkühlen auf den Tisch gestellt hatte, begann ich ein neues Buch. Es war ein Klassiker und ich überlegte, ob ich nicht doch versuchen sollte, ein Buch zu schreiben.

Worüber ich eines schreiben sollte, wusste ich jedoch nicht. Es gab fast über alles ein Buch, vor allem gab es tausendfach dieselbe dämliche Liebesgeschichte mit denselben oberflächlichen Charakteren. Das war supernervig. So etwas würde ich nicht schreiben, Krimis gab es ebenfalls viele, da erfand man auch nichts Neues.

Wenn mein Leben etwas aufregender wäre, könnte ich vielleicht darüber eine Geschichte schreiben, aber mir passierte nichts Aufregendes. Worüber sollte ich also schreiben? Dass Ian Kara betrogen hatte? Wohl kaum.

Ich holte mir einen Stift und unterstrich die schönsten Stellen des Klassikers, bis schließlich mein Wecker klingelte und ich mich auf den Weg zu Kara machte, den Kuchen in eine Box gepackt. Schon von Weitem hörte ich laute Musik und schmunzelte. Selten hatte ich so viel gelächelt wie an diesem Tag.

Ich klopfte an die Hüttentür und sofort wurde sie aufgerissen. Kara strahlte mich an und umarmte mich.

»Happy Birthday, Fal!«

»Danke, Kara.«

Sie nahm mir den Kuchen ab und führte mich in ihre Hütte, in der fast alle unsere Klassenkameraden standen. Sie riefen mir Glückwünsche zu und einige klopften mir auf die Schulter. Warum tat man das? Die Leute waren gut drauf und ausgelassen. Jetzt war der Stress der Schule endgültig vorbei und man musste sich keine Gedanken mehr über die Prüfungen machen.

Ich umarmte ein paar Leute. Auf den näheren Kontakt mit einigen dieser Menschen hätte ich gut verzichten können, doch ich schüttelte das Gefühl ab und versuchte, mich zu entspannen. Die Musik wurde immer lauter gedreht.

Kara reichte mir ein pinkfarbiges Getränk. Es schmeckte nach Zitrone. Die Leute lachten und irgendwer verteilte kleine Päckchen mit Tabletten darin. Kara verdrehte die Augen.

»Nein!«, sagte sie und ging auf den Typ zu. »Nein, Jeremy, ich hab dir gesagt, du sollst hier keine Drogen verkaufen, such dir 'nen anderen Platz. Mann!«

Sie drehte sich zu mir und schüttelte den Kopf. »Drogendealer.« Sie trank einen Schluck aus ihrem Becher und ich leerte mein Getränk in einem Zug.

Ich packte Kara am Arm. »Ich bin so froh, dass wir bestanden haben.« Ich umarmte sie.

»Und ich erst!«, rief sie durch die laute Musik durch. »FAL! Das wird die beste Zeit unseres Lebens!« Sie lachte und hob ihr Glas in die Höhe.

Den restlichen Abend nahm ich nur noch mit einem goldenen Schimmer vor den Augen wahr. Es war die beste Party, auf der ich je gewesen war. Lanee wünschte mir alles Gute zum Geburtstag und Enna überreichte mir ein Geschenk, das ich komplett vergaß zu öffnen und irgendwann unter den tanzenden Leuten verlor.

Jeremy hatte, auf Karas Bitte hin, die harten Drogen weggepackt und verteilte nun leuchtende Blauwurzel-Zigaretten. Schon bald konnte man durch den ganzen Rauch kaum noch etwas erkennen. Wären wir jetzt erwischt worden, hätten wir bestimmt ein paar Probleme bekommen.

Ich tanzte mit jedem, der auf die Party gekommen war, auch wenn ich die Person nicht kannte. Irgendwann küsste mich sogar jemand Fremdes, ich bekam nur mit, dass diese Person einen dichten Bart hatte.

Niemand, den ich kannte, hatte solch einen Bart.

Halb lachend und fast schon halb weinend lief ich zu Kara. Um ein wenig frische Luft zu schnappen, hatte sie sich draußen an die Hüttenwand gelehnt. Ich packte sie bei der Schulter und sah ihr in die Augen. »Ich glaube, ich habe eben Lanees Vater geküsst.«

Kara starrte mich einen Moment lang an dann brachen wir beide in Lachen aus und sanken auf dem Boden zusammen.

Als wir uns wieder aufgerichtet hatten, reichte mir jemand eine Zigarette. Dankend nahm ich sie an und blickte auf – und dem Mann, der mich soeben geküsst hatte, in die Augen.

Sie waren dunkelbraun. Er war mindestens dreißig und hatte einen Ziegenbart, durch meinen getrübten Blick sah er gut aus.

Ich verzog das Gesicht und stieß ein sehr merkwürdig klingendes »Hehe« aus. Der Mann zwinkerte mir zu und lief davon.

»Das war er!«, raunte ich zu Kara hinüber. Kara sank vor Lachen wieder zu Boden.

Nach ein paar Minuten gesellte sich Lanee zu uns.

»Stan ist nicht hier«, sagte sie. Ihre Stimme klang gedämpft, als würde sie aus weiter Ferne zu mir schallen.

»Ja«, sagte ich gleichgültig. »Ich hätte ihn auch nicht hier haben wollen.«

»Er ist immer noch unser Freund.« Lanee war den Tränen nahe.

»Das mag sein, aber er ist mir gerade ziemlich egal.«

Ich wollte Stan nicht mehr als Freund ansehen. Dieses Kapitel war vorbei.

»Er ist immer noch nicht nach Hause gekommen«, jammerte Lanee. »Und seine Eltern werden ihn nicht suchen gehen, er ist ihnen doch so egal.« Sie wischte sich über die Augen.

»Er wird schon noch kommen, vielleicht ist er sogar hier und du hast ihn nur nicht gesehen, oder weißt es einfach nur nicht.« Genervt von diesem Gesprächsthema verschwand ich wieder in der Hütte.

Rauch stieg mir entgegen und die Musik verschluckte mich. Ich tanzte mit Enna und sie lachte. Sie sang lauthals mit der Musik mit und wirbelte die Arme um ihren Kopf umher.

»Freust du dich auch schon so auf den Ball?«, rief sie mir zu.

»JaaaHh!«, antwortete ich. »Ich habe einen Anzug bekommen.«

»Wuhuuu. Mega!«, schrie Enna und ich zog an ihrer leuchtenden Blauwurzel-Zigarette, der Rauch drang in meinen Körper ein und meine Arme und Beine fühlten sich noch leichter als zuvor. Die Musik wurde immer schneller. Mit geschlossenen Augen sprang ich im Takt des Songs in die Höhe, ich sah einen Mann über ein Hochhaus laufen. Enna blies mir Rauch ins Gesicht, der Mann sprang, ich trank einen Schluck, die Musik zog das Tempo weiter an. Ein Schmerz durchzuckte meinen Körper, ich stolperte durch die Menge hindurch, ließ mich von der Musik treiben.

Ich erinnerte mich noch daran, dass Lanee so betrunken war wie noch nie zuvor, wie irgendwelche Farbbomben explodierten und wie es stark nach Melone und Erdbeeren roch.

Irgendwann gegen fünf Uhr morgens hatte sich Karas Hütte geleert. Ich fiel auf einen Sessel, die Musik toste in meinen Ohren und meine Hände zitterten. Ich schloss die Augen und der Nachhall der Musik wurde leiser und verstummte.

KAPITEL 7
PROM NIGHT

21. September

Ich wachte auf Karas Sofa auf, offenbar war ich in der Nacht
vom Sessel hierher gewechselt. Mein Kopf dröhnte und nicht
weit von mir qualmte eine Zigarette noch in einem Aschenbe-
cher. Ich drückte sie aus. Wahrscheinlich war es ein Wunder,
dass die Hütte nicht abgebrannt war.

Ich stolperte zu einem der Fenster hinüber und riss es auf.
Der Rauch im Wohnzimmer wurde aufgewirbelt. Die kalte Luft
tat mir gut, weckte meine Sinne. Mein Mund war trocken, ich
leckte mir über die Lippen, lief in die Küche und schenkte mir
ein Glas Wasser ein, stürzte es fast in einem Zug hinunter.

Ich füllte mir ein weiteres Glas ein und starrte an die Wand.
Mir war schlecht.

Überall lagen Bierflaschen und Plastikbecher herum, einige
hingen sogar an der Lampe.

Kara war nirgendwo zu sehen. Ich öffnete den Schrank, um
mir eine Schmerztablette zu nehmen, doch das Fach war leer.
Das war ja klar. Ich fand die Kopfschmerztablettenschachtel
neben dem Waschbecken, es waren keine Kapseln mehr drin.
Die zermahlenen Überreste der Tabletten lagen auf dem Rand
des Küchentischs verschmiert.

Jetzt erinnerte ich mich wieder: Ich hatte die Tabletten zer-
mahlen. O Mann. Ich trat eine Kiste auf dem Boden beiseite

und stieß einen Schrei aus – genau wie das Tier, das sich darunter versteckt hatte.

Es war ein dünnes, schuppiges Tier, das mit seinem langen Schwanz umherpeitschte und mich mit blutrotem Maul und unangenehm spitzen Zähnen anfauchte. Was war das für ein Vieh? Mein Kopf dröhnte, ich konnte mich nicht an den Unterricht erinnern.

Plötzlich stürmte Kara in die Küche. Wütend sah sie mich an. »Was ist los?!« Dann bemerkte sie das Tier und blieb stehen, riss überrascht die Augen auf.

Das Tier gab abermals einen ohrenbetäubenden Schrei von sich, breitete die Krallen aus und sprang mit einem gewaltigen Satz über meinen Kopf auf das Spülbecken und von dort aus dem Fenster hinaus.

Vor der Hütte verschwand es im hohen Gras.

»Was zur Hölle war das?!«, schrie Kara.

»Keine Ahnung!«, rief ich. »Woher soll ich das auch wissen?« Dann schnappte ich nach Luft. »Oje.«

Ich zog mein Oberteil hoch und betrachtete meinen Bauch, doch kein Schnitt war zu erkennen. »Ich glaube, ich habe alle Organe noch, also war es wohl kein Schrapter oder ein Detak.«

»War es nicht.« Kara rieb sich die Schläfen. »Aber es sah ähnlich aus.« Sie schloss das Fenster und schüttelte sich. »Wer hat das Tier reingelassen?«

»Reingelassen?!« Ich sah sie ungläubig an. »Du meinst wohl eher mitgebracht, das Vieh gibt's hier bei uns nicht.«

»Die Antwort läuft auf dasselbe hinaus!«, fauchte sie mich an.

»Okay.«

Kara warf mir einen Blick zu, unter ihren Augen lagen dunkle Ringe, ihr Make-up war verschmiert. »Der verfickte Ball ist in fünf Stunden, Fal.« Erschrocken sah ich auf die Uhr, die von einem Stück Kuchen halb verdeckt wurde. »Mein Kleid ist noch nicht fertig, meine Hütte sieht aus wie Scheiße, außerdem hab ich in meinem Make-up geschlafen und alle haben sich ver-pisst, um nicht mitaufzuräumen. Wenigstens Lanee hätte blei-ben können. Ich bin wirklich am Ausrasten, Fal.«

»Keine Sorge«, sagte ich, auch wenn mich der Blick allein durch die Küche entmutigte. »Ich helfe dir, wir schaffen das schon.«

»Das will ich auch schwer hoffen.«

Ich zerrte einen Müllsack aus einem kleinen Schrank unter der Spüle und begann damit, fast alles, was ich in die Finger bekam, hineinzuwerfen.

Wir brauchten gar nicht so lange, wie wir gedacht hatten, hauptsächlich mussten wir nur alles in die Mülltüten stopfen und diese daraufhin in die Mülltonnen vor dem Haus.

Ich beobachtete, wie der wurmartige Ylpit die Tüte in rasen-der Schnelligkeit am Boden der Mülltonne zerfraß und dann einen rauchigen Huster ausstieß. Er begann zu knurren, weil zu viel Helligkeit in die Mülltonne fiel, und ich ließ den Deckel fallen, damit er mich nicht angriff.

Mein Kopf schmerzte immer noch. Am liebsten hätte ich mich noch einmal hingelegt, doch jetzt war es schon fast an der Zeit, sich für den Ball fertig zu machen.

Die Hütte roch immer noch nach Rauch.

Kara hatte sich schon wieder auf dem Boden fallen gelassen und versuchte, die Stoffe ihres Ballkleids zu ordnen.

»Soll ich dir noch helfen?«

Kara schüttelte den Kopf. »Nein, aber danke. Ich schaff das schon.«

»Okay, super, dann geh ich rüber und mach mich auch fertig, wir sehen uns dann später.«

»Ja, bis dann.«

Zuhause angekommen nahm ich erst einmal eine heiße Du-sche, dann trank ich mehrere Gläser eisgekühlten Wassers und richtete mir etwas Schnelles zu essen.

Während ich am Esstisch saß und langsam kaute, verging mir immer mehr die Lust auf den Ball. Ich hatte keine Lust, mich mit Enna zu treffen, oder mit irgendjemandem. Ich hatte einfach keine Lust auf menschliche Kontakte, es reichte mir nach gestern gewaltig.

Ich ließ meinen Beutels schaukelnd von der anderen Seite des Raumes auf mich zufliegen und sah hinein. Eine Nachricht auf einem kleinen pinken Zettel war gekommen. Sie war von Lanee.

»*Stan ist immer noch nicht nach Hause gekommen!*«

Ich verdrehte die Augen. Musste sie wieder damit anfangen?

»*Er wird schon noch kommen*«, schrieb ich ihr zurück, wollte den Beutel schon von mir schleudern, da sprang der nächste Zettel aus dem Beutel fast in mein Gesicht.

»*Was, wenn etwas Schlimmes passiert ist?*«

Ich rieb mir über die Augen. »*Okay, wenn er bis nach dem Ball nicht aufgetaucht ist, gehen wir ihn suchen.*«

Ich hatte keine Lust dazu, doch was sollte ich sonst tun. Ich konnte nur hoffen, dass er wirklich auftauchte.

»*Er ist immer noch unser Freund, Fal.*«

Ich glaubte das nicht mehr.

»*Ich weiß, wir kennen ihn schon sehr lange, aber Menschen ändern sich und manchmal ist es besser, sie loszulassen.*«

Da sie darauf nicht antwortete, schrieb ich ihr: »*Wir können ihn suchen gehen, aber ich will nichts mehr mit ihm zu tun haben! Okay?*«

Es dauerte eine Weile, bis ein kleines, gekritzeltes »*Okay*« von ihr zurückkam.

Es war einfach, so etwas zu schreiben. Es zu sagen, wäre viel schwieriger gewesen.

Wütend lief ich in mein Zimmer hinauf. Nur weil Lanee schon immer Gefühle für ihn gehabt hatte, musste sie doch nicht so übertreiben. Konnte sie nicht sehen, wie sehr er sich verändert hatte, sah sie gar nicht, was für Dinge er getan hatte? Lanee wollte immer das Beste im Menschen sehen. Wenn es nach ihr ginge, würden wir jetzt noch jeden Tag vor dem Kiosk sitzen und ein Eis essen, oder irgendeine andere Süßigkeit, für die wir gespart hatten. Aber Leute veränderten sich, alles veränderte sich. Sie musste das verstehen.

Ja, Stan war mein erster richtiger Freund gewesen und dafür war ich ihm dankbar, aber ich hatte mich verändert, er hatte sich verändert. Manchmal musste man erkennen, dass eine Freundschaft vorbei war, manchmal gab es zu viele Veränderungen oder Probleme, die man nicht mehr lösen konnte, oder auch nicht mehr lösen wollte. Manchmal war eine gewisse Zeit vorbei, doch manche Leute konnten das einfach nicht verstehen. Manche Leute konnten nicht akzeptieren, dass das Leben sich veränderte. Bald schon würde ich mir diese Art von Problemen zurückwünschen.

Wütend zog ich den Anzug an und spürte wieder, wie er sich meiner Größe anpasste, schlüpfte in die Schuhe meines Vaters und trat vor den Spiegel. Die Kette meiner Mutter schimmerte, obwohl kein Licht auf sie fiel. Ich fand, ich sah gut aus.

Mein Blick fiel auf das Bild, das Illn mir gestern geschenkt hatte. Wären sie mit solch einer Party einverstanden gewesen? Hätte ich mich vielleicht sogar mit ihnen darüber gestritten?

Wären sie mit auf den Ball gegangen?

Ich wusste gar nichts über sie.

Vielleicht war es besser so. Wenn man nichts über jemanden wusste, konnte man wie Lanee das Beste über jeden denken.

* * * * *

Ich holte Enna ab – sie wohnte in einem der Viertel mit den größten Hütten, die teilweise zu Häusern umgebaut wurden – und wir gingen zur Haltestelle des Baumzuges, wo mehrere Schüler in ihren festlichen Gewändern und Anzügen warteten.

»Wir können auch laufen«, sagte ich, innerlich zog sich alles in mir zusammen, weil ich nicht mit diesen Leuten in Kontakt kommen wollte. Schon gar nicht in einem engen Zuggang. Doch Enna hatte mich überhört und war schon zu ihren Freundinnen hinübergerannt, sie drehte sich im Kreis, um ihnen ihr hellblaues Kleid zu zeigen. Sie lachten und gaben sich gegenseitig Komplimente, wenn sich wieder mal eine von ihnen im Kreis drehte, um sich ihnen zu präsentieren.

»Fal!«, sagte eine Stimme hinter mir und ich drehte mich um.

Lanee und Kara kamen in ihren Ballkleidern auf mich zu. Lanee trug ein pinkfarbenes Kleid und strahlte, als sie Niall Gilbert erkannte, der erfreut auf sie zulief und sie sofort mit Komplimenten überhäufte, bevor er sie überhaupt erreicht hatte.

Kara trug ein enganliegendes schwarzes Kleid, das in der untergehenden Sonne glitzerte. Es war nicht das Kleid, das sie angefangen hatte zu nähen.

Ihre Haare fielen gelockt über ihre Schultern und sie musste das Kleid ein wenig anheben, damit es nicht über den Boden schleifte.

Sie blieb vor mir stehen. Sie war unfassbar schön.

»Du siehst wunderschön aus.«

Kara strahlte. »Danke.« Sie sah an sich herunter. »Das Kleid hat meiner Mutter gehört, es passt fast perfekt.«

»Es sieht ziemlich perfekt aus.«

»Nicht wahr?« Sie lachte. »Und wo ist deine Begleitung?«

»Da, bei ihrer Truppe.« Ich deutete zu Enna hinüber, sie unterhielt sich immer noch angestrengt mit ihren Freundinnen.

Gerade zeigte sie ihnen alles, was sie in ihre kleine Handtasche gestopft hatte. Dann begannen sie, hinter hervorgehaltenen Händen miteinander zu reden.

»Wir sind wohl wieder das Hauptgesprächsthema«, sagte Kara grimmig.

»Wie könnten wir auch nicht. So perfekt, wie wir aussehen.«

»Hast ja recht.« Sie grinste. »Wir sollten uns öfter so schick machen.«

»Wir sollten selbst so einen Ball machen, mit cooleren Leuten.«

»O ja.« Sie nickte. »Mit Thema oder so, jedes Jahr was Neues.«

Einige Leute spähten verstohlen zu uns herüber und kicherten miteinander.

»Wahrscheinlich wegen Ian«, vermutete ich.

»Ach komm«, sagte Kara. »Wir sind es ja schließlich, die brauchen nicht noch extra einen Grund. Aber ja, wahrscheinlich ist das heute der Hauptgrund.«

Ich legte Kara einen Arm um die Schulter.

Sie zeigte einem Typ, der sie angestarrt hatte, den Mittelfinger. Dieser brach in lautes Gelächter aus und seine Kumpels stießen ihn an, als hätte er gerade etwas ganz besonders Beeindruckendes erreicht.

»Hey, ich hab Lanee gesagt, wenn Stan nach dem Ball noch nicht da ist, dass wir ihn dann suchen gehen. Magst du mitkommen?«

»Du willst das wirklich?«

»Nein, aber Lanee möchte es.«

Kara verdrehte die Augen. »Von mir aus kann er wegbleiben.«

»Von mir aus gerne, aber du weißt doch, wie Lanee ist.«

Wir sahen zu ihr hinüber. Gerade kicherte sie, als Niall ihr einen Witz erzählte. »Vielleicht vergisst sie Stan ja, wenn sie mit Niall zusammen ist.«

»Versteht sie nicht, dass er sie niemals zurücklieben wird?«

»Nein, ich denke nicht«, sagte Kara.

Wir beobachteten die beiden noch eine Weile.

»Also, kommst du mit?«

»Ugh, meinetwegen, aber erst morgen, oder? Ich könnte hier auf der Wiese einschlafen, heute gehe ich niemanden mehr suchen.«

»Mit Sicherheit nicht mehr heute«, sagte ich leicht hysterisch lachend.

Lautlos, auf den Wurzeln des Waldes, fuhr der Zug aus dicken Stämmen und Wurzeln in die Haltestelle ein und die ehemaligen Schüler stiegen lärmend ein. Enna packte mich am Arm und zog mich mit sich. Ein wenig überrumpelt durch die plötzliche Bewegung stolperte ich hinter ihr her.

Wir setzten uns in ein Viererabteil und Kara setzte sich zu uns.

»Oh ...«, sagte Enna und musterte sie.

»Was?!« Kara warf ihr einen finsteren Blick zu.

»Ach, gar nichts.«

Enna begann mich mit jeder Sekunde mehr zu nerven. Kara rollte kaum merklich mit den Augen und ich musste grinsen.

Es war schon immer so gewesen.

»Also, Fal.« Enna nahm meine Hand fest in ihre. »Wie hat dir mein Geschenk gefallen?«

Oh. Das Geschenk. Ich hatte es auf der Party verloren und nicht mehr wieder gefunden.

»Oh ... Ja, ja. Es ist toll. Ich liebe es, danke dir.«

»Auiiii, das ist super. Freut mich mega, aber wenn es dir so gut gefällt, warum trägst du sie dann nicht?«

Was konnte »sie« denn nun sein? Ich konnte ihr nicht folgen, ich war so müde.

»Sie?«, fragte ich möglichst unschuldig.

»Ja, warum trägst du die Kette nicht, wenn sie dir so gut gefällt?«

»Ach so, ach ja. Die Kette ...« Ich lachte auf. Kara versuchte angestrengt, sich das Lachen zu verkneifen.

»Ich dachte, der Anzug ist stark genug, ich wollte dir damit dann nicht noch die Show stehlen.« Ich war froh, dass die Kette meiner Mutter sicher unter meinem Hemd verborgen lag und Enna sie in diesem Moment nicht sah.

Kara vergrub das Gesicht in den Händen, sie gluckste leise. Ich hätte gerne mitgelacht.

»Hmmm, ja, hast recht«, sagte Enna. »Pink ist dann doch etwas auffällig, es hätte vielleicht von meinem Kleid abgelenkt.«

»Genau das hab ich auch gedacht«, sagte ich und sah Kara mit weit aufgerissenen Augen an. *Pink?*, formte ich mit den Lippen und Kara stieß einen zischenden Ton aus, um nicht laut loszulachen.

Der Zug passierte die nächsten Haltestellen und wir saßen da und schwiegen. Das Einzige, was man hören konnte, war das Geplapper der anderen Schüler weiter hinten im Zug. Beinahe wäre ich eingeschlafen, da fragte Enna plötzlich: »Warum hast du Ian betrogen, Kara?!«

»Was?«, sagten Kara und ich wie aus einem Munde.

»Na ja ...« Enna lächelte zuckersüß auf. »Hier sagen alle, dass du ihn betrogen hast. Nur deswegen hat er ja auch mit Harry geschlafen. Er wollte dir damit was auswischen und wenn du mich fragst, hast du es auch verdient.«

»Entschuldige mal«, sagte ich aufbrausend.

Der Zug hielt an, Schüler liefen aufgeregt an uns vorbei und drängten sich aus den schmalen Türöffnungen.

»Versuch nicht, sie zu verteidigen, Fal. Hier weiß jeder, was sie getan hat.«

»Und wer hat dir das erzählt?«

»Bryce natürlich. Sonst hätte er das Video doch auch nicht gemacht.«

»Schön, mit welchen Leuten du dich abgibst, Enna«, sagte Kara. »Komm, Fal.«

Ich stand auf und folgte ihr.

»Ähm, nein«, sagte Enna und packte mich am Arm. Wütend verengte ich die Augen. »Fal ist mit mir hier. Nur weil du deinen Partner verloren hast, heißt das nicht, dass er jetzt einfach so mit dir hingeht.«

Ich lächelte Enna genauso zuckersüß an, wie sie vorhin Kara, und sagte: »Ich gehe lieber mit ihr, Enna. Viel Spaß auf dem Ball.«

Dann trat ich mit Kara aus dem Zug und wir liefen den Weg zur Schule hinauf.

»Fal!«, rief Enna mir hinterher und ich hörte, dass sie den Tränen nahe war, doch ich drehte mich nicht noch einmal um.

»Ich hab jetzt schon keinen Bock mehr auf die Scheiße«, fauchte Kara. »Ich hätte einfach zuhause bleiben sollen.«

»Dann hätte ich jetzt aber kein Date.«

»Was denkt sie sich eigentlich?!«

»Gar nichts, offensichtlich.«

»Jaaa, so sieht es aus.«

* * * * *

In der Cafeteria hatten sich schon einige Leute versammelt, eine Bühne war aufgebaut worden, langsame Musik tönte aus den Lautsprechern und ein Büfett wartete auf die Gäste.

Unsere Lehrer schienen ganz froh darüber zu sein, dass sie uns heute zum letzten Mal sahen. Das konnte ich ihnen nicht verübeln. Ich wäre auch genervt, wenn ich unser Lehrer wäre.

Wir liefen zu einem der Tische hinüber und Kara schnappte sich eine Schale, die bis zum Rand mit Chips gefüllt war.

Unser ehemaliger Geschichtslehrer lief uns hinterher, doch ich lenkte ihn ab, indem ich den Tisch mit Punsch darauf stark zum Schwanken brachte, und er eilte hastig darauf zu, damit nicht alles ruiniert wurde. Oh, ich wusste, er hatte uns schon immer gehasst.

Etwas abseits stellten wir uns ins Dunkel und futterten die Chips. Die Halle füllte sich allmählich und auch die Musik wurde eine Stufe schneller geschaltet, sodass einige Leute anfingen zu tanzen.

Es war ein lustiges Schauspiel, wie die einzelnen Pärchen versuchten, die Menge zum Tanzen zu bringen. Kara und ich lachten, während wir sie beobachteten.

»O mein Mächtiger«, sagte Kara unvermittelt und deutete auf den Eingang der Cafeteria.

Ian hatte die Halle betreten. Neben ihm lief Roger, er lachte und klopfte Ian auf die Schulter. Ian lachte ebenfalls.

»Warum lachen die?«, fragte ich mit einem unangenehmen Gefühl im Magen.

»Dass er sich hierher traut.«

»Mutig.«

»Allerdings.«

Lanee und Niall tanzten, sie hatten Ian nicht bemerkt.

Ich holte uns eine Limonade und zum ersten Mal an diesem Tag fühlte ich mich erfrischt. Mein Kopf klärte sich.

»Ich kann nicht glauben, dass er hier ist.« Kara trank ihr Glas fast in einem Zug aus.

»Ich dachte, der kommt nie wieder aus seiner Hütte gekrochen.«

»Wahrscheinlich hat sein Vater es noch nicht mitbekommen. Apropos, da vorne ist er.« Sie deutete auf einen großen Mann mit kantigem Gesicht hinter einem der Stände, wo er den Schülern und Schülerinnen Punsch ausschenkte. Dabei sah er in etwa so glücklich aus, als würde er gerade seinem Sohn beim Sterben zusehen. Wahrscheinlich stimmte das nicht ganz so – wenn er das mit dem Video rausbekam, würde er dabei bestimmt glücklicher aussehen als jetzt.

»Vor allem, wo ist Bryce?«

»Ich hab ein ganz übles Gefühl«, sagte ich und Kara nickte.

»Irgendwas stimmt nicht.«

»Und warum hängt Ian mit Roger ab? Der war doch mit Sicherheit auch dran beteiligt.«

Kara deutete auf den Eingang. »Da ist Bryce.«

Bryce sah verschwitzt aus, als wäre er den ganzen Weg von Ratrou hierher gerannt. Trotzdem grinste er breit und mein unbehagliches Gefühl wurde dadurch nur bestätigt.

»Irgendwas läuft hier.« Kara beobachtete Bryce und die anderen mit schmalen Augen.

Ich nickte. Lanee und Niall tanzten immer noch, wenigstens die beiden waren glücklich. Ich aß eine Handvoll Chips, Kara nahm sich ebenfalls etwas. Sie hatte Bryce aus den Augen verloren und versuchte angestrengt, ihn wiederzufinden. Unser Geschichtslehrer hielt eine Rede, er bedankte sich bei seinen tollen Schülern und Schülerinnen und für die schöne Zeit, die er mit uns gehabt hatte – er klang nicht wirklich so, als würde er es ernst meinen. Wieder einmal konnte ich es ihm nicht verübeln.

»Danke ...«, sagte er mit einem matten Lächeln und verließ die Bühne, während alle Leute im Raum applaudierten.

Ian stand nun allein da, Bryce und Roger waren verschwunden, er blickte sich suchend um. Dann sah er uns und kam auf uns zu. Warum tat er das? War er noch dümmer, als ich es die ganze Zeit über gedacht hatte?

»Scheiße, lass uns verschwinden.« Kara packte mich am Arm und zerrte mich hinter die Bühne.

In einer Nische meinte ich Roger neben einem Schalter zu sehen. Kara bemerkte ihn nicht und zog mich weiter, wir huschten am Rand der Halle entlang und stellten uns in die Nähe des Punschstands, an dem Ians Vater gelangweilt auf die Menge starrte.

Da trat eine Gestalt auf die Bühne. Bryce winkte mit den Armen, um die Blicke auf sich zu richten. Ich erspähte Ian, der sich immer noch suchend nach uns umsah.

»Hallo, hallo an alle«, sagte Bryce und verkniff sich ein Lachen. Die Musik erstarb, die Leute hielten beim Tanzen inne.

»Ich möchte gerne etwas sagen.«

Er öffnete ein kleines Buch, das er sich in seinen Gürtel geklemmt hatte, und schlug eine Seite auf, die mit einem Lesezeichen markiert war. Sein Grinsen wurde immer breiter.

»Was soll das?«, flüsterte Kara und biss geräuschvoll in einen Chip. Ians Vater drehte sich zu uns um, schnalzte genervt. Um Himmels willen, was stimmte mit diesem Typ nicht.

In der Halle war es still, man hörte nur hin und wieder ein Lachen oder ein leises Flüstern. Laut stach Blairs dummes Lachen heraus.

Ich erkannte, wie Ian bleich wurde, als er das Buch in Bryce' Händen erkannte. »O nein ...«, murmelte ich, da begann Bryce auch schon zu lesen.

»Es tut mir wirklich leid, dass ich Kara betrogen habe. Es tut mir leid, doch ich konnte einfach nicht mehr so weitermachen. Vielleicht kann ich oberflächlich noch so tun, als würde ich sie lieben und mit ihr zusammen sein. Aber innerlich kann ich es nicht mehr. Ich liebe sie nicht, ich habe sie noch nie geliebt. Ich liebe Harry nicht, er war nur ein Test und es war nicht schlecht, mit ihm zu schlafen, doch ich habe mir nur die ganze Zeit gewünscht, dass es Fal ist. Faldor Feyn ...«

Bryce schlug das Buch zu und es hallte laut in der Stille der Halle nach, kein Mensch bewegte sich, niemand machte irgendein Geräusch. Einer der Lehrer stand von seinem Sitzplatz auf und öffnete den Mund, wahrscheinlich um Bryce von der Bühne zu schicken, doch Bryce grinste nur höhnisch und ein Bild erschien auf dem Vorhang hinter ihm. Ich war auf dem Bild zu sehen, auch noch andere Leute, die Becher und Flaschen in die Höhe hielten. Rauch machte das Bild unscharf, doch es war eindeutig, was passierte. Es war der Moment auf meiner Party, in dem ich den Mann mit Bart geküsst hatte. Kara hielt sich die Hände vor den Mund, mehrere Leute kicherten.

»Offenbar hast du Glück, Ian«, rief Bryce. »Feyn scheint genauso eine dreckige Schwuchtel zu sein wie du.«

Er ging zum Bühnenrand und im selben Moment begann das Video zu spielen, das Bryce von Ian und Harry gemacht hatte. Die Leute riefen erschrockene Laute aus, es gab auch Lacher.

Während Bryce selbstgefällig von der Bühne sprang, machte ich eine winzig kleine Handbewegung. Kurz bevor er den Boden erreichte, wurde Bryce von einer unsichtbaren Hand gepackt, die ihn durch die Luft auf den Tisch mit dem Punsch schleuderte.

Bryce schlug mit dem Kopf auf der Punschschale auf und sie zerbrach. Er presste die Hände auf seine Stirn, Blut floss durch sie hindurch. Die Narbe würde für immer zu sehen sein.

Ians Vater bebte vor Wut. »IAN!«, schrie er und Kara zuckte neben mir zusammen.

Die Lehrer und Lehrerinnen versuchten, das Video zu beenden, die Leute tuschelten und lachten und deuteten auf Ian, der immer noch wie angewurzelt an derselben Stelle stand. Ich wusste, dass sie sich ebenfalls nach mir umsahen.

Roger lief an Ian vorbei und grinste ihn an, Ian wurde noch bleicher, als er ohnehin schon gewesen war.

Das Video lief immer weiter, je länger es lief, desto lauter wurde es.

Schließlich ertönte ein lauter Knall, das Licht erlosch und auch die Videoprojektion war verschwunden. Es war stockdunkel, überall gingen kleine Taschenlampen an.

Mir war schlechter als heute Morgen.

»Was für 'ne Scheiße.« Kara packte mich am Arm.

»Das kannst du laut sagen, Kara.« Aus irgendeinem Grund musste ich anfangen zu lachen. Auch Kara grinste, sie gab mir einen Stoß. »Mann, Fal.« Jetzt lachte sie auch. »Ich hab dich lieb und jetzt komm, lass uns verschwinden.«

»Ich hab dich auch lieb«, sagte ich glucksend und wir bahnten uns einen Weg durch die Leute hindurch. Sie deuteten auf mich und riefen und lachten.

Jemand hielt eine Kamera auf uns, wie gestört waren diese Leute eigentlich? Das war mit Sicherheit nicht der beste Weg, geoutet zu werden, letztendlich war es nie angenehm, unfreiwillig geoutet zu werden.

Wenigstens wusste Kara es schon, ich war mir nicht einmal sicher, ob sie es jemals nicht gewusst hatte. Sie war wie Illn, ich vertraute ihr, irgendwann hatte sie es einfach gewusst und ich hatte mit ihr darüber geredet. Hätte ich es Kara bisher verschwiegen, hätte ich mir die nächsten Wochen anhören müssen, wie dumm ich doch gewesen war, es ihr nicht zu sagen. Bei Lanee war das eine andere Sache, ich war mir nicht sicher, wie ich es ihr erklären sollte. Wo war sie überhaupt?

Wir hatten den Korridor erreicht, der von der Cafeteria aus nach draußen führte, und hasteten ihn entlang. Draußen angekommen, blieben wir stehen und atmeten die kalte, frische Luft ein. Nicht weit von uns entfernt standen Lanee und Niall, sie traten ein paar Schritte auseinander, als sie uns näher kommen hörten.

»Oh, hallo«, sagte Kara. Wir verkniffen uns unser Lachen.

»Was ist denn da drin los?«, fragte Niall belustigt. »Man hört die ganze Zeit Knalle und Rufe.«

»Es wurde ...«, begann ich, doch ein Ruf unterbrach uns.

»Kara!« Es war Ian, er rannte auf uns zu. Angst war ihm ins Gesicht geschrieben. Kara schien unschlüssig, was sie tun sollte.

»IAN!«, brüllte Ians Vater aus dem Gang heraus. Ian standen Tränen in den Augen.

»Hältst du Ians Vater auf?«, fragte ich Niall hastig. Niall musterte Ian. »Warum? Was ist los?«

»Tu es einfach, du wirst es früher oder später eh erfahren.«

Ich sah Kara an. »Wir sollten es tun.«

Kara schloss kurz die Augen, ein Teil von ihr hätte Ian wohl gerne seinem Vater überlassen. Aber dann nickte sie. »Okay, komm, Ian.«

Sie winkte ihm zu, während Niall in den dunklen Korridor hineinlief. Ich hörte, wie er ungeschickt ein Gespräch mit Ians Vater anfing.

Kara, Lanee, Ian und ich rannten um das dunkle Schulgebäude herum, bis wir an einem großen Baum angekommen waren, der vor der moosbewachsenen Schulmauer stand.

Ich schob das Moos vorsichtig beiseite, drückte einen zerbrochenen Stein nach innen und ein paar Meter weiter öffnete sich knirschend eine steinerne Tür. Es war einer der vielen geheimen Eingänge, die wir während unserer Schulzeit hier entdeckt hatten. Er führte in einen verlassenen Gang, von dem aus man zum gläsernen Korridor gelangte, in dem wir so oft Hausaufgaben gemacht hatten.

Ich drückte die steinerne Tür nach innen, zwängte mich hindurch, hinter mir kamen Lanee, Ian und Kara verschloss die Tür hinter uns.

Ich schlich die schmalen, schiefen Steinstufen hinauf und erreichte den Gang, beeilte mich zu den Türen zu kommen und stellte zufrieden fest, dass beide noch verschlossen waren.

Hier waren wir sicher. Niemand kam je hierher.

Ian sank an einer der Wände hinunter und vergrub sein Gesicht in den Händen. »Danke«, murmelte er kaum hörbar.

Kara hatte das Ende der Treppe erreicht und sah sich erleichtert im Gang um.

»Es tut mir leid, Fal, niemand sollte das je lesen.«

Ian brach in Tränen aus und vergrub sein Gesicht noch tiefer in den Händen.

»Hmm, ist okay.« Ich meinte es nicht wirklich so, doch ich war nicht derjenige, mit dem er jetzt eine Aussprache führen sollte. Karas High Heels klapperten auf dem kalten Steinboden.

»Lass uns Stan suchen gehen«, sagte ich zu Lanee, die sehr verwirrt von mir zu Kara blickte.

»Lasst euch nicht erwischen«, sagte sie gereizt.

»Niemals.« Ich grinste und bedeutete Lanee, mir zu folgen. Wir verschwanden hinter einer versteckten Seitentür und liefen einen weiteren dunklen Flur entlang, in dem mehrere Türen verborgen waren. Ich öffnete eine von ihnen und wir gelangten in einen unterirdischen Gang, der immer dunkler wurde, je länger wir ihn entlangliefen.

»Wo führt dieser Gang hin?« Lanee klang ängstlich.

»Er führt direkt in den Wald. Erinnerst du dich nicht mehr?«

»Doch schon, aber sonst war es hier immer hell.«

Ich zog eine trockene Wurzel aus der Wand und schnipste ein paarmal. Ich spürte, wie das leichte Kribbeln der Magie meine Finger emporkroch und Funken erzeugte, die größer wurden, bis eine kleine Flamme aus der Wurzel schoss. Wahrscheinlich würde ich kaum eine größerer Flamme erzeugen können, wenn ich mich nicht weiter in der Feuermagie ausbilden ließ. Ich hielt die Wurzel in Richtung Decke. Bald schon hatten wir die Luke, die ich gesucht hatte, erreicht. Sie ließ sich nur schwer öffnen, doch mit ein bisschen Gewalt schaffte ich es, sie weit genug aufzudrücken, sodass Lanee und ich hinausklettern konnten.

Ich atmete die frische Waldluft dankbar ein und half Lanee aus dem unterirdischen Gang heraus. Neben uns streckten sich die Bäume in die Höhe. Ich schloss die Luke, um Blätter und Moos daraufzulegen. Obwohl wir nicht mehr zur Schule gingen, war es mir doch lieber, wenn dieser Gang versteckt blieb. Dann lief ich in die Richtung, in der auch meine Hütte lag, Lanee folgte mir schnellen Schrittes.

»Gehen wir wirklich Stan suchen?«

»Ja.« Eine Weile sagte keiner von uns etwas, wir bewegten uns schnell vorwärts, man konnte das Schulgebäude jetzt schon nicht mehr erkennen. Ich sah mich um, der Wald erstrahlte in seiner Schönheit um mich herum und wie jedes Mal, wenn ich hier war, raubte er mir fast den Atem. Das Moos erstrahlte in seinem hellen grünen Licht, die kleinen Insekten, deren

Namen ich nicht alle kannte, surrten mit leuchtenden Körpern an uns vorbei und durch die dunkle Erde sah man die schimmernden Wurzeln hindurch. Es wurde immer kälter, jetzt bereute ich es, keine Jacke mitgenommen zu haben, trotzdem gab ich Lanee mein Jackett und sie bedankte sich. Wir kamen an der Lichtung vorbei, wo Stan davongerannt war.

»Was ist eigentlich passiert, Fal?« Lanee schlang sich mein Jackett, das sich ihrer Größe angepasst hatte, enger um den Körper.

»Bryce hat das Video gezeigt, das er uns auch geschickt hat. Vor allen Leuten ... und ein Foto von mir, als ich einen fremden Mann geküsst habe ... Das war auf der Party.«

»Du hast einen Mann geküsst?!« Lanee sah mich verwirrt an. »Warum?«

»Weil ich auf Typen stehe, Lanee. Darum.«

Ich bog einen Ast zur Seite. Lanee blieb stehen.

»Aber ... warum hast du nichts gesagt?«

»Ich wusste nicht, wie ...«

Lanee trat näher zu mir heran. »Es tut mir leid, dass Bryce das Bild gezeigt hat.«

»Schon okay.«

»Hör zu, wenn du Stan nicht suchen willst, verstehe ich das. Lass uns umkehren.«

»Jetzt sind wir doch schon dabei, wir suchen auch nicht lange«, sagte ich und Lanee lächelte.

Ob sie wusste, dass mir das, was sie eben gesagt hatte, viel bedeutete?

»Aber du stehst nicht auf Ian, oder?«

»Mächtiger, nein!«

»Gut.« Lanee lachte. »Und wer war der Mann, den du geküsst hast?« Ich gluckste leise.

»Um ehrlich zu sein, habe ich keine Ahnung.«

»Mensch, Fal!«, sagte Lanee, doch auch sie lachte.

Immer wieder verfing sich Lanees Kleid in Dornen, einige Stücke waren schon abgerissen.

Wir waren weiter in den Wald hineingelaufen, als ich es geplant hatte. Das Licht der Wurzeln und Stämme wurde schon viel schwächer und Lanee hatte mehrmals verzweifelt Stans Namen gerufen – ohne eine Antwort zu erhalten. Ein heftiger Wind wehte mir die Haare aus dem Gesicht und ein kalter Regentropfen landete auf meiner Haut.

»Komm, lass uns gehen, Lanee. Wahrscheinlich ist er schon zuhause.«

»Na gut.« Lanee drehte sich weg, aber ich hatte ihre Tränen gesehen.

»Er taucht schon wieder auf.«

Wir hörten, wie dicke Regentropfen auf die ersten Blätter des Waldes fielen. Nach ein paar Sekunden erreichte der Regen auch uns und die Tropfen schlugen kalt wie Eis auf unsere Haut. »Verdammt!« Wie üblich fiel der Regen in den Wäldern nicht nur vom Himmel auf uns herab, sondern auch durch das Moos und die Blätter zwischen unseren Füßen stiegen kalte Tropfen empor, verbanden sich zu kleinen Schnüren aus Wasser und krabbelten meinen Ärmel nach oben, um sich mit den Tropfen, die vom Himmel fielen, zu vereinen. Sie flossen durch die Luft an uns vorbei und während Lanee und ich uns durch ein Dornengestrüpp zurückkämpften, waren wir in Sekundenschnelle von Kopf bis Fuß durchnässt.

»Meine Eltern bringen mich um.« Lanee schluchzte. Ich warf ihr einen mitleidigen Blick zu, doch bevor ich antworten konnte, hörte ich etwas.

Es war leise, ein Geräusch weit hinten in meinem Ohr, ein leises Pochen. Leise, aber konstant. Erst dachte ich, es wäre nur der Regen, der hart auf dem Boden aufschlug, doch schnell realisierte ich, dass es etwas ganz anderes war.

»Lanee ...« Ich blieb stehen.

»Ich sollte gut auf das Kleid aufpassen, und jetzt das?!« Sie sah an sich hinunter, strich sich wütend die Tränen weg. »Es war das Abschlusskleid meiner Mutter.«

»Lanee!«, sagte ich, diesmal energischer.

Das Pochen wurde lauter und der Boden unter uns vibrierte. Lanee warf mir einen erschrockenen Blick zu, da packte ich schon ihre Hand.

»Lauf!«, keuchte ich.

KAPITEL 8
IN THE DARK

Nacht des 21. Septembers

Kara setzte sich an die andere Seite der Wand. Hätte sie die Beine ausgestreckt, hätte sie Ians Schuhe berühren können.

Ian hob den Kopf und wischte sich über die Augen. »Es tut mir leid.« Weitere Tränen liefen über sein Gesicht. »Ich wollte dir nicht wehtun.«

»Hast du aber.«

»Es tut mir leid.«

»Nur, weil wir dich vor deinem Vater gerettet haben, heißt das nicht, dass zwischen uns wieder alles gut ist.«

»Ich weiß.«

»Also hast du mich nie geliebt?« Es war schwer, die Worte aus ihrem Mund zu bekommen, am liebsten hätte sie geschwiegen. »Sondern Fal?«

»Du hättest das nie hören dürfen. Diese Worte waren für niemanden bestimmt. Es waren nur meine Gedanken, die ich aufgeschrieben habe.« Er sah beschämt zu Boden.

Wow, Ian, krass, man schreibt meistens seine Gedanken in ein Tagebuch. Aber gut, dass du es auch erkannt hast.

»Aber sie sind wahr?«

»Ich habe dich geliebt. Ich hätte nicht mit dir zusammen sein können, wenn ich dich nicht geliebt hätte. Ich liebe dich und ich denke, ich werde dich immer lieben.«

Die Worte taten Kara weh, es war schwer, den Schmerz mit Wut zu überdecken.

»Warum hast du es dann so geschrieben?«

»Ich denke, ich wollte es mir leichter machen, dass ich … dass ich dich mit …« Schuldbewusstsein sprach aus seinem Gesicht.

Kara nickte. »Okay.«

Dann wandte sie den Blick ab und sah sich um.

Es war sehr schmutzig, dichte Spinnenweben hingen von der Decke und wanden sich zu silbrigweißen Höhlen in den Ecken. Wahrscheinlich hatte sie das Kleid ihrer Mutter ruiniert. Nur spärlich fiel Licht durch ein kleines Fenster in der Decke in den Gang, Kara war froh darüber. Sie mochte die Dunkelheit.

Für einen Moment schloss sie die Augen und in diesem kleinen Moment vermisste sie ihre Mutter so sehr, dass ihre Augen sich mit Tränen füllten. Heute hatte sie versucht, so schön zu sein, wie ihre Mutter es gewesen war. Sie hatte noch nie eine schönere Frau gesehen, sich noch nie so sehr gewünscht, jemanden wie sie kennenzulernen.

Sie wünschte sich, mit ihr zuhause zu sein und mit ihr reden zu können, über Ian und über diesen furchtbaren Tag. Sie wünschte sich Rat, sie wünschte sich ihre Familie zurück.

»Warum warst du immer scheiße zu Fal, wenn du doch eigentlich auf ihn stehst?«

Die Frage schien Ian unangenehm zu sein, doch Kara wusste, er würde ihr antworten.

Und er antwortete schneller, als Kara erwartet hatte.

»Keine Ahnung, ich denke, ich fand ihn einfach gutaussehend, ich denke, ich wollte, dass er mich beachtet. Ich weiß nicht.«

»Was fühlst du jetzt?«

»Ich weiß nicht, es ging alles so schnell. Jetzt, da er es weiß, ist es nicht mehr so wie vorher.«

Kara nickte wieder. »Okay.« Sie richtete sich auf und wischte sich den Staub von ihrem Kleid.

»Was soll ich denn jetzt tun?« Er sah so klein aus auf dem Boden, so schwach und verloren. Sie wollte ihm nicht helfen, er hatte sich selbst in diese Situation gebracht.

Trotzdem sagte sie: »Such dir eine Wohnung oder eine Hütte, geh heute los und beeil dich, eine zu finden. Du hast doch genügend Erspartes, das sollte fürs Erste reichen, dann suchst du dir einen Job, damit du da raus kannst.«

»Wo soll ich hin, bis ich etwas gefunden habe?«

»Du wirst dir heute etwas suchen und dort einziehen. Du musst nirgendwohin, weil du gleich etwas finden wirst.«

Ian nickte. »Okay.«

»Ja, okay!« Kara drehte sich um und ging davon.

»Kara!« Sie blieb stehen und sah ihn noch einmal an. »Es tut mir leid. Wirklich!«

»Mir auch.« Dann öffnete sie einen der leeren Spinde, schlüpfte hinein und lief den geheimen Gang entlang, den sie früher so oft benutzt hatten.

Der Gang endete vor einer dünnen hölzernen Tür. Kara zog sie auf und sah eine stark verbogene Wendeltreppe vor sich. Sie zog ihre Schuhe aus. Sich am Geländer festhaltend, lief sie langsam die Stufen hinauf und erreichte einen kleinen Balkon, der ein sehr beliebter Platz von verliebten Pärchen war.

Von dort aus hatte man eine wunderschöne Aussicht über das Schulgelände sowie den Wald, der jetzt im Mondlicht dunkel vor ihr aufragte. Kara fand, dass dieser Ort nichts für Verliebte war. Dieser Ort hatte etwas Trauriges, dieser Ort sollte nur allein besucht werden.

Ein frischer Wind wehte ihr die Haare aus dem Gesicht und ließ sie frösteln, sie stützte sich auf dem kalten Geländer ab. Ob Lanee und Fal Stan schon gefunden hatten? Wenn es nach ihr ginge, konnte er auch wegbleiben. Keiner von ihnen brauchte ihn, nicht einmal Lanee, obwohl sie es glaubte.

Sie waren besser dran ohne ihn.

Kara seufzte. Wie schön wäre es doch, jetzt davonzuschweben, nicht denken zu müssen, sich treiben zu lassen und alles, was schmerzhaft war, hinter sich zu lassen.

Sie wünschte, sie könnte alldem entfliehen, doch sie änderte nichts. Alles blieb so, wie es war.

Ohne einen Blick zurückzuwerfen, lief sie die kalten Stufen wieder hinab.

* * * * *

Wir rannten über den vibrierenden Waldboden.

Da, wo wir gerade noch gestanden hatten, brach eine Herde Sprigneers durch das Unterholz und zertrampelte den Platz.

Die riesigen, vierbeinigen Wesen mit dunklem, struppigem Fell, die hin und wieder durch die Wälder rannten, wenn es regnete, machten vor nichts und niemandem Halt. Das heißt, wenn man das Pech hatte, ihnen im Weg zu stehen, wurde man mitgerissen und von ihnen zerstampft.

Lanee schrie auf, ich packte ihre Hand noch fester.

Wir wichen Bäumen aus, die die Sprigneers nicht aufhielten und für uns ohnehin zu hoch waren, um sie zu erklimmen.

Lanee stolperte, doch ich zog sie neben mir her und hielt ihre Hand fest umklammert. Beinahe wäre ich hingefallen, doch ich schaffte es gerade noch, mich zu fangen und spürte den warmen Atem eines Sprigneers im Nacken, ein Schauer lief mir den Rücken hinunter.

Hinter uns schnaubte es, es klang wie das verzerrte Wiehern eines Pferdes.

»FAL!«, schrie Lanee, doch ich beachtete sie nicht.

Wir sprangen über eine besonders groß geratene Wurzel und Lanees Kleid blieb daran hängen und zerriss. Ob wir den Sprigneers entkommen konnten? Ich wusste nicht, wo sie lebten, ob sie jemals aufhörten zu rennen. Wir konnten uns nicht ewig vor ihnen hertreiben lassen. Meine Beine taten weh und in meiner Seite breitete sich ein stechender Schmerz aus. Lanee liefen Tränen über die Wangen.

Wieder das Schnauben der Sprigneers, viel zu nah. Mir war, als hörte ich ein Lachen, und ich stolperte. Wir verloren den Boden unter den Füßen.

Lanees Schrei klingelte in meinen Ohren. Bei dem Versuch, etwas zu greifen, das mich rettete, ließ ich ihre Hand los, doch ich fand keinen Halt.

Zusammen stürzten wir in die Tiefe.

Hart schlug ich auf dem Boden auf. Mir blieb die Luft weg, ich keuchte und ein lähmender Schmerz zuckte durch meinen Körper. Ich hielt die Augen geschlossen, mein Kopf dröhnte. Neben mir hörte ich Lanee schwer atmen.

Ich richtete mich auf, das Brennen in meinem Körper ließ mich zusammenzucken, trotzdem öffnete ich die Augen. Ich wusste sofort, wo wir waren. Wir waren in die Schlucht gefallen, die die Drachen gezogen hatten, um die Seite der Slonks von der der Menschen zu trennen.

»Fal!«, rief eine erfreute Stimme. »Lanee!«

Neben mir richtete sich Lanee auf und stieß einen erleichterten Schrei aus.

Ich drehte mich um.

An die kalte Steinwand gelehnt saß Stan und grinste. Lanee kroch zu ihm hinüber.

Sein Fuß war abgebrochen, er lag in Scherben ein paar Meter von ihm entfernt. Aus seinem Bein war ein großes Stück herausgebrochen. Über sein Gesicht zog sich ein Riss. Er hatte offenbar Glück gehabt. Wir hätten statt Stan auch nur einen Scherbenhaufen vorfinden können. Wie Lanee darauf reagiert hätte, wollte ich mir nicht vorstellen.

»Ich wusste, dass ihr kommt.« Stan ließ sich von Lanee umarmen. »Aber warum kommt ihr erst jetzt?«

Ich konnte ihn nur wütend anstarren. Erst einmal musste ich meine Gedanken ordnen.

»Wir wollten früher kommen ...«, begann Lanee.

»Aber wir dachten, du wärst kein dummes Kind und würdest wieder zurückkommen!«, rief ich aus. Ich sah mich um, obwohl es hier unten nicht regnete, waren die Wände nass und glatt.

»Entschuldigung, dass ich in die Schlucht gefallen und nicht mehr rausgekommen bin!«

»Warum bist du überhaupt in diese Richtung und so weit gelaufen?«

Stan sagte nichts.

Die Schlucht verlor sich in einer kleinen Biegung, irgendwo musste es doch einen Weg nach draußen geben!

»Du hättest mich fast umgebracht, deswegen bin ich weggelaufen.«

»Oh, ich wünschte, ich hätt's getan, dann säßen wir jetzt nicht in dieser Scheißschlucht fest!«

»Fal!«, sagte Lanee erschrocken. »Sag so was nicht.«

Ich blickte Stans zerkratztes Gesicht an und fühlte mich etwas besser. Es war so leicht, Stan zu verletzen.

Lanee besah sich sein gebrochenes Bein. »Wird das wieder?«

»Ja, das dauert nicht so furchtbar lange, bis das nachgewachsen ist.«

»Ein Glück!«

Ich musterte unsere Umgebung. Rechts von uns zog sich die Wand der Schlucht, die mit leuchtenden, Blumen übersät war, nach innen zusammen und verschloss sich bis auf einen kleinen Spalt am Boden wieder.

Efeuranken schlängelten sich durch diesen Spalt und hatten versucht, sich in den steinernen Boden zu bohren. Wenn auf der anderen Seite noch mehr von diesen Ranken wuchsen, konnten wir vielleicht mit deren Hilfe nach oben gelangen. Irgendwie würde es schon funktionieren. Ich würde mit Sicherheit nicht die ganze Nacht in dieser kalten Schlucht verbringen. »Da sind Efeuranken«, sagte ich mehr zu mir selbst als zu den anderen und lief los. Der Spalt unter den Steinen, der in die andere Hälfte der Schlucht hineinführte, war eng. Ich hockte mich auf den Boden. Wenn ich mich ein wenig anstrengte und mich besonders dünn machte, konnte ich es vielleicht hindurchschaffen.

»Was machst du da?« Lanee war zu mir gekommen und kniete sich neben mich.

»Da drüben, auf der anderen Seite muss noch mehr Efeu wachsen. Vielleicht können wir daran emporklettern, oder irgendsowas.«

»Du meinst einen Weg raus?«

Ich verdrehte innerlich die Augen, was sollte ich denn sonst meinen? »Ja!«

Ich legte mich flach auf den Bauch und schob mich nach vorne. Ich kam nur sehr langsam voran und der Schweiß brach mir aus. Auf keinen Fall wollte ich in diesem blöden Spalt festsitzen. Mein Anzug war natürlich ruiniert. Was für eine Scheiße das doch alles war.

Mit den Händen tastete ich die Steinwände ab, um etwas zu finden, an dem ich mich nach vorne ziehen konnte, doch da war nichts, nur glatte Wand.

Die Luft anhaltend machte ich mich so dünn wie möglich und robbte noch ein wenig weiter. Dann griff ich aus der Spalte hinaus, und bekam eine Wurzel zu packen.

»Geht alles?«, drang Lanees Stimme gedämpft an mein Ohr.

»Ja«, sagte ich mit erstickter Stimme, ich hatte fast das Ende des Spalts erreicht. Da brach die Wurzel mit einem lauten Knacken ab, doch ich konnte mich an den Seitenwänden vorwärts drücken und krabbelte aus dem Spalt hinaus. Staub rieselte auf meine Haare und ich richtete mich auf, drehte mich um, damit ich Lanee durch den Spalt zurufen konnte, dass ich es rausgeschafft hatte. Doch beim Anblick der Felswand hätte ich beinah aufgeschrien. An der mit Moos bewachsenen Wand hing ein Skelett.

Das Moos hatte sich in die Knochen eingefressen und eine Efeuranke mit einer violetten Blüte wuchs aus dem Mund des Skeletts. Ein kleiner schwarzer Käfer kroch gerade über die Schulter und verschwand durch ein Loch in den Knochen.

Das Skelett war mit rostigen Nägeln in den Stein genagelt, der Mund war zu einem ewigen stummen Schrei verzerrt. Die »Wurzel«, die ich gepackt hatte, war ein Stück des Beinknochens gewesen. Ich wich einen Schritt zurück, es knackte unter meinen Schuhen.

Der Boden war ebenfalls von Moos, Blättern und Wurzeln bedeckt und überall dazwischen lagen Skelette und Knochen herum. Von einigen der Skelette hingen noch Hautfetzen herab, an einigen Stellen sah ich Blutspritzer und eine abgetrennte Hand, die noch nicht lange hier sein konnte, lag unweit von mir.

Ich keuchte und versuchte taumelnd, eine Stelle zu finden, an der kein Skelett lag, doch der ganze Boden war übersät von ihnen.

Hier und da konnte ich zersplitterte Glasmenschenköpfe erkennen, einige von ihnen waren mit einer schwarzen Flüssigkeit bespritzt und auch an der Wand klebte diese dunkle Farbe. Kleine Fliegen schwirrten darum herum. Mir kam der unbehagliche Gedanke, dass es sich nicht um Farbe handelte.

Unter meinen Füßen knackte und knirschte es bei jedem Schritt. In diesem Teil der Schlucht waren mindestens fünfzig Menschen und Glasmenschen gestorben. Warum waren einige von ihnen an der Wand aufgehängt worden? Was war hier passiert? Warum waren sie alle hier?

Mir war schlecht, doch mit einem Blick hinüber zur Außenwand schöpfte ich ein wenig Mut. Die Efeuranken und Lianen wuchsen bis nach oben und sie schienen stark genug zu sein, um mich tragen zu können.

Bei jedem Schritt, den ich auf die Wand zu machte, knackte es wieder unter meinen Füßen. Ich versuchte, nicht hinzusehen und das Knacken auszublenden.

»Alles gut bei dir da drüben?«

»Hier ist alles voller Skelette!«, rief ich Lanee zu und konnte es selbst kaum glauben, als ich das sagte.

»WAS?!« Lanees schrille Stimme drang gedämpft zu mir herüber. Ich packte eine der Lianen und zog mich in die Höhe, meine Schuhsohlen rutschten an der feuchten, glatten Wand ab und die Wurzel knirschte. Wieder begann ich zu schwitzen, ich versuchte, nicht an die Skelette unter mir zu denken, die hilflos gen Himmel starrten.

Auf einmal packte mich eine Angst, auf die ich nicht vorbereitet war. Beinahe wäre ich abgerutscht, doch ich hielt mich fest und zog mich weiter empor.

»Sag doch was, Fal!«, rief Lanee von der anderen Seite der Schlucht.

Ich zog mich den letzten Meter hinauf und hatte den Rand der Schlucht erreicht. Mit aller Kraft stemmte ich mich nach oben, und legte mich kurz auf den mit Tannennadeln übersäten Boden, dann warf ich einen Blick zurück in die Schlucht.

Sie war nicht besonders hoch, das war logisch, sonst wären wir wahrscheinlich bei dem Sturz nach unten gestorben, trotzdem konnte man von hier aus die Skelette und Schädel kaum erkennen. Es war, als würde jemand den Boden mit den Wänden verschmelzen, und mit jeder Sekunde konnte ich den Boden schlechter erkennen. Nach ein paar Minuten konnte ich kein einziges Skelett mehr ausmachen. Als wäre meine Sicht, wenn ich versuchte, etwas dort unten zu sehen, verschlechtert worden.

Das erklärte wahrscheinlich, warum niemand diese Skelette vorher bemerkt hatte, doch merkwürdig war es schon. Vermisste diese Leute denn niemand?

Ich hatte das Gefühl, dass es um mich herum immer kälter wurde, und als ich mich umdrehte, erschien mir der Wald dunkler als sonst und auch das Leuchten, das ihn sonst erfüllte, schien verschwunden zu sein, doch bevor ich mir zu viele Gedanken darüber machen konnte, rief Lanee schon wieder: »FAL?! Was ist denn los?«

Ich lief nach rechts und sah in den Abgrund hinab, in dem Lanee vor den Steinen stand, durch die ich mich eben hindurchgequetscht hatte. Sie wischte sich immer wieder über die Augen. Ich packte eine der langen Wurzeln vom Boden und zog sie hinüber zu der Stelle, an der Lanee stand.

»HEY!«, rief ich und Lanee blickte auf.

»O mein Mächtiger, Fal!«, sagte sie mit schwacher Stimme. »Ich hatte solche Angst ...«

Ich band die Wurzel um einen kahlen Baum und warf sie dann nach unten. Lanee packte sie.

»Du kletterst rauf, dann ziehen wir Stan zusammen nach oben.«

Lanee nickte, doch sie zögerte mit der Wurzel in ihrer Hand.

»Du schaffst das!« Sie musste schließlich nicht mit Skeletten im Rücken die Schlucht hinaufklettern, also sollte sie sich nicht so anstellen.

Mit beiden Händen packte Lanee die Liane und begann den Aufstieg. Ich stemmte mich gegen einige dicke Wurzeln im Boden, damit Lanee nicht zurück in die Schlucht rutschte oder mich hinunterzog.

Nach ein paar langen Minuten erschien ihr bleiches Gesicht am Rande der Schlucht, ich sprang auf, um ihr die Hand zu reichen und sie nach oben zu hieven. Keuchend setzte sie sich auf den kalten Boden und wischte sich über die Stirn.

»Ich dachte schon, ich bin da unten gefangen.«

»Irgendwann hätte uns schon jemand gefunden.«

»Aber dann wäre es vielleicht schon zu spät gewesen.«

Sie schauderte. Ich sah sie stirnrunzelnd an, es war nicht ihre Art, so negativ zu denken.

»Komm, lass uns Stan da rausholen und uns so schnell wie möglich auf den Weg nach Hause machen!«

Lanee nickte und richtete sich auf, ich hoffte inständig, dass mein Anzug nicht ganz so furchtbar aussah wie Lanees Kleid und vermied es, an mir hinunterzusehen.

Wir zogen die Wurzel bis zu der Stelle, an der Stan sich mühsam aufrichtete und sich an die Wand lehnte.

Er packte die Wurzel und wickelte sie um sein Handgelenk. Bei dem Gedanken daran, ihn mit seinem zerbrochenen Bein bis nach Hause zu schleifen, wurde ich sofort müde.

»Wir ziehen dich rauf!«, rief ich nach unten. Erst in diesem Moment fiel mir auf, wie kalt es wirklich war, meine Finger waren eiskalt und ich zitterte, als ich die Wurzel noch fester packte. Ich wollte einfach nur nach Hause und Kara fragen, wie es ihr ging.

»Ich hoffe es mal!«, rief Stan. Am liebsten hätte ich die Wurzel wieder losgelassen. Mit vereinten Kräften schafften Lanee und ich es, Stan nach oben zu ziehen. Er fiel stöhnend auf den Boden vor uns und Lanee sank auf die Knie neben ihn, um zu schauen, ob es ihm gut ging. Er war so ein Idiot.

Lanee half ihm auf die Beine, ich drehte mich um und sah in den Wald, der sich vor mir ins Dunkle erstreckte.

Bevor mein Herz schneller zu klopfen begann, setzte es einen Schlag aus. Jetzt pochte es ein wenig zu schnell für meinen Geschmack. Meine Kehle schnürte sich zu.

Auf der anderen Seite der Schlucht, der Seite, auf der wir nicht standen, leuchteten die Bäume und das Moos grün und die kleinen Glühwürmchen schwirrten umher. Ich sah einige Wurzeln, die sich in eine bequeme Position brachten und alte, verwelkte Blätter von sich schüttelten. Auf der Seite, auf der jedoch wir standen, war das Moos dunkelgrün und die Bäume am Waldrand leuchteten nicht, nur ein schwacher Schein drang nach außen, der von den Bäumen weit im Waldesinneren stammen musste. Ein Schauer rann mir den Rücken hinunter.

»Nein«, hauchte ich, so leise, dass nur ich es hören konnte.

Wir waren die falsche Seite emporgeklettert und befanden uns nun auf der Seite der Slonks.

Wie hatte das passieren können?

Ich hatte nicht darüber nachgedacht, auf die richtige Seite zu kommen, meine Gedanken hatten sich nur darum gedreht, überhaupt nach oben zu gelangen.

Lanee und ich konnten an einer der schmaleren Stellen der Schlucht vielleicht noch hinüberspringen, aber Stan? Er konnte ja kaum laufen, so einen Sprung würde er nie schaffen. Wir mussten uns beeilen und ihn und uns so schnell wie möglich auf die andere Seite bringen. Vielleicht sollte ich rüberspringen und Hilfe holen? Nein, ich konnte Lanee nicht so lange allein lassen.

In meinem Kopf überschlugen sich die Gedanken, ich stand wie angewurzelt da.

Lanee und Stan schienen noch gar nicht bemerkt zu haben, in welcher Situation wir uns gerade befanden.

»Wir sind auf der falschen Seite«, sagte ich leise, aus Angst, irgendetwas oder irgendjemanden, der nicht da war, auf uns aufmerksam zu machen.

Lanee sah sich um, ihre Augen weiteten sich. Ihr Atem ging plötzlich schwer und sie hielt sich die Hände vor den Mund,

Stan rutschte ab und fiel zu Boden.

»Hey, so schlimm ist das auch nicht!«, rief er.

»Nicht so schlimm?!« Ich schüttelte den Kopf und trat an den Rand der Schlucht.

»Wenn man uns hier erwischt, werden wir verstoßen!«, stieß Lanee aus und wimmerte.

Warum konnten die beiden nicht einfach still sein?!

»Wir werden nicht verstoßen!«, fauchte ich. »Wir müssen jetzt erst mal Stan über die Schlucht bringen und ...«

Lanee schrie auf. Bevor ich mich zu ihr umdrehen konnte, wurde ich von den Füßen gerissen. Das zweite Mal an diesem Tag schlug ich hart auf. Neben mir prallte etwas auf die Erde, ein dumpfes Geräusch ertönte.

Ich wollte mich aufrichten, doch wieder wirbelte ich durch die Luft und krachte gegen etwas. Das Letzte, was ich sah, war ein Baumstamm, dann wurde um mich herum alles schwarz.

KAPITEL 9
THE TIGER

22. September

Das Erste, was ich sah, als ich die Augen öffnete, war Weiß. Ich lag in einem Bett mit weißen Laken, in einem Raum, dessen Wände ebenso weiß waren wie das Laken. Der Raum hatte keine Fenster und keine Lampen, trotzdem war es hier drin hell. Nach ein paar Sekunden erinnerte ich mich an das, was passiert war.

Ruckartig setzte ich mich auf.

Ich trug immer noch meinen Anzug, doch an ihm war keine Spur von Dreck oder eingerissene Stellen zu entdecken. Er war repariert worden.

Hastig fasste ich an meinen Hals, die Kette meiner Mutter war noch da. Ich seufzte erleichtert auf.

Neben meinem Bett standen zwei weitere Betten, in denen Lanee und Stan lagen. Sie hatten die Augen geschlossen. Stans Bein war nachgewachsen und Lanees Kleid war ebenfalls gesäubert und repariert worden.

Ich stand auf und ging zu der Tür am anderen Ende des Raumes hinüber, drückte die Klinke. Sie war abgeschlossen.

Sobald ich sie wieder losgelassen hatte, hörte ich, wie sich ein Schlüssel im Schloss herumdrehte. Ich taumelte zurück. Die Tür schwang auf und ein Mann trat ein, er lächelte mich freundlich an. Es war Präsident Fillgert.

Er trug einen perfekt passenden weißen Pullover, darüber eine Jacke, in deren weißen Stoff graue Muster eingenäht waren. Seine Hose hatte die gleiche Farbe der Jacke und darunter glänzten weiß seine Schuhe mit kleinen Absätzen. Sein Bart war perfekt gestutzt und seine grünen Augen strahlten, obwohl sein Mund aufgehört hatte, zu lächeln.

»Hallo, Faldor«, sagte er mit sanfter Stimme.

»Hallo, Präsident Fillgert«, brachte ich hervor. Die Situation überforderte mich, ich hatte keine Ahnung, was passiert war, nachdem wir erkannt hatten, dass wir auf der falschen Seite der Schlucht gelandet waren.

»Ich dachte mir schon, dass Sie zuerst aufwachen. Kommen Sie, gehen wir ein Stück.« Fillgert lächelte mir wieder zu und wandte sich zum Gehen.

Hatte ich überhaupt eine andere Wahl, als ihm zu folgen?

Ich lief ihm hinterher aus dem Zimmer in einen Gang hinein, der dem gläsernen Korridor in der Schule sehr ähnlich war.

Auch dieser Gang war fast komplett aus Glas erbaut worden. Von hier aus konnte man nahezu das ganze Dorf überblicken. Mir wurde klar, dass wir uns im Präsidentengebäude befanden.

Die Sonne ging gerade hinter den Bäumen auf und tauchte den Gang in ein goldenes Licht.

»Wunderschön, nicht wahr?«, fragte Fillgert. Ich nickte. Neben ihm fühlte ich mich unfassbar klein. Ich war sehr froh, einen Anzug zu tragen, neben Fillgert fühlte sich der sogar unangenehm an, dabei trug Fillgert doch viel schlichtere Sachen als ich. Wahrscheinlich lag es einfach nur an seiner Position und seinem Auftreten.

»Sir, wir wollten nicht auf die Seite der Slonks gehen, es war ein Versehen«, platzte ich heraus. Ich wusste nicht, wie ich ihn anreden sollte, noch weniger, was genau ich gerade versuchte. Ich wollte ihm erklären, dass alles nur ein Missverständnis war, dass wir unschuldig waren.

»Erkläre es mir.« Fillgert öffnete eine kleine Tür, die in der Wand verborgen war, und schlüpfte hindurch.

Sie führte in ein gewaltiges Treppenhaus und als ich Fillgert durch die Tür hindurchfolgte, blieb mir für einen Moment die Luft weg.

Die Treppen schienen in der Luft zu schweben, sie hatten kein Geländer und die Marmorstufen verloren sich unten in der Dunkelheit. Fillgert lief, ohne zu zögern, eine der Treppen hinauf. Ich folgte ihm und die Kälte im Treppenhaus ließ mich zittern.

Für einen Moment war es so, als würde ich Fillgert in meinem Ohr sagen hören: »Wunderschön, nicht wahr?« Doch er drehte sich mitten auf der Treppe um und hatte überhaupt nichts gesagt. Unsere Blicke trafen sich, schwer lagen sie aufeinander und ich sah schnell nach unten, um keine Stufe zu verpassen und in die Tiefe zu stürzen.

»Mein Freund Stan und ich hatten einen Streit«, sagte ich. »Er ist in den Wald gerannt und nicht wiedergekommen. Wir ...«

Ein Mann eilte einige Treppen unter uns hinunter und sah für ein paar Sekunden zu mir hoch. Er kam mir erstaunlich bekannt vor, doch bevor ich ihn weiter mustern konnte, war er verschwunden. Ich war abgelenkt. Komisch, dass sonst niemand hier war, hätten diese Gänge nicht eigentlich voller Leute sein müssen?

»Wir ... wir haben ihn gesucht und haben ... nein, wir wurden von Sprigneers überrascht. Wir sind vor ihnen weggerannt und sind in die Schlucht gestürzt ...« Das klang wie die schlechteste Ausrede aller Zeiten.

»Warum seid ihr auf der Seite der Slonks hinaufgeklettert?«

»Wir dachten, es wäre die richtige Seite, es war ein Versehen.«

Fillgert drehte sich erneut um und lief schneller als erwartet die Stufen hinauf. Er öffnete eine weitere Tür und hielt sie für mich auf.

Der Gang, in den wir traten, war schmal. Ich hätte besser beschreiben sollen, was passiert war, innerlich verfluchte ich mich, hörte aber schnell damit auf.

Man durfte mit Flüchen nicht scherzen.

Wir erreichten einen großen Raum mit breiter Fensterfront. Eine Säule aus Wasser floss aus dem Boden in der Mitte des Raumes und verschwand in der Decke. Für einen Moment war nur das beruhigende, leise Plätschern der Säule zu hören. Fillgert stellte sich neben mich und legte eine Hand auf meine Schulter. Sie fühlte sich so viel schwerer an, als sie sich hätte anfühlen dürfen.

Jetzt sah Fillgert mir wieder in die Augen. »Ich verstehe.«

Er schritt zum Fenster hinüber. Die Sonne fiel hindurch und musste ihn blenden, doch er kniff die Augen nicht zusammen.

Ich wusste nicht, was ich tun sollte. Verloren stand ich da, Angst stieg in mir empor. Es hatte lange gedauert, bis sie sich gemeldet hatte. Das hier war der Präsident!

Er schien ganz in Gedanken versunken zu sein.

»Warum haben Sie Ihren Freund nicht tagsüber gesucht?« Endlich sagte er wieder etwas.

»Meine Freundin Lanee, sie hat sich Sorgen gemacht und wollte nicht länger warten.« Ich schluckte, mein Mund war so trocken. »Außerdem waren wir schon öfter nachts im Wald, deswegen war das keine große Sache für uns. Nur als dann die Sprigneers kamen, wurde es etwas unkontrolliert.«

Fillgert drehte sich lächelnd zu mir um. »Sie haben sich also einfach nur Sorgen gemacht?«

»Ja.« Ich wollte ihm nicht erklären, dass es eigentlich nur Lanee gewesen war, die sich Sorgen gemacht hatte, und ich Stan am liebsten nicht gesucht hätte, doch das war irrelevant für diese Geschichte. Mir war unwohl, es fühlte sich so an, als würden sich die Wände des Raumes enger zusammenziehen, und das Plätschern der Säule schien auf einmal störend laut.

»Sie werden bald Ihre Ausbildung beginnen, richtig?« Mein Unbehagen verschwand nicht.

»Ja, ich freue mich schon darauf.«

»Ich bin mir sicher, Sie werden fehlerlos bestehen.«

»Danke.«

»Ich glaube Ihnen.«

Erleichterung machte sich in mir breit – und doch, irgendetwas stimmte nicht. Ich nahm einen tiefen Atemzug. Die Wände zogen sich nicht zusammen, das Wasser wurde nicht lauter, alles war gut. Fillgert glaubte mir.

»Ich ...«

Fillgert unterbrach mich. »Jedoch ist es Gesetz, dass eine Anhörung geführt werden muss, um darüber zu entscheiden, wie es mit Ihnen weitergeht. Sie verstehen bestimmt, dass ich das nicht einfach ignorieren kann. Ich bin nicht die einzige Person, die davon weiß.«

Die Angst breitete sich erneut in meinem Körper aus, diesmal rasend schnell. Ich versuchte, ruhig zu bleiben und es mir nicht anmerken zu lassen.

»Sie meinen, ob wir verstoßen werden?«

»Im schlimmsten Fall könnte das passieren, ja«, sagte Fillgert ruhig.

»Aber machen Sie sich keine Gedanken darüber, ich glaube Ihnen und solange ich ein gutes Wort für Sie einlege, können Sie sich sicher sein, dass alles gut werden wird. Sie werden sehen, die Anhörung wird eine lustige Geschichte sein, die Sie bald schon auf Partys erzählen können.« Er lachte leise.

»Sie würden ein gutes Wort für uns einlegen?«

»Aber sicher doch.«

»Das ist sehr freundlich von Ihnen.«

»Ich weiß.« Er drehte sich wieder von mir weg. »Sie werden einen Brief bekommen, mit allem, was Sie wissen müssen.« Er seufzte. »Sie finden allein hinaus.«

Ich war froh, dass das Gespräch vorbei war, und hastete aus dem Raum hinaus. Ich hatte keine Ahnung, wo ich war, doch irgendwie würde ich den Ausgang schon finden.

Im Treppenhaus wanden sich die Treppen nach unten und ich wurde langsamer, als ich es gemusst hätte. Nach ein paar Sekunden konnte ich aber schon das Erdgeschoss sehen und beeilte mich. Sobald ich den Ausgang erreicht und die Tür aufgestoßen hatte, beschleunigte ich meine Schritte.

Ich achtete auf nichts um mich herum, bis ich meine Hütte erreicht hatte. Davor blieb ich abrupt stehen.

Mit ziemlicher Sicherheit wusste Illn schon Bescheid. Wahrscheinlich würde er sauer sein. Ich selbst wäre stinksauer gewesen – wenn der Schock und die Angst nicht immer noch in mir herumwirbelten, wäre ich wahrscheinlich noch viel wütender auf mich, Lanee und Stan gewesen.

Wie hatten wir nur so dumm sein können?

Ich schloss die Tür auf und betrat die Hütte, Illn war nicht da. Ohne viel nachzudenken, stürmte ich in mein Zimmer, zog mir etwas anderes an und machte mich so schnell ich konnte auf den Weg zu Karas Hütte.

Wenn ich mit jemandem über das Geschehene reden wollte, dann war es Kara, ohne Zweifel.

»Du musst mir jetzt gut zuhören. Ich kann jeden deiner Wünsche erfüllen, alles, was du dir je erträumt hast. Du musst mir nur einen winzig kleinen, wunderschönen Gefallen tun. Meinst du, du schaffst das?«

»Jeden Wunsch?«

»Alles, was du willst!«

KAPITEL 10
JUST THE START

22. September

»Ihr könntet verstoßen werden!«, rief Kara. Sie lief vor mir in ihrem Wohnzimmer auf und ab. »Wahrscheinlich werdet ihr sogar verstoßen. Wie kann man nur so dumm sein, Fal?!« Sie wedelte mit den Händen herum und sah mich wütend an. »Hättet ihr Stan nicht einfach am Morgen suchen gehen können?«

»Du weißt, dass es gut gepasst hat.«

»Ja, ich weiß.« Sie ließ sich auf ihren Sessel fallen.

»Tut mir leid.«

»Mir auch.«

»Ihr könnt nicht verstoßen werden. Ihr habt nichts falsch gemacht. Außerdem seid ihr drei Leute, ihr erzählt alle dieselbe Geschichte. Es ist ja nicht nur Fillgert da, er kann euch überhaupt nicht verstoßen.«

»Ich denke auch.«

»Es wird alles gut gehen.« Sie sah mich an. »Hast du schon den Brief bekommen, wann alles stattfindet?«

»Nein, keine Ahnung.«

Ich schwieg, Kara auch. Nach ein paar Minuten, in denen wir einfach nur dasaßen, stand sie auf und lächelte mich an.

»Es ist eine beschissene Situation, ich weiß das, aber so oder so wird auf jeden Fall alles gut ausgehen. Glaub mir.«

»Ja, bestimmt.«

Doch ich war mir nicht sicher, ob ich daran glaubte. Ich glaubte nicht einmal, dass Kara es so meinte.

Kara umarmte mich zum Abschied und ich beeilte mich, nach Hause zu kommen. Wenn Illn kam, wollte ich lieber da sein. Eigentlich hatte er heute frei, ich fragte mich, wo er war.

Schon von Weitem sah ich, dass jemand vor unserer Tür stand. Es war ein großer Mann, gekleidet in einer tiefschwarzen Uniform. Einer von Fillgerts Wächtern.

»Hallo?«, sagte ich fragend.

»Hallo, Faldor Feyn.« Die Stimme des Mannes war sehr tief. »Ich bin hier, um dafür zu sorgen, dass Sie bis zu Ihrer Anhörung Ihre Hütte nicht mehr verlassen. Eine Anweisung des Präsidenten Fillgert.«

Ich starrte ihn an. »Wie schön.«

»Vorschriften eben.«

»Ja.«

»Wo waren Sie?«

»Ich denke, das ist meine Sache«, sagte ich gereizt.

»Sicher.« Der Wächter lächelte zufrieden. Ich drängte mich an ihm vorbei und kurz bevor ich die Hüttentür hinter mir schloss, ertönte ein tiefes »Schönen Tag noch!«.

»Ebenso«, grummelte ich und schlug die Tür zu.

Na super, jetzt wurde ich schon überwacht und durfte keinen Schritt mehr aus meiner Hütte machen. Meine Laune war nun komplett in den Keller gesunken.

Illn war immer noch nicht da. Wo zur Hölle steckte er?

KAPITEL 11
PIECES OF PAPER

22. September

Illn war schon lange nicht mehr hier gewesen. Vielleicht sogar ein ganzes Jahr. Das mag nicht lange erscheinen, doch hier in Gratrou veränderte sich immer etwas – wenn man nicht hier wohnte, hatte man kaum eine Chance, auf dem Laufenden zu bleiben. Gratrou war größer als Ratrou, sehr viel größer sogar. Es war eine verwinkelte, sich verbiegende Stadt, hier lungerten viele zwielichtige Gestalten herum. Wenn man sich nicht auskannte, war es nicht klug, allein herzukommen.

Doch Illn kannte sich aus, er war schon öfter hier gewesen. Er wusste, was er tun musste, es war, als hätte er vor Jahren jeden Schritt, den er gerade tat, durchgeplant und würde nun diesen Plan ausführen, um Fal zu retten – oder um ihn wenigstens etwas zu schützen.

Die Strafe auf sich zu nehmen, würde nichts bringen, so etwas funktionierte nicht, er hatte alles durchgekaut und von allen Blickwinkeln betrachtet. All das, was er in den letzten vier Stunden erfahren hatte, hätte er schon früher wissen können und er könnte sich ohrfeigen dafür, dass er so dumm gewesen war und geglaubt hatte, nie wieder Probleme mit dem Gesetz zu bekommen. Er hätte nicht nur an sich denken dürfen. Fal war ein Teenager, natürlich machte er unbedachte Dinge, er hätte damit rechnen müssen. Früher oder später wäre etwas passiert. Warum hatte er nicht weiter denken können?! Illn verfluchte sich leise – zum siebten Mal an diesem Tag. Es begann zu regnen. In diesem Moment machte er sich genauso strafbar wie Fal und vielleicht würde er sogar mit ihm zusammen verstoßen werden. Wenn ihn jemand beschattete, stand das so gut wie fest.

Er war sich ziemlich sicher, dass ihm niemand auf den Fersen war, doch um jeden seiner möglichen Verfolger abzuschütteln, bog er mehrmals scharf rechts ab und huschte durch geheime Gassen.

Illn zog sich die Kapuze seines Mantels tief ins Gesicht, hastete die schmalen Gassen entlang. Aus den Fenstern der Häuser starrten ihn kalte Augen an. Das war er gewohnt, bestimmt war das die eine Sache, die sich hier nicht so schnell verändern würde.

Wahrscheinlich wusste jetzt schon die ganze Stadt, dass er hier war. Es gab keine Möglichkeit, den »Weg der Beobachtung« zu umgehen; es gab zwar die eine oder andere Route, die einen unbemerkt ins Innere der Stadt kommen ließ, doch jeder, der Gratrou betrat, gelangte früher oder später auf diesen Weg. Einige Leute hatten ihn schon verflucht und einen Bann auf ihn gelegt, doch er existierte immer noch und ließ seine Besucher problemlos passieren.

An einem Laternenpfahl hing ein Suchplakat, darauf war eine lächelnde, junge Frau abgebildet. Sie sah schön aus, doch irgendetwas schien mit ihrem Gesicht nicht zu stimmen, als wäre es vom Regen verwaschen worden. Illn befühlte die Pappe, sie war trocken. Die Augen der Frau starrten ihn an. Warum kam sie ihm so bekannt vor? Fünf Millionen waren auf ihren Kopf ausgesetzt. Sie musste eine der meistgesuchten Personen im Umkreis sein, bei einer so hohen Summe musste sie etwas wirklich Furchtbares getan haben. Doch er konnte sich nicht daran erinnern, etwas über sie gehört zu haben.

Es war auch egal, Illn hatte größere Sorgen, als sich darüber den Kopf zu zerbrechen. Bei dieser Summe war es wahrscheinlich, dass sie versucht hatte einen Präsidenten zu töten, oder sie hatte Hochverrat bei einer der Gangs begangen, irgendetwas in dieser Art musste es gewesen sein. An der Wand neben dem Laternenpfahl hingen weitere Suchplakate, auch das Bild der Frau hing mehrfach dort. Illn betrachtete die grimmigen Gesichter. Alle von ihnen waren gesuchte Verbrecher. Sie blickten wütend in die Kamera, doch einige von ihnen waren nicht einmal für das Foto erwischt worden.

Das verschwommene Bild einer Person im langen Mantel, der durch eine Menschenmasse lief, war überall auf der Wand verstreut. Ein rotes Kreuz war über das Gesicht eines Mannes gemalt worden und sie hatten »eliminiert« darüber gekritzelt. Illn schauderte es, als Regen in sein Oberteil floss. Er wandte sich von den gesuchten Kriminellen ab und bog nach links in eine Seitenstraße ein.

Die kleine Bar, zu der er wollte, lag am Ende der Straße. Er eilte hinüber und öffnete die runde Tür, um den Laden zu betreten.

Laute Musik spielte und um ihn herum tanzten die Leute. Er bahnte sich einen Weg durch sie hindurch und versuchte, den Rauch der Zigaretten nicht einzuatmen. Schon das Danebenstehen konnte einen in eine komplett andere Welt abdriften lassen. Das war ja schon fast wie in Flavous.

Er hielt die Luft an, er konnte es sich nicht leisten, seinen klaren Kopf zu verlieren. Am Rande der Tanzfläche führte eine Tür mit Toilettenzeichen in einen hell erleuchteten Gang. Ein Mann saß in einer Ecke, er schob sich gerade eine Spritze in den Unterarm und stöhnte zufrieden auf, seine Augen rollten nach hinten und sein Körper zuckte bei jedem Atemzug. *Meine Güte.* Illn schloss die Tür hinter sich.

Ein paar Meter von ihm entfernt schwebte eine große Topfpflanze, der Eingang war noch derselbe. Da hatte er ja gerade noch einmal Glück gehabt. Vor der Pflanze ließ er sich nach links in die Wand fallen. Widerstandslos glitt er hindurch und überschlug sich, bevor er wieder auf den Füßen landete.

Er erschien auf der Türschwelle eines kleinen Ladens, in dem es stark nach Lavendel roch. Hinter der Kasse saß ein kleiner Mann, der Illn angrinste.

»Hab schon gehört, dass Illn Feyn sich mal wieder hier rumtreibt. Hab nur darauf gewartet, bis du hiervor, oder jetzt in meiner Tür, stehst.« Er lachte.

»Ja«, sagte Illn knapp.

Hier hatte sich nicht viel verändert. In den Käfigen, die eng beieinander in den Regalen standen, flitzten mehrere kleine Tiere aller Arten herum und gaben quietschende und zischende Geräusche von sich. Einige fauchten Illn sogar an, als er an ihnen vorbei ging.

»Was kann ich für dich tun, mein Lieber?«, fragte der Mann hinter der Theke.

»Ich brauche einen Wandler.«

»Ich habe mich schon gefragt, warum du so lange brauchst, um einen neuen zu besorgen. Ob er das gutheißen wird?«

»Ich hatte noch einen Wandler. Seit der letzte zurückgekommen ist, sind nur etwa drei Monate vergangen.«

»Ah, ich verstehe.« Der Mann grinste und bewegte sich nach hinten, in den Teil des Ladens, den Illn nicht sehen konnte.

»Wie lange?!«, rief er über die Schulter.

Es war nicht gut, diesen Leuten viel zu erzählen. Das hatte er jedoch noch nicht gewusst, als er das erste Mal diesen Laden betreten hatte. Diese Geschichte konnte er nun nicht mehr vertuschen. Auch wenn dieser Mann, dessen Namen Illn nicht einmal kannte, so tat, als wäre jener sein Freund, wusste er, dass es nicht so war.

Er glaubte sogar, dass niemand diesen Mann wirklich kannte, den er unter dem Namen »Wandelhändler« kennengelernt hatte. Ein dummer Name. Aber es konnte jeder sein, er konnte jederzeit ungesehen verschwinden. Illn hätte ihm nie so viel erzählen sollen, diesen Fehler würde er nicht mehr machen.

»Eine Woche«, sagte er laut. Das sollte reichen.

»Was ist der Anlass?« Manche Dinge konnte man kaufen, ohne etwas zu erzählen, doch hier kam man nicht weit, ohne irgendein Geheimnis preiszugeben. Das war der Grund, weswegen er anfangs überhaupt so viel erzählt hatte. Er machte sich hier zwar gerade strafbar, aber das, was er tat, war nichts im Vergleich dazu, was andere Leute hier manchmal taten.

»Es wird jemand verstoßen, den ich kenne.«

Der Mann kam zurück. In seiner Hand hielt er einen kleinen Käfig, darin saß ein gold-schimmernder Vogel, der leise fiepte. »Einer der stärksten.«

»Danke.«

»Doch ich glaube nicht, dass du heute nur zu mir willst.«

Illn hatte ihm schon genug erzählt, er war ihm nichts mehr schuldig. Alles andere konnte er sich schon allein zusammenreimen.

»Wer weiß.« Illn nahm den Vogelkäfig und legte ein Bündel mit Geld auf die Theke vor ihm, der Mann prüfte es und nickte.

»Du weißt, wenn jemand dich erwischt, war nicht ich es, der dir geholfen hat.«

»Ich kenne dich nicht.« Das war nicht einmal gelogen.

»Viel Glück, Illn Feyn.«

Illn drehte sich um und lief an den fauchenden und quietschenden Tieren vorbei, machte einen großen Schritt durch das massive Holz der Tür hindurch und stand wieder mitten auf der Straße im strömenden Regen.

Er drehte sich um, hinter ihm war nur eine kalte graue Wand zu sehen. Schnell lief er weiter, um kein Aufsehen zu erregen, er wusste, wo er war, und er wusste, wo er hinmusste. Mit einem Blick auf seine Uhr beschleunigte er seine Schritte. Der andere Laden lag nicht so versteckt wie der letzte. Als er über die Schwelle trat, wehte ihm ein Wind so stark ins Gesicht, dass er beinahe umfiel. Der Wind trocknete seine Kleidung in nur wenigen Sekunden.

Hier drin roch es stark nach Papier und Tinte, es war ein angenehmer Geruch und Illn atmete tief ein. Der Laden war größer, als er von außen aussah, hier stapelten sich Papiere und Bücher drei Stockwerke hinauf. Briefe und Zettel flogen an ihm vorbei und schossen in kleine Röhren, die an der Wand befestigt waren. An den Wänden standen riesige Aktenschränke, die mit Buchstaben und Zahlen beschriftet waren.

Eine Frau kam mit einem breiten Lächeln auf ihn zu, sie trug einen engen Anzug und ihre Haare fielen ihr in Wellen über die Schultern.

»Kann ich Ihnen behilflich sein, Sir?«, fragte sie.

»Ich suche W-Eins.«

»Aber gerne doch, Sir.«

Die Frau lächelte noch breiter und führte ihn eine rostige Wendeltreppe hinauf, bis ins dritte Stockwerk. Dort lief sie fast bis ans Ende des vierten Gangs und hielt schließlich vor einem Aktenschrank an.

Sie zog einen langen, gebogenen Schlüssel aus ihrer Tasche und schloss den Schrank auf.

»W-Eins.«

Die Frau ließ Illn allein. Er stellte den Käfig mit dem goldenen Vogel auf den Boden und wühlte sich durch die Ordner und Papiere. Warum hatte er das nicht schon viel früher getan? Warum hatte er diese Möglichkeit nicht schon viel früher in Betracht gezogen – hätte er es getan, würde Fal dann vielleicht nicht in dieser Gefahr schweben? Er verfluchte sich erneut.

Es war der riskanteste Versuch und es war gefährlich für ihn und für viele andere Leute. Vielleicht hatte er auch einfach nur Angst gehabt, dass es tatsächlich klappte. Was dann mit ihm passiert wäre, was mit Fal passiert wäre. Er hatte andere Leute leiden, vielleicht sogar sterben lassen, weil er Angst gehabt hatte. Wie hatte er nur so grausam sein können?

Er knirschte mit den Zähnen, derweil er weiter durch die Papiere hindurchwühlte. Jemand hätte diese Schublade wirklich mal ordnen können!

Er hatte sich und Fal schützen müssen. Aber was, was wenn Earls Intentionen nicht so friedvoll waren, wie er es Illn immer gesagt hatte? Er hatte sich schließlich auch verändert, dort blieb man nicht derselbe.

Er schüttelte den Kopf, um die Gedanken zu vertreiben, und schob einen Stapel Papier zur Seite. Er war sich nicht einmal sicher, ob das hier klappte, ob dieser Versuch Erfolg hatte. Er öffnete einen weiteren Ordner und das, was er suchte, fiel heraus. Es war eine kleine goldene Karte, auf der in verblichenen Buchstaben ein Name stand.

Er drehte sich um und sah die Frau am Ende des Gangs stehen. Mit Käfig und Karte in den Händen lief er zu ihr und hielt ihr die Karte hin.

»Ich muss eine Nachricht zu Ihrem PQG-Eins bringen, von dieser Adresse. Ich muss persönlich dorthin. Es eilt.«

»Sind Sie sich sicher?«

»Absolut.«

»Dann folgen Sie mir bitte.«

Die Frau drehte sich um und lief hastig die Treppen hinunter, sie schwang einmal mit der Hand und die Papiere und Ordner, die Illn aus dem Aktenschrank geworfen hatte, ordneten sich wieder ein.

Unten führte sie ihn in den hinteren Teil des Ladens, in dem auch die ganzen Briefe und Papiere gefaltet und losgeschickt wurden. Zwei weitere Leute, die ihre Hände wild umherbewegten, um bei der Faltung der Briefe keinen Fehler zu machen, warfen Illn neugierige Blicke zu.

Die Frau zog ein leeres Blatt Papier aus einem Regal hinter Illn und brannte das, was auf der Karte stand, in das Papier.

Es dampfte. Sie reichte ihm das Papier.

»Eine Kopie wird genügen.«

»Danke.«

Schnellen Schrittes folgte Illn der Frau, die ihn zu einer Gittertür hinüberführte und eine Hand darauf legte. Die Tür öffnete sich. Dahinter konnte Illn nur Dunkelheit erkennen. Ein schwarzer Abgrund.

Zwar war er schon ein paarmal so gereist, doch es war nicht so angenehm, wie mit den normalen Winden. Er hielt sich den Vogelkäfig vor die Brust.

»Sie können«, sagte die Frau.

Illn stellte sich vor den Abgrund und ohne weiter darüber nachzudenken, sprang er in die Tiefe.

Er schloss die Augen. Wind wirbelte ihn in die Höhe, riss ihn zur Seite, zog an seiner Kleidung. Er klammerte sich an den Käfig und den Zettel in seinen Händen.

Der kleine Vogel piepste leise.

Lange konnte es nicht mehr dauern.

Als er frische Meeresluft roch, öffnete er die Augen. Seine Sicht klärte sich, er stand auf einem kleinen Strand neben einem Häuschen, das aus einem gewaltigen Felsen herausragte. Ein Briefkasten war nicht weit von ihm entfernt. Hier warfen die normalen Kunden meist ihre Briefe ein oder schickten sie an diesen Briefkasten. Aber Illn war kein normaler Kunde.

Er machte einen Schritt nach vorne und eine gewaltige Welle riss ihn von den Füßen.

Keuchend und salziges Wasser ausspuckend, richtete sich Illn wieder auf. Verdammt, fluchte er vor sich hin, er hätte es wissen müssen. Diese Stelle war nicht sicher zum Stehen. Er ärgerte sich, es war ja nicht das erste Mal, dass er hier landete. Der Vogel piepte schwach. Der Arme. Illns Magen grummelte, diese Art zu reisen, würde er vermeiden. Er machte sich auf den Weg zu dem kleinen Haus hinüber.

Der Wind ließ ihn frösteln, es begann zu regnen. Auf sein Klopfen an der Tür hin ertönten fast augenblicklich schnelle Schritte.

Die Tür wurde geöffnet und ein junger Mann sah ihn misstrauisch an. Das war nicht die Person, die Illn erwartet hatte.

»Kann ich Ihnen helfen?«, fragte der Mann und ein hämisches Grinsen umspielte seine Lippen, als er Illns tropfende Kleidung betrachtete. Er verschränkte die Arme.

»Ich suche Marc«, sagte Illn. Er ärgerte sich über seine Stimme, die erschöpft und außer Atem klang.

»Wohnt er noch hier?«

»Tut er.«

Der Mann machte keine Anstalten, Illn eintreten zu lassen.

»Ich muss zu ihm. Ich muss ihn sprechen«, sagte Illn ungeduldig. Der Mann gefiel ihm nicht. Was tat er hier? Konnte das schon einer von Fillgerts Schergen oder der Regierung sein? War Marc aufgeflogen? Oder warteten sie hier schon auf ihn?

»MARC!«, rief der Mann ins Haus. »Hier will schon wieder jemand etwas von dir!« Er verdrehte die Augen.

»Lass ihn rein«, schallte Marcs Stimme heraus. Der Mann verdrehte die Augen noch einmal, trat aber zur Seite.

Illn drängte sich an ihm vorbei und stand sofort in der kleinen Küche.

Am Tisch saß ein Mann mit grauweißem Haar. Er trug ein Hemd, das er wohl vergessen hatte zuzuknöpfen. Illn ertappte sich wieder dabei, wie er ihn anstarrte, er wusste nicht, warum er es immer noch tat. Er warf einen Blick zu dem jüngeren Mann hinüber, der sich auf den Tisch hatte fallen lassen und jetzt gelangweilt auf die hölzerne Schlange blickte, die sich im Inneren des Tisches fortbewegte. Illn fühlte sich unwohl in seinem Körper. Der junge Mann ärgerte ihn.

»Dachte ich mir doch, dass du es bist«, sagte Marc und stand breit lächelnd auf. Er kam zu Illn herüber und drückte ihn fest.

»Also, weiß man schon Bescheid?«

»O ja«, sagte Marc. »Fast ganz Olvaniru erzählt sich darüber. Man schreibt schon die Artikel. Schlagzeile: *Noch nie wurden so junge Magier verstoßen, ist das noch okay?*« Illn schluckte. Die Chancen auf ein Happy End dieser Geschichte waren wirklich sehr gering.

»Komm, wir gehen nach unten.«

Oh, das tat Illn gerne. In der Nähe dieses komischen Typs wollte er nicht länger bleiben.

Er warf ihm einen abschätzigen Blick zu, ehe er Marc durch den Flur folgte. Dieser öffnete eine hölzerne Tür und führte ihn über eine betonierte Kellertreppe nach unten. Der bekannte Geruch von Kerzen und Streichhölzern erfüllte den Keller, sofort fühlte sich Illn ein wenig mehr zuhause.

Das Herz wurde ihm schwer. Er wünschte sich, er hätte Marc öfter besucht, und gleichzeitig wollte er auch nicht daran denken. Es war gut so, wie es war.

Der Raum war in goldenes Licht gehüllt. In fast jeder Ecke standen Sofas und Sessel herum, auf dem Boden lagen Kissen und Decken verstreut und leise Musik drang aus einem kleinen Plattenspieler. Marc setzte sich, er hatte immer noch keine Anstalten gemacht, sein Hemd zu schließen.

Illn zog seinen Mantel aus und setzte sich. Er stellte den Käfig mit dem Vogel auf den Boden, den Zettel behielt er in der Hand.

»Was willst du nun tun?«, fragte Marc und musterte Illn.

Illn seinerseits ertappte sich dabei, wie er wieder und wieder Marcs Gesicht musterte. Er wusste nicht, wie ein Gesicht so perfekt aussehen konnte. Er wandte den Blick ab.

»Ich werde Earl wieder kontaktieren und ihn bitten, Fal bei sich aufzunehmen und sich um ihn zu kümmern.« Marc nickte stumm und strich sich die Haare aus dem Gesicht.

»Glaubst du, es ist eine gute Idee?« Illn hoffte auf Zustimmung, er hoffte, dass Marc ihn unterstützte.

»Es ist deine einzige Möglichkeit.«

Illn nickte, das reichte ihm.

»Ich denke mal nicht, dass du nur für einen kleinen Plausch zu mir gekommen bist.«

Illn fühlte sich sofort schlecht. »Nein«, sagte er zögernd. »Tut mir leid.«

»Das muss es nicht.« Marc grinste. »Was kann ich also für dich tun?«

Illn reichte ihm den Zettel.

»Ich brauche seine Adresse. Weißt du, ob er sich noch auf der Erde bei den Normalen befindet?«

Marc nahm den Zettel und las sich den Namen durch.

»Ja«, sagte er dann. »Soweit ich weiß, lebt er noch bei den Normalen, der Idiot. Aber es wird mindestens eine Nacht, vielleicht den Tag dauern, um seine Adresse herauszufinden.« Er zögerte. »Und du kennst Leute wie ihn – es ist nicht sicher, dass alles, was er sagt, der Wahrheit entspricht. Es könnte alles gelogen sein, sogar diese Karte … Du solltest dir nicht allzu viele Hoffnungen machen.«

Abermals nickte Illn, während Marc den Zettel einsteckte.

»Ich weiß, aber ich muss alles versuchen.«

»Was hat dich bisher davon abgehalten? Wenn es früher geklappt hätte, dann wäre Faldor jetzt vielleicht nicht in dieser Situation.«

Illn sah ihn an. »Ich hatte Angst, Marc. Wir wissen nicht, was passieren wird. Außerdem war Fal noch nicht in Gefahr. Es erschien mir unwichtig, ich wollte … ich … ich hatte einfach nur Angst.«

Marc lächelte. »Ich verstehe dich, es hat viel auf dem Spiel gestanden. Dein Leben, Fals Leben, das Leben von vielen anderen. Diese Verantwortung solltest du nicht allein tragen.«

Er sah Illn mit seinen warmen Augen an. Illn konnte nicht anders, als zu lächeln.

»Was sagt Faldor denn dazu?«

»Ich habe noch gar nicht mit ihm geredet«, sagte Illn.

»Hätte ich wahrscheinlich genauso gemacht.« Marc grinste wieder, er streckte sich und stand auf.

»Wenn es schwierig für dich wird und du Hilfe oder einen Unterschlupf brauchst, weißt du, wo du mich findest.« Er ging zu dem Käfig hinüber und streichelte dem Vogel sanft über den Schnabel.

»Danke, Marc.«

»Süße kleine Tierchen, nicht wahr?« Er setzte sich neben Illn und legte eine Hand auf seine Schulter, Illns Kleidung wurde in nur wenigen Sekunden trocken und warm.

»Danke ... für alles.«

Marc nickte und rutschte ein wenig von ihm weg. »Ich habe gehört, es soll noch einen Sturm geben, du könntest eine Nacht hier bleiben, bis sich das Wetter beruhigt hat.«

Illn lächelte. Er war müde, er wäre gern geblieben, er erwog es wirklich für ein paar Sekunden. Doch es war nicht richtig, zu bleiben. »Ich denke, du hast hier genug Gesellschaft«, sagte er und konnte nicht verhindern, dass es abschätzig klang.

»Was? ... du meinst Aurelius?« Marc deutete nach oben und sah Illn unglaubwürdig an.

»Er scheint nett zu sein.«

»Illn ...« Marc nahm Illns Hand, ließ sie aber fast sofort wieder los. »Das ist nichts ... nichts, das irgendwie Bedeutung für mich hat, er ist ein Freund ...«

»Ich wollte nicht ...«, sagte Illn und richtete sich ruckartig auf. »Ich wollte ... Es tut mir leid, es war nicht so gemeint.«

»Du musst dich nicht entschuldigen.« Ein Schmunzeln schlich sich auf Marcs Gesicht. »Meine Tür steht dir immer offen, Illn, das weißt du. Es war schon immer so.«

Illn umarmte ihn. »Ich sollte los, ich muss mit Fal reden.« Sie lösten sich aus ihrer Umarmung.

»Dann geh, bevor der Sturm zu stark wird.«

Illn glaubte nicht, dass es einen Sturm geben würde, doch das war egal. Wenn Fal nicht gewesen wäre, wäre er geblieben, vielleicht sogar für länger. Vielleicht wäre er damals gar nicht erst gegangen.

Marc reichte Illn seinen Mantel und er packte sich den Vogelkäfig. »Es wird sich einiges verändern«, sagte er.

»Das denke ich auch.« Illn warf sich den Mantel über.

Marc ging voraus, die Treppe hinauf, und mit jedem Schritt wünschte Illn sich mehr, dass er öfter gekommen wäre.

Er wünschte sich, er würde bleiben, er wünschte, er wäre öfter geblieben.

Aber er blieb nie.

»Ich komme bald wieder«, sagte er.

»Das sagst du jedes Mal.«

Schuldig biss Illn sich auf die Lippe. »Diesmal verspreche ich es.« Marc lächelte.

»Willst du direkt nach Hause?«

Sie betraten wieder die Küche, in der Aurelius gerade etwas kochte. Illn warf ihm einen Blick zu, doch Aurelius starrte nur auf den Topf mit kochendem Wasser.

»Trink das«, sagte Marc und reichte Illn eine kleine Flasche, gefüllt mit klarer Flüssigkeit.

»Dann geh ins Meer hinaus und lass dich von der nächsten großen Welle mitreißen. Du wirst bei dir zuhause landen.«

Illn wollte nicht gehen.

Marc legte eine Hand auf den Käfig und eine durchsichtige Hülle, die wie Wasser aussah, schloss sich um ihn herum. Der Vogel sah mit großen Augen auf die Hülle und fiepte leise.

Marc war einer der mächtigsten Magier, die Illn kannte, sein Wissen über Magie und seine Macht faszinierten ihn.

Illn trank die Flasche aus und stand dann noch ein paar Minuten vor Marc, nicht wissend, ob er ihn noch einmal umarmen sollte oder nicht.

Er tat es nicht, er sah ihn nur an, drehte sich dann ruckartig um, öffnete die Haustür und schloss sie hinter sich. Wie jemand, der davonrannte, lief er auf das dunkelgraue Meer zu, dessen Wellen geräuschvoll übereinanderschlugen. Sand sickerte in seine Schuhe und er atmete erst wieder durch, als eine Welle seine Schuhe durchweichte und ihm Wasser ins Gesicht spritzte. Das Wasser war eiskalt.

Da erhob sich eine Welle aus dem Meer, größer als das kleine Haus, sie schäumte und brach über Illn zusammen, riss ihn mit sich, verschluckte ihn.

Er glaubte zu ersticken, er schnappte nach Luft und atmete nur Wasser ein. Dann landete er auf den Füßen und Wasser schlug gegen die Wände seines Badezimmers. Der Duschkopf über ihm sprudelte warmes Wasser aus und Illn sank auf den Rand der Badewanne. Er spuckte Wasser, hustete, bis sich seine Atmung beruhigt hatte.

Aus der Küche ertönte Fals Stimme. »Illn? Bist du das?« Illn richtete sich auf, trocknete seine Kleidung mit einem einfachen Wärmezauber, dann öffnete er die Badezimmertür und betrat die Küche, in der Fal stand und ihn verwirrt ansah.

KAPITEL 12
ALL THIS TIME

23. September, 00:01 Uhr

Ein Schlag drang aus dem Badezimmer, ich sprang von der Couch auf und lief in die Küche. Das Wasser der Dusche im Badezimmer ging an, ein Seufzen war zu hören.

»Illn? Bist du das?«, rief ich, verließ die Küche aber nicht. Die Tür sprang auf und Illn trat aus dem Badezimmer, er strich sich die Haare aus dem Gesicht. Hinter ihm schlug die Tür ins Schloss.

»Hi, Fal.« Er sah sehr müde aus, seine Kleidung roch nach einem Parfum, das er sonst nicht verwendete. Eigenartig.

»Ich ...«

»Ich weiß, ich habe schon einen Brief erhalten.«

Illn ging zum Küchentisch hinüber und ließ sich auf einen Stuhl fallen, nahm sich einen Apfel aus der Obstschale.

»Wir wollten nicht auf die andere Seite, es war ein Versehen.«

»Ja.« Illn nickte. »Ich weiß, dass du so etwas nie tun würdest.«

Ich setzte mich neben ihn an den Tisch und starrte auf die glatte Tischplatte. Den Tag hatte ich hauptsächlich damit verbracht, darauf zu warten, dass Illn nach Hause kam. Ich hatte mich nicht informiert, ich hatte nichts getan, das mir irgendwie helfen konnte.

»Vor unserer Tür steht ein Mann, der mich bewachen soll«, sagte ich, als mir das Schweigen zu lange dauerte.

»Stand auch schon in dem Brief.« Illn presste sich die Handflächen auf die Augen.

»Ist noch ein weiterer Brief angekommen?«

Ich schüttelte den Kopf.

»Gut«, Illn ließ den Apfel in den Mülleimer schweben. »Was hast du mit Fillgert besprochen? Worüber habt ihr geredet?«

»Er meinte, dass er ein gutes Wort für mich einlegen wird. Er glaubt meine Geschichte.«

Illn nickte langsam.

»Hör zu, Fal, ich will dich nicht in Panik versetzen, aber ihr werdet sehr wahrscheinlich verstoßen werden ...«

»Aber ...«

»Fillgert lügt, er wird alles, was du ihm gesagt hast, gegen dich verwenden. Er ist kein guter Mensch, Fal. Er hat seinen eigenen Bruder verstoßen, er wird euch nicht verschonen, weil ihr jung seid.« Er klang gereizt.

»Seinen Bruder ...?«

»Ja.« Illn seufzte und fuhr sich mit den Händen übers Gesicht. Er atmete tief durch.

»Fillgert hat einen Bruder, wir waren befreundet. Er wurde von Fillgert verstoßen, weil er auch Präsident werden wollte und beinahe gegen ihn gewonnen hätte. Dass er sich in eine Gaviee verliebt hatte, hat Fillgert die Sache natürlich leicht gemacht.«

»Gaviee? Die ersten Verbannten? Ich dachte, es gibt sie nicht mehr. In der Schule ...«

»Alles Lügen. Die Gaviee wurden als erste Verbannte nicht auf die Erde, sondern nur in die Wälder verbannt und mit einem Fluch belegt. Sie leben dort immer noch und Fillgerts Bruder hat eine von ihnen kennengelernt und weil es verboten ist, sie zu treffen, konnte er ihn ohne Probleme verstoßen.«

»Ich dachte, sie wären schon längst verschwunden.«

»Nein, es gibt viel mehr von ihnen, als man denkt. Man will

nur so wenig wie möglich über sie reden, weil die Leute sich für das schämen, was sie zugelassen haben.«

»Aber jetzt weiterhin Leute zu verbannen, ist okay für die Leute?«

»Nicht für alle, aber für die meisten.«

Ich schüttelte den Kopf, es schien mir, als hätte ich nie wirklich begriffen, was es hieß, verstoßen zu werden. Ich hatte immer damit gelebt, dass es diese Bestrafung gab, doch ich hatte nie damit gerechnet, selbst in eine Situation zu geraten, in der ich verstoßen werden könnte. Es war absurd.

»Illn ... Was wird nun passieren?«

»Deswegen war ich so lange unterwegs«, sagte Illn. Er stand auf und nahm sich eine Tüte gesalzener Glaswurzeln aus dem Regal, von denen ihm immer schlecht wurde, und begann sie sich in den Mund zu schieben. Zwischen dem Kauen sagte er: »Sein Bruder, Earl. Er und ich haben Kontakt.«

Ich sah ihn mit großen Augen an. »Wie könnt ihr Kontakt haben, wenn er verstoßen wurde? Ist das nicht illegal?«

»Ja, es ist illegal und es ist sehr riskant. Deswegen habe ich ihn auch eine Weile nicht mehr kontaktiert.«

»Wie kontaktierst du ihn?«

»Es gibt kleine Vögel, von den Gaviee gezüchtet. Sie fliegen durch den Wald, du hast sie bestimmt schon mal gesehen. Wenn sie mit einem speziellen Zauber aufgezogen werden, können sie zwischen den Welten umherspringen.«

Während Illn sprach, nahm ich mir eine der gesalzenen Glaswurzeln und schauderte. Ich verstand nicht, warum Illn sie immer noch kaufte, sie schmeckten scheußlich.

»So schicken wir uns Nachrichten hin und her. Er hat einen Stützpunkt für Verstoßene errichtet und versucht, einen Weg nach Hause zu finden. Er will Fillgert stürzen und die Verbannungsstrafe abschaffen. Ich gebe ihm Informationen über die Situation hier.«

Er atmete erneut tief durch, hielt sich den Bauch, sah wütend auf die Glaswurzeln und nahm sich schnaubend noch eine.

»Ich habe schon viele Dinge versucht. Tränke kann man nicht schicken und ohne eine Lizenz kommt man sowieso nicht an einen Trank heran. Nichts hat bisher funktioniert, alle Adressen von Magiern, Magierinnen oder magischen Kreaturen, die auf der Erde leben sollten, die ich ihm geschickt habe, waren nicht mehr aktuell oder haben in Sackgassen geendet.«

Er streckte sich.

»Ich werde ihm so schnell wie möglich eine Nachricht senden. Ich habe eine unsichere Quelle, die euch helfen könnte, nach Hause zu kommen, wenn ... wenn ihr verstoßen werden solltet.«

Er sank wieder auf den Stuhl und zog ein sehr dünnes Papier aus seiner Tasche. Mit einem genau so dünnen Stift schrieb er etwas darauf. Als er fertig war, sah er mich an.

Ich konnte nicht begreifen, was heute alles passiert war. Es erschien mir unwirklich. Mein Kopf schmerzte.

Im selben Moment, in dem ich mir über die Stirn strich, fiel ein Brief durch den Schlitz der Tür auf den Boden. Illn hob die Hand und ließ ihn zu sich herüberschweben. Hastig öffnete er ihn und las ihn durch.

»Deine Anhörung ist am 25. September, Fal.« Er ließ den Brief fallen und sah mich an.

»Alles wird gut werden, vertrau mir.«

KAPITEL 13
EARLY IN THE MORNING

23. September

Das Holz knackte. Er atmete langsam und zischend. Langsam und behutsam. Es war dunkel, nichts war zu sehen. Angst, so viel Angst. In ihm schlummerte sie, bereit herauszubrechen.

Alles, was er jemals wollte.

Es war richtig, es war nicht richtig. Er hörte ihre Stimmen, er hörte seine Stimme, wie ein Traum. Er fühlte ihre Hände, sie fühlten an seiner Kleidung, er sah sie an, sah in ihre Augen. Sie alle, sie starrten ihn an. Kalte, helle, leblose, lebendige Augen. Hände packten ihn, er fiel auf den Boden. Angst packte ihn, er keuchte. Keine Angst, keine Angst. Alles, was er wollte.

Bewertende Blicke, ein Lächeln. Die Angst wurde erkannt, sie wurde aufgesogen, es war das Beste, was er hätte tun können. Gänge und Gebäude, Höhlen, immer mehr und mehr. Mehr Gesichter und Augen, überall Augen. Sie beobachteten ihn. Fauchen und Kreischen. Flüstern, ein Flüstern.

Er wollte gehen, sie merkten es. Das Holz knackte unter seinen Füßen. Er blieb nicht stehen. Je weiter er lief, desto weniger fürchtete er sich.

Er begann zu lächeln. Sein Lächeln wurde erkannt und sie lachten ebenfalls. Sie wussten, ihre Zeit war wieder gekommen.

Eine Tür, nein, ein Vorhang, vielleicht beides, öffnete sich. Mondlicht, eine Lichtung. Ein Schmatzen, Fleisch, zerrissene

Haut. Blut, überall Blut, all die Steine. Alles, was er wollte. Es floss, es floss über den Boden, sickerte in die Erde. Dunkle Augen, lange Arme, scharfe Krallen. Nur Höhlen, keine Augen.

Spitze Zähne, zu groß, zu verformt.

»Wunder, Wunder!« Ein Lachen. Ein Fauchen. Grausamkeit, so wunderschön.

»Perfektion, Perfektion?« Wundervolles Geschöpf. Blut durchweichte seine Schuhe.

»Bald, Bald.« Klingen, Schwerter, scharfe Kanten, Blut, Blut. Mehr, mehr, mehr, mehr. Alles, was er jemals wollte.

Tot, tot, tot.

Der Weg zurück war einsam. Er fühlte sich gut, voller Kraft, er wusste, er hatte das Richtige getan.

KAPITEL 14
... AND I THINK IT'S ROMANTIC

23. September

Earl blickte auf die Karte der Stadt. Sie war mit Reißnägeln auf dem Holztisch vor ihm befestigt. Mehrere andere farbige Reißnägel markierten Orte, und einige besonders vielversprechende Ziele waren mit roten oder schwarzen Linien umkreist.

Sie waren schon so lange hier, auf dieser Karte gab es wohl kaum noch einen Ort, den sie noch nicht besucht hatten.

Es schien, als wäre jeder Reisende aus der Stadt verschwunden, sie hatten hier keine weiteren verbannten Magier oder Magierinnen getroffen.

Vielleicht war es wirklich an der Zeit, weiterzuziehen. Es war frustrierend, wie lange und weit sie schon umherreisten.

An jeder Ecke dieser Stadt standen seine Leute, doch auch die wurden wütend und frustriert. Sie glaubten inzwischen nicht mehr, dass sie es schaffen würden, Toverun je wiederzusehen.

Earl seufzte und strich sich dunkelblonde Locken aus dem Gesicht.

Die Tür öffnete sich und Fera trat ein. Das Einzige, was sie von ihrer Zwillingsschwester Vee unterschied, waren die leuchtend pinken Haare, die sie nach oben gestylt hatte.

»Etwas Neues?«, fragte Earl, steckte einen besonders großen Reisnagel in die Mitte der Karte und ließ sich auf den Schreibtischstuhl fallen.

»Nein, nichts Neues.« Fera ging zu ihm herüber, um sich auf die Tischplatte zu setzen. »Ich weiß nicht, wie lange die Leute noch bleiben werden«, sagte sie. »Vielleicht sollten wir doch allein losziehen, vielleicht finden wir schneller etwas. Es gibt mehr als die Orte, an denen wir bisher waren, irgendwo wird es bestimmt weitere Magier geben.«

Es war nicht das erste Mal, dass sie das vorschlug. Doch ihr ging es nur darum, zurück nach Hause zu kommen.

Er wollte mehr, er brauchte diese Leute an seiner Seite. Sie waren seine Freunde geworden, er konnte sie nicht einfach so zurücklassen. Einige von ihnen würden in dieser Welt allein nicht klarkommen.

»Und Gaven hier lassen?«

»Er könnte auch mitkommen.«

Earl schüttelte den Kopf. »Ich verstehe deinen Plan. Ich finde ihn auch gut, aber ich brauche diese Leute, ich will nicht zurück und mich verstecken. Ich will ein Leben haben. Ich will ...«

»Verstehe schon«, sagte Fera nickend.

»Ich glaube nicht ...«

»Es gibt genug Leute, die Fillgert hassen. Wir könnten zuhause eine Gruppe aufbauen, genau wie diese hier. Dann könnten wir hier alle retten!«

»Nein, Fera, das geht nicht!«

Feras braune Augen funkelten wütend. »Du ...«

Sie ballte die Hände zur Faust. Earl wusste, wie frustriert sie war. Er wollte ihr gerne helfen, er wollte sie nach Hause bringen, sie alle. Es war nur verständlich, dass sie wütend war, niemandem tat es gut, in dieser Welt festzustecken.

Ihre magischen Kräfte schwanden genau wie seine, es war fast so, als würde ihnen diese Welt die Magie mit jedem Tag etwas mehr aus dem Körper ziehen.

Manchmal, nachts, wenn er so dalag, glaubte er, nicht mehr atmen zu können. Sie mussten in naher Zukunft nach Hause kommen. Wahrscheinlich hatte Fera recht. Vielleicht sollten sie einfach gehen und allein einen Weg suchen, irgendwie würde es bestimmt gehen.

Zusammen waren sie immer stark gewesen. Vielleicht war es einfacher, als täglich für diese Leute zu sorgen, die mit jedem neuen Tag deprimierter wurden und sich immer öfter stritten. Früher oder später würde sich ihre Gruppe sowieso auflösen. Doch er hoffte, noch hoffte er, Galanda wiederzusehen, er hoffte seinen Bruder stürzen zu können, und er hoffte immer noch, dass sie wieder ein normales Leben führen würden. Er sah die Wut auf Feras schmalem Gesicht und sann nach etwas, das sie wieder glücklicher stimmen konnte, doch ihm fiel nichts ein.

Dann hörten sie ein leises »Plopp« und Flügelflattern in der Luft. Feras Augen weiteten sich, sie wirbelte herum. Ein kleiner Vogel flatterte mit einem goldenen Schimmer durch den Raum und fiepte vor sich hin, offenbar wusste er nicht genau, wie es jetzt weiterging.

»Ist das ...?« Fera musste den Satz nicht beenden, denn Earl war aufgesprungen und schnappte sich den Vogel, bevor er wieder entwischen konnte.

Der Vogel kauerte sich in Earls Hand zusammen und wärmte sich an seinem Daumen, dankbar für die Führung, die er durch Earl erhalten hatte. »Es muss eine Nachricht von Illn sein.«

»Hoffentlich etwas Brauchbares!« Fera verschränkte die Arme und beäugte den Vogel misstrauisch.

Sie hatten schon so oft Tipps und Adressen von Illn Feyn bekommen, und nichts davon hatte jemals etwas gebracht. Sie waren umsonst umhergereist und waren zu Adressen gelangt, an denen schon seit mehreren Jahren niemand mehr lebte.

Earl wusste, dass Fera nicht besonders viel von Illn hielt. Natürlich schätzte sie, dass er ihnen half, und auch wenn ihre Reaktion auf den Vogel ihre Hoffnung zeigte, Illn könnte dieses

Mal etwas Nützliches für sie haben, verblasste die Zuversicht doch mehr und mehr.

Earl griff in das weiche Gefieder des Vogels und fand nach ein paar Sekunden den eingerollten Zettel.

Vorsichtig zog er ihn aus den Federn und setzte den müden Vogel auf dem Tisch ab. Er rollte den Zettel auseinander und beugte sich darüber, um die kleine Schrift entziffern zu können. Keiner schaffte es so gut wie Illn, so klein zu schreiben. Earl vermisste ihn.

Earl. Ich hoffe, es geht dir/euch gut.
Mein Neffe, Faldor, wird bald verstoßen.
Fehler. Kannst du ihn bei dir aufnehmen?
Ich schicke eine Adresse mit ihm.
Ich tue alles.
– I

Fera stampfte ungeduldig mit dem Fuß auf.

»Was sagt er denn jetzt?«

»Sein Neffe wird verstoßen, er will, dass wir ihn bei uns aufnehmen.«

Feras Gesicht war steinern. »Warum wird er verstoßen?«

Earl schüttelte den Kopf.

»Das steht hier nicht, er schreibt nur, dass er eine weitere Adresse mit ihm zu uns schickt. Und er meint, dass sein Neffe nicht gerechtfertigt verstoßen wird.«

Fera schüttelte den Kopf. »Es ist bestimmt wieder nur eine Sackgasse.«

Earl sagte nichts, er versuchte sich auszumalen, warum Faldor verstoßen werden sollte. Bedeutete das vielleicht, sie hatten nun bessere Chancen, nach Hause zu kommen?

Earl wusste, Illn würde alles dafür geben, Faldor zu retten. Vielleicht war es das Beste, was ihnen hatte passieren können.

»Wirst du ihn aufnehmen?« In Feras Augen erkannte Earl die Hoffnung, dass er nein sagen würde.

»Es ist eine Chance, außerdem ist er noch ein Kind. Er würde hier draußen niemals allein überleben. Wir müssen ihm helfen.«

Fera nickte, doch ihre Lippen waren wütend aufeinandergepresst.

»Wir werden wieder nach Hause kommen«, sagte Earl.

»Das sagst du jedes Mal, Earl, jedes Mal – und bisher hat es nicht so gut funktioniert, wie du vielleicht bemerkt hast. Wir hätten eine Chance allein. Wir könnten wieder leben!«

Ohne eine Antwort abzuwarten, stürmte sie nach draußen und schlug die Tür hinter sich zu. Staub rieselte von der Decke. Der Vogel, der eingeschlafen war, schreckte auf und fiepte.

Earl streichelte ihn mit seinem Daumen über den Kopf. Der Vogel gurrte und Earl lächelte, während er einen kleinen Zettel aus einer Schublade hervorzog.

Er schrieb eine Nachricht an Illn und faltete sie zusammen, so klein, wie es eben ging, und steckte sie in das schützende Gefieder des kleinen Vogels.

Noch einmal streichelte er ihm über den Kopf und nahm ihn in die Hand. Dann flüsterte er: »Illn Feyn, Illn Feyn, Illn Feyn, Illn Feyn …«, bis er ein Zischen hörte und der Vogel verschwunden war.

* * * * *

Illn saß auf der Couch, die aufgehende Sonne schien durchs Fenster. Er spürte keine Müdigkeit, er spürte gar nichts mehr. Nichts existierte in diesem Moment, nur die Sonnenstrahlen auf seinem Gesicht. Er wünschte, es könnte für immer so bleiben.

Fal war nach oben gegangen. Illn hatte bemerkt, dass er sich schämte. Wäre ihm das in Fals Alter passiert, dann wäre er nicht an seinem Vater vorbei zur Anhörung gekommen.

Er wünschte, er könnte die Zeit anhalten, um in diesem Moment zu verharren, doch schon bald wurde er durch ein Geräusch gestört, das ihn hochfahren ließ.

Es war das leise »Plopp« und das Flattern der Flügel des kleinen Vogels, den er vor ein paar Stunden weggeschickt hatte.

Illn pfiff und der Vogel landete auf seinem Arm, wo er sofort einschlief. Aus dem Gefieder zog Illn behutsam den Zettel hervor, dann legte er den Vogel auf die Couch.

Er entfaltete den Zettel und las Earls Antwort.

Hi, Illn. Ja, ich werde ihn aufnehmen.
Gib mir Bescheid, wann es so weit ist. Ich werde
ihn empfangen. Alles gut, aber die Leute
haben keine Hoffnung.
– E

Illn starrte auf den Zettel und Dankbarkeit durchflutete ihn. Er hatte es gewusst. Earl würde sich nicht von ihm abwenden. Nun bestand eine reelle Chance, Fal nach Hause zurückzuholen. Er strich sich über die Augen und bemerkte, wie müde er war, schon ewig war er nicht mehr so lange wach geblieben.

Leise lachte er, als er daran dachte, dass er nun wahrscheinlich alt wurde. Was für ein merkwürdiger Gedanke in dieser merkwürdigen Situation. Vielleicht würde er, wenn hier alles gut ging, sich auf die Anti-Alterungszauber konzentrieren. Vielleicht wollte er ja für immer jung bleiben, das war ein friedlicher Gedanke. Noch im Sitzen schlief er ein.

* * * * *

Lanee antwortete mir nicht, wahrscheinlich hatte sie ihren Beutel gar nicht mehr bei sich. Kara konnte nicht zu mir kommen, heute war ihre Betreuerin da, um zu schauen, ob es ihr allein immer noch gut ging. Karas Wutschrei hatte ich bis durch mein Fenster gehört. Sie hatte mir seitdem nicht mehr geschrieben.

Von unten hörte ich die Dusche. Nicht lange danach, während das Wasser noch in der Dusche plätscherte, klopfte es an der Tür. Ich rührte mich nicht, wahrscheinlich war es eh der Typ, der mich die ganze Zeit schon bewachte. Ich hatte keine Lust, ihm zu begegnen.

Jemand anderes konnte es eigentlich nicht sein, überlegte ich, als es zum zweiten Mal klopfte. Illn würde wohl nicht aufmachen, also erhob ich mich von meinem Stuhl und lief die Treppe hinunter.

Es klopfte zum dritten Mal. Diesmal noch energischer.

Ich riss die Tür auf und sah in das wütende Gesicht des Mannes. Er trug immer noch seine Uniform, wahrscheinlich hatte er sich keinen Millimeter fortbewegt.

»Ein Brief für Ihren Onkel«, sagte er und reichte mir einen feuchten Umschlag.

»Danke.« Er hätte ihn auch einfach durch den Briefschlitz stecken können. Dieser Idiot.

»Post für Sie dürfte ich Ihnen nicht weitergeben.«

»Wie schön«, sagte ich fröhlich, nahm ihm den Brief aus der Hand und schlug ihm die Tür vor der Nase zu. Ich sah, dass der Brief geöffnet worden war, und Wut durchflutete mich, doch offenbar war der Brief nicht als gefährlich eingestuft worden. Also hatte der Wächter ihn weitergegeben.

»Was war das?« Illn streckte seinen Kopf aus der Badezimmertür. Seine Haare tropften.

»Ein Brief für dich.« Ich legte den Brief auf den Esstisch.

Illns Augen hellten sich auf, er schlug die Tür zu, ich hörte ein Rascheln und ein Poltern, dann öffnete sich die Badezimmertür wieder und er kam fertig angezogen und mit getrockneten Haaren aus dem Badezimmer heraus.

Auf dem Brief stand kein Absender, doch Illn schien zu wissen, von wem er war. Er schüttelte ihn und ein kleines Stück Papier fiel heraus. Nichts stand darauf.

Illn seufzte auf. »Sehr gut.« Er lachte, setzte sich an den Tisch und bedeutete mir mich ebenfalls hinzusetzen. »Hey«, sagte er. »Wie geht es dir?«

»Ganz gut, würde ich sagen.« Ich wusste nicht, wie es mir ging, ich fühlte gar nichts. »Und dir?«

»Ja, es geht. Jetzt geht es besser.« Er deutete auf den leeren Zettel.

»Was meinst du?«

Illn sah zur Tür hinüber, dann lehnte er sich nach hinten, schnippte und das Radio sprang an. Es spielte den neuesten Hit von Cerila Gallon. Er drehte das Radio lauter, als er es hätte tun müssen, dann beugte er sich zu mir herüber.

»Das ist eine Nachricht von einem guten Freund von mir. Er weiß über alles Bescheid. Er hat uns eine Adresse geschickt, ich werde die Nachricht noch auflösen, doch ich werde sie dir mitgeben. Earl wird euch, wenn ihr verstoßen werdet, bei sich aufnehmen.«

Ich sah ihn an. »Vielleicht werden wir nicht verbannt.«

»Vielleicht nicht. Aber wir müssen sichergehen.«

»Dann hast du dich ohne Grund in Gefahr gebracht.«

»Ich hätte es ohnehin schon viel früher tun müssen.«

»Ich will das nicht. Ich weiß nicht, was ich tun soll.«

»Du kannst leider gar nichts tun. Alles, was wir tun konnten, haben wir getan. Es wird funktionieren.«

Ich sah zu Boden. Illn legte eine Hand auf meine Schulter.

»Illn«, wisperte ich. »Die Leute behaupten, dass der Krieg vorbei ist, dass es keine Schlachten mehr geben wird. Du hast das selbst gesagt.«

Er hob mein Kinn an. »Es muss keinen Krieg mehr geben. Wir können in Frieden leben. Niemand möchte Krieg.«

»Aber alles, worüber du sprichst. All das mit Earl und mit Fillgert, findest du nicht auch, dass es wie eine der alten Geschichten klingt? Eine der Geschichten, die grausam und mit Zerstörung enden?« *Eine der Geschichten, wie die, in der meine Eltern umkamen?*

»Diese Geschichte wird nicht grausam und in Zerstörung enden, Fal. Ich verspreche es dir.«

Illn umarmte mich, und ich hoffte, er würde recht behalten, ich hoffte, diese Geschichte würde nicht so enden, wie es momentan aussah.

KAPITEL 15
EMPTY

24. September

Wach lag ich in meinem Bett, ich hatte kaum geschlafen. Morgen war die Anhörung. Ich hatte gestern nichts getan, ich wusste nicht, was ich heute tun sollte.

Von Kara hatte ich seit gestern nichts mehr gehört, ich hoffte, es ging ihr gut. Lanee hatte mir immer noch nicht geschrieben und Stan versuchte ich erst gar nicht zu erreichen.

Es schien, als läge das regnerische Wetter auf meiner Brust, ich hatte keine Lust aufzustehen. Noch nie hatte ich mich so hilflos und kraftlos gefühlt. Hoffentlich würde Kara sich melden. Ich hatte ihr so viel zu erzählen.

Wieder einmal legte sich eine Traurigkeit über mich, die ich nicht begreifen konnte, und ich sank noch tiefer in mein Kissen zurück.

Darauf hätte ich heute gut verzichten können. Irgendwann richtete ich mich auf, sah zum Wald und den Blättern der Bäume, die sich im Wind bewegten und an die Äste klammerten, um nicht abgerissen zu werden.

In diesem Moment erschien mir die Idee, zu fliehen, nicht mal mehr so schlecht. Kara würde bestimmt mitkommen. Vielleicht konnten wir uns irgendwo ein neues Leben aufbauen.

Sehnsüchtig sah ich noch einmal auf die Bäume im Wind und stieg dann aus dem Bett.

Nachdem ich mich frisch gemacht und angezogen hatte, sah ich in meinen Beutel. Erfreut stellte ich fest, dass Kara mir geschrieben hatte.

»Die hat einfach hier übernachtet!!!!!!!! Ich bin so sauer wie noch nie in meinem Leben, aber es ist alles gut. Ich komme jetzt zu dir, ist mir egal. Ja, ich achte auf den Typ.«

Ich legte den Beutel zur Seite und öffnete das Fenster. Frische, kalte Luft wehte über mein Gesicht und ich setzte mich an meinen Schreibtisch. Ich zog ein altes Buch aus dem kleinen Bücherregal rechts von mir.

Es war eine Zusammenfassung der Geschichte von Toverun. Natürlich stand dort nicht alles drin und es hätte schon längst eine weitere Ausgabe geben sollen. Aber was sollte man machen? Zumindest lehrte es einen all die wichtigen Ereignisse, die Toverun und seine Länder geformt hatten.

Ich strich über die welligen Seiten und schlug das dicke Buch auf. Auch hier standen die warnenden Worte, dass man Magie nicht missbrauchen durfte und so weiter und so weiter.

Ich atmete tief durch und versuchte, nicht daran zu denken, dass ich vielleicht nie lernen würde meinen Geist und meinen Körper vor Magie zu schützen.

Wenn wir wirklich verbannt werden würden, würde ich nie ein richtiger Magier sein. Meine Kraft würde nur ausreichen, um Stühle oder andere leichte Dinge durch die Luft schweben zu lassen. Hier und da mal ein Feuer zu entfachen, würde mit der Zeit auch langweilig werden, doch ohne das Wissen über magische Artefakte und Hilfsmittel würde ich nie darüber hinauskommen.

Auf einmal schien alles furchtbar hoffnungslos, also versuchte ich, mich abzulenken und blätterte vor, zum Kapitel über die Schlacht, in der die Drachen für immer verschwanden. Ich hatte in der Schule einmal einen Vortrag über die Schlacht halten müssen. Ein wundervolles Erlebnis.

Die halbe Klasse hatte geweint und nachdem ich endlich fertig gewesen war, mehr als nur detailreich zu erklären, wie die Slonks nach Ratrou gekommen waren, tausende Bewohner ermordet, ihre Gesichter auf ihre Holzmasken genagelt und ihr Blut getrunken hatten, war die Lehrerin klatschend aufgestanden und hatte sich bei mir für meinen tollen Beitrag und meine Fassung bedankt.

Auf einmal flammte Wut in mir auf. Auf die Slonks, weil sie uns angegriffen und meine Eltern ermordet hatten, und auf die Drachen, die so mir nichts, dir nichts die Schlucht gezogen hatten und dann ohne Weiteres einfach so verschwunden waren, ohne sich je wieder blicken zu lassen. Vielleicht tot, vielleicht nur versteckt. Niemand wusste es genau, doch in diesem Moment wusste ich, dass sie der Grund für all meine Probleme waren und ich hasste sie aus tiefstem Herzen.

Früher hatte mich fasziniert, wo die Drachen wohl abgeblieben sein mussten, ich hatte öfter gehofft, sie würden zurückkehren, und hatte den Himmel abgesucht, um etwas von ihnen zu entdecken, doch sie waren nie aufgetaucht.

In dem Buch waren auf zwei Doppelseiten die Namen der Opfer der Schlacht aufgelistet worden. Die Namen meiner Eltern hatte ich einmal unterstrichen und später noch mal mit einem Stift zum Leuchten gebracht.

Schnell blätterte ich über die Seite hinweg und begann, unter dem Abschnitt »Schlucht« zu lesen. Dort stand, dass die Überschreitung zur Höchststrafe führte und all das, doch das war nicht das, wonach ich Ausschau hielt.

Ich suchte nach einer Erklärung, warum ich in der Schlucht so viele Skelette und verrottende Leichen gefunden hatte.

Hier stand nur, dass sich, ein paar Wochen nach der Schlacht, zehn Leute gemeinsam in die Schlucht gestürzt hatten. Sie waren nicht alle sofort tot gewesen, einige waren aufgrund von gebrochenen Gliedmaßen verhungert und einen grauenvollen

Tod gestorben. Doch diese Leichen waren allesamt geborgen worden und der einzige Überlebende hatte ein Buch über seine Erlebnisse geschrieben.

Ich lief zu meinem Bett hinüber und zog eine Metallkiste darunter hervor. Hier bewahrte ich meine liebsten und wichtigsten Habseligkeiten auf. Zum Beispiel die Schuhe meines Vaters. Den Anzug, den Illn mir geschenkt hatte, hatte ich auch hineingetan.

Die Special Editions von einigen Kassetten meiner Lieblingssänger, die Uhr von meinem Vater und eine Schmuckschatulle hatten ebenfalls Platz in der Metallkiste gefunden.

Die Kette meiner Mutter trug ich immer noch.

Ich zog ein Newsmagazin aus der Kiste heraus und schlug es auf. Es war eine Ausgabe des Magazins, für das Illn arbeitete. Sie war in dem Jahr, in dem meine Eltern gestorben waren, erschienen.

Ich hatte auch die anderen drei Ausgaben, die die Nachfolger von dieser hier waren. Sie alle beinhalteten Bemerkungen oder Artikel über meine Eltern und die anderen Opfer der Schlacht. Ich wurde sogar auch einmal erwähnt. Ich wünschte, es wäre nicht so.

Ich blätterte bis zu der Seite, von der ich vermutete, dass sie etwas Sinnvolles enthalten könnte. Doch auch hier wurde nur noch einmal von den zehn Menschen, die sich umgebracht hatten, berichtet. Ihre Namen wurden erneut aufgelistet und Bilder waren hinzugefügt worden. Ich wusste, dass die Mutter von einer meiner Klassenkameradinnen dabei gewesen war.

Sie hatte nie mit uns gesprochen.

Auf den anderen Seiten waren noch mal die Bilder der Toten der Schlacht abgebildet. Ich hatte sie mir nur ein einziges Mal angesehen. Es gab kaum etwas Traurigeres, als sich die lächelnden Bilder von Leuten, die tragisch und jung gestorben waren, anzuschauen.

Schnell blätterte ich weiter, da flog ein Schuh durch das Fenster und ich zuckte zusammen.

Kara kam grinsend durch das Fenster geklettert. Sie streifte sich den anderen Schuh ab und umarmte mich, dann ließ sie sich aufs Bett fallen und sah mich an.

»Wie geht's dir?«

»Keine Ahnung«, sagte ich und Kara verdrehte die Augen.

»Es ist echt beschissen, Fal«, sagte sie und drehte sich zur Seite, um mich genauer zu mustern. »Irgendwie scheint sich das nicht so easy zu klären wie alles andere sonst immer.«

Aus der Kiste zog ich ein weiteres Magazin. »Ich weiß.«

Ich wollte nicht darüber reden, was passieren würde. Jedes Mal, wenn ich daran dachte, zog sich mein Magen zusammen und ich musste tief durchatmen.

An die Leichen zu denken, machte es aus irgendeinem sehr, sehr merkwürdigen Grund sehr viel einfacher.

»Wie war es dann eigentlich noch mit Ian?«, fragte ich, um an etwas komplett anderes denken zu können.

Kara stöhnte auf und drehte sich auf den Rücken. Sie warf einen kleinen Stoffball, den sie auf meinem Bett gefunden hatte, in die Höhe und fing ihn wieder auf.

»Es war okay. Ich werde ihm nicht vergeben, aber ich habe ihm gesagt, was er tun soll. Das war echt 'ne ganz miese Situation an diesem Scheißabend. Vor allem kommt ja noch dazu, dass er zu unfähig ist, selbst 'ne Idee zu bekommen, was er machen muss.«

Der Abend kam mir so weit entfernt vor. »Was ist denn eigentlich mit Bryce und den anderen passiert?«, fragte ich. »Weiß man da was?«

»Nichts ist mit denen passiert. Keiner hat die angezeigt oder so. Die sind, wie immer, super davongekommen. Jeder scheint sie immer noch zu lieben. Vor allem die homophoben Miststücke.«

»Das dachte ich mir schon. War ja auch 'n Hit, was sie da gebracht haben.«

Kara nickte und grinste. »Ja, stimmt. Harry Stone geht's offenbar mega mies. Er hat seit Tagen seine Hütte nicht mehr verlassen und dann sind auch noch die hier aufgetaucht.«

Sie zog zwei Papiere aus ihrer Handtasche und reichte sie mir. »Die hängen an fast jeder Hütte.«

Das eine Bild war eine Szene aus dem Video, das Bryce von Ian und Harry aufgenommen hatte. Das andere zeigte mich, wie ich den Mann auf meiner Party küsste. Über beiden Bildern stand in fetten Buchstaben FAGGOTS.

»Ach, scheiße«, sagte ich.

»Das kannst du laut sagen.«

Ich setzte das Bild von Ian und Harry in Brand und faltete das andere Blatt zusammen. Ich wollte herausfinden, wer dieser Typ war. »Mein Bild ist nicht mal schlecht«, sagte ich, wobei mir der Gedanke, dass es jeder in Ratrou zu Gesicht bekam, nicht besonders gut gefiel.

»Das tut mir echt mega leid«, sagte Kara und starrte auf die Asche am Boden.

»Ist nicht so wild.«

»Wer war der Typ eigentlich?«

Ich schüttelte den Kopf. »Deswegen behalte ich das Bild. Ich habe keine Ahnung, wer er ist. Er war auf einmal da und ja ...«

Kara lachte. »Das passt zu dir.« Dann wurde sie ernst. »Du darfst auf keinen Fall verbannt werden. Wir haben doch noch so viel vor ... Mann ey.«

Ich schwieg einen Moment. »Ich werde schon nicht verstoßen. Aber erst mal muss ich dir noch was erzählen.«

Ich legte das Magazin beiseite, setzte mich zurück auf den Schreibtischstuhl und schloss das Fenster. Dann erzählte ich Kara alles, was Illn mir erzählt hatte.

Als ich fertig war, schwiegen wir beide eine Weile.

»Krank«, sagte Kara. Ich sah zu ihr hinüber, sie hielt sich die Hand vor den Mund und wir begannen zu lachen. Wir lachten so lange, bis Kara Schluckauf bekam und die Luft anhielt.

Als ihr Schluckauf weg war, sagte sie: »Dein Onkel verstößt also so gut wie jeden Tag gegen das Gesetz und wir haben es nie rausgefunden.«

»Ja genau, das habe ich mir auch gedacht. Ich bin sehr enttäuscht von uns, Kara.«

»Und ich erst. Dabei waren wir immer so gut bei ‚Wer ist der Täter?‘ in der ersten Klasse.«

Ich nickte und tat so, als würde ich mir eine Träne aus den Augen wischen. »Das war's dann mit der Detektivkarriere.«

Kara verzog gespielt traurig den Mund.

»Oh, apropos.« Ich hob das Magazin vom Boden auf. »In der Schlucht, in die wir gefallen sind, lagen mehrere Leichen und Skelette. Ich versuche die ganze Zeit schon etwas darüber zu erfahren, aber ich finde einfach gar nichts.«

Kara starrte mich an.

»Was?! Da waren Leichen in der Schlucht? Ihr seid auf Leichen gefallen?!«

Ich schüttelte den Kopf. »Nein, ich bin nur drüber gelaufen.«

»Ah, klar, natürlich, das macht es direkt besser. Was zur Hölle, Fal! Warum erzählst du mir erst jetzt davon? So etwas muss man melden!«

Ich nickte. »Ja, wahrscheinlich.«

Kara schüttelte den Kopf. Mit dem Magazin wedelnd sagte ich: »Es steht nichts darüber drin, ob Menschen verschwunden sind oder so, und ich sag's dir: Diese Leichen scheinen schon länger da drin zu liegen als nur ein paar Tage. Außerdem sind es so viele, das muss sich ja auch stapeln. Ich weiß nicht, wie viele Knochen unter den, na ja, frischeren Leichen lagen.«

»Das ist so gestört, Fal.« Sie beugte sich vor.

»Ich will es sehen.«

»Ich glaube tatsächlich, es wäre nicht so schlau für mich, bis zur Schlucht zu laufen.«

Kara verdrehte die Augen. »Wäre es nicht.«

Mein Beutel flatterte in die Höhe. Ich öffnete ihn und sah hinein. Die Nachricht war von Enna.

»Fal, sag mal, stimmt es jetzt wirklich, dass du verstoßen wirst? Und bist du jetzt echt schwul?«

Kara, die die Nachricht auch gelesen hatte, lachte laut auf und ich schrieb »ja« zurück.

»Sie ist ein ganz besonderer Mensch«, sagte Kara.

»Ist sie.« Wir glucksten.

Kara sah sich mit mir die Magazine durch. Wir schlugen Bücher auf und versuchten, uns an unsere Geschichtsunterrichtstunden zu erinnern. Doch wir konnten nichts darüber herausfinden, warum diese Leichen dort unten lagen.

In keinem Buch stand irgendetwas über Leichen oder verschwundene Leute. Natürlich doch, sogar sehr viel. Aber eben nicht in dem Zusammenhang, den wir suchten.

Ein Stein flog gegen die Scheibe meines Fensters. Ich stand auf und öffnete es. Unten auf der Wiese stand Enna.

»Hi, Enna«, sagte ich verwirrt. Sie schlug sich die Hände vor den Mund und sah mich erschrocken an.

»O mein Mächtiger, hi, Fal. Ich habe gerade gehört, was passiert ist. Wirst du jetzt echt verstoßen? Was hast du denn verbrochen? Bist du jetzt einer von den Bad Guys?«

Kara schlug sich die Hände vor den Mund, um nicht laut loszulachen, und drehte sich weg.

»Ich habe morgen eine Anhörung«, sagte ich knapp. Die Zeit bis dahin wollte ich nicht mit Ennas Fragen verbringen.

»O Mann ey, das ist ja echt heftig, Fal.« Enna wirkte traurig.

»Schon, ja.«

»Wie ist das denn jetzt eigentlich, wollen wir uns noch mal treffen? Wenn du jetzt eh so bekannt bist, vielleicht könntest du sogar Schauspieler werden. Natürlich nur, wenn du nicht verstoßen wirst. Das ist ja klar.«

Kara vergrub ihr Gesicht in meinem Kissen und schüttelte sich.

»Gut, du, Enna, ich muss mal wieder los«, sagte ich und winkte ihr zu.

»Oh, okay. Gut, dann melde dich einfach mal, wie deine Verhandlung gelaufen ist und bitte sag Kara, dass es mir leidtut, wie scheiße ich mich auf dem Ball verhalten habe. Weswegen wirst du eigentlich genau angeklagt?«

»Fick dich, Bitch!«, rief Kara nach draußen und schlug das Fenster zu. Beinahe hätte sie meinen Finger eingequetscht.

»Okay, danke«, hörten wir Enna noch rufen. »Ich geh wieder, bis dann.«

»Sie könnte ja eine nette Person sein«, sagte Kara.

»Ja, das stimmt. Das könnten viele Leute.«

Kara nickte wissend und setzte sich dann wieder gerade hin.

»Ich glaube, ich hol uns mal etwas zu essen. Deine Henkersmahlzeit oder so, wer weiß, wie viel Essen du da draußen bekommst.«

»Hoffentlich genug, bis wir wieder nach Hause kommen.«

»Ich denke auch. Zur Not musst du halt, keine Ahnung, 'nen Hirsch oder so was erlegen.«

»Klingt doch toll. Darin habe ich ja auch mega viel Übung.«

Kara grinste und nachdem sie sich die Schuhe angezogen hatte, sprang sie aus dem Fenster. Ach, sie schaffte es eben immer, mich wieder aufzuheitern.

Nach einer halben Stunde, in der ich Musik hörte und meine Bücher neu ordnete, flog ein Stein gegen das Fenster.

Kara stand unten und ließ eine Papiertüte in die Höhe schweben. Ich fing sie auf und beobachtete, wie Kara auf die Fensterbank des unteren Fensters stieg und dann nach oben sprang, um sich an einem der hängenden Blumentöpfe festzuhalten.

Sie zog sich daran nach oben und hüpfte in mein Zimmer. Wir aßen unsere Nudeln und erinnerten uns an einige der verrücktesten Dinge, die wir in der Schulzeit gemacht hatten. Wir taten so, als wäre es gar keine Option, dass ich verstoßen werden könnte. Wir überlegten, was wir studieren wollten, und lachten über alle möglichen Dinge, die schon viel zu weit entfernt waren.

Doch je näher wir dem Abend kamen, desto unruhiger und nervöser wurde ich. Egoistischerweise wünschte ich mir, Kara würde das mit mir zusammen durchmachen müssen. Vielleicht würde ich sie nie wiedersehen.

»Ich will noch mal in den Wald«, sagte ich. »Und vielleicht können wir Lanee kurz besuchen. Ihr geht es bestimmt auch nicht gut.«

Kara nickte. »Ich hab vorhin versucht, bei ihr reinzukommen. Aber keine Chance. Erstens: der Typ vor der Tür. Und zweitens: ihre blöde Mutter.«

»Ja, das hab ich mir gedacht.«

»Aber wir machen das.« Sie umarmte mich und schon war sie wieder aus dem Fenster gesprungen.

KAPITEL 16
HOME

Nacht des 24. Septembers

Illn hatte den Briefschlitz geschlossen. Der neue Briefkasten vor unserer Tür war vollgestopft worden und der Wächter hatte uns mit einem fiesen Grinsen alle Briefe übergeben. Er hatte sie zuvor geöffnet.

Wir hatten hauptsächlich Hassnachrichten und Morddrohungen bekommen, einige Leute hatten sogar Gebete aufgeschrieben. In einer anderen Situation hätten Kara und ich bestimmt darüber gelacht. Ich hatte meinen Nachrichtenbeutel weggelegt und ignorierte ihn. Ständig kamen Nachrichten von Leuten, die mir sagten, wie enttäuscht sie waren, und unzählige Beleidigungen. Die meisten Absender kannte ich nicht einmal.

Auch Enna schien ihre Aussage überdacht zu haben, sie hatte mir nochmals geschrieben. »*Ich hoffe einfach nur, dass du das nicht wolltest. Ich weiß gerade nicht, was ich von dir denken soll. Es tut mir leid.*« Irgendwie konnte ich sie verstehen. Wer wusste, wie ich reagiert hätte, wenn einer meiner Klassenkameraden wegen der Überschreitung der Grenze angeklagt worden wäre. Wahrscheinlich wäre ich der Erste, der sie verurteilt hätte. Wahrscheinlich hätte ich für eine Verbannung gestimmt. Ich konnte sie verstehen.

Wie würde es werden, wenn wir nicht verstoßen wurden, würde dann alles wieder so werden wie vorher? Ich konnte es mir kaum vorstellen. Ich hätte außerdem nie gedacht, dass sich das alles so schnell herumsprechen würde. Inzwischen war ich froh, dass ich die Hütte nicht verlassen durfte. Unsere Geschichte hatte sich offenbar schon so weit herumgesprochen, dass einige Leute ihre eigenen Teile dazudichteten und sie ausweiteten.

Also hörte man, dass wir von den Slonks an Fillgert übergeben worden waren, weil ihnen unsere Macht nicht ausgereicht hatte. Wir hatten uns ihnen angeblich anschließen wollen, weil wir ihre Art der Magie erlernen wollten.

Ich hätte gerne darüber gelacht, doch nachdem Illn in »Urlaub« geschickt worden war, bis sich die Situation beruhigte, gab es keinen Grund mehr für mich, irgendetwas Positives oder Lustiges an dieser Situation zu suchen.

Die neue Ausgabe des Magazins lag auf dem Tisch. Die Schlagzeile lautete: DIE JÜNGSTEN MAGIER UND MAGIERINNEN, DIE JE DIE SEITE DER SLONKS BETRETEN HABEN. VERBANNUNG? IST DAS NOCH GERECHTFERTIGT? Darunter schaute mich mein Jahrbuchfoto grimmig an.

Ich hatte mir den Artikel durchgelesen. Hauptsächlich wurden noch weitere Lügen erzählt, sogar das Bild von mir und dem fremden Typ hatte es in das Magazin geschafft. Wundervoll, so etwas liebte man doch. Ich wollte es Bryce irgendwann heimzahlen. Irgendwann, früher oder später, würde er dafür bezahlen. Ich schwor es mir.

Es war verrückt, aber während wir am Esstisch saßen, fiel mir nichts ein, worüber ich mit Illn reden sollte. Jetzt, da uns vielleicht nicht mehr so viel Zeit blieb, fehlten mir die Worte. Was würde denn passieren, wenn wir nicht verstoßen werden würden?

Ich hatte das Gefühl, es gab einen Plan für den Fall, dass wir verbannt würden. Aber nicht dafür, wenn das nicht passierte. Würde es mir überhaupt erlaubt sein, die Ausbildung zu machen? Vielleicht musste ich sogar umziehen? Vielleicht war es ohnehin nicht klug, hier wohnen zu bleiben. Ich fühlte mich wie ein Krimineller. Nun ja, in den Augen der meisten Dorfbewohner war ich das wohl auch.

Illn starrte auf seinen leeren Teller. In einer Schüssel am anderen Ende des Tisches stand eine Schale, die mit einer milchigweißen Flüssigkeit gefüllt war. Auf der Oberfläche schwamm ein Zettel. Nur ganz leicht waren darauf fein geschriebene Buchstaben zu erkennen. Sie drehten sich umher und die Flüssigkeit verschluckte das Blatt immer wieder.

»Es tut mir leid, Illn.« Endlich brachte ich etwas heraus.

»Es ist nicht deine Schuld.« Sein Teller flog in die Spüle und begann, sich selbst abzuwaschen. »Das bleibt nicht immer in den Köpfen der Leute. Wenn ihr nicht verstoßen werdet, haben sie es bald schon wieder vergessen.«

Ich wusste, er wollte mir nur Mut machen, doch nachdem er mir gute Nacht gewünscht und sich in sein Schlafzimmer zurückgezogen hatte, fühlte ich mich so einsam wie noch nie.

In meinem Zimmer wartete ich.

Es dauerte lange, bis Kara endlich unter meinem Fenster erschien. So leise wie möglich schwang ich mich hinaus.

»Hast du gelesen, was die alles über uns schreiben?«, begrüßte ich Kara.

»Jaa, sie haben dein Jahrbuchfoto ganz schön verunstaltet.« Sie grinste.

Ich nickte. »Dabei sehe ich so unfassbar gut darauf aus.«

»Absolut.«

»Was denkst du? Können wir zu Lanee?«

Kara schüttelte den Kopf. »Ich glaube nicht. Die Scheißhütte liegt so offen, man würde uns sofort sehen, das sollten wir nicht riskieren.«

»Ja, du hast wahrscheinlich recht.«

»Komm!« Kara packte mich am Handgelenk und zog mich über die Wiese, die hinter unserer Hütte direkt an den Wald angrenzte. Wahrscheinlich hätte man uns von einer der Hütten neben uns beobachten können. Doch in den Fenstern brannte kein Licht und kein Geräusch war aus dem Innern der Hütten zu hören. Niemand war zuhause.

Wir verschwanden im Schatten der Bäume und blickten uns noch einmal um. Niemand war zu sehen. Kara zog mich weiter in den Wald hinein.

Die Luft war klar und kühl, das Moos leuchtete so hell wie immer und Glühwürmchen schwirrten um uns herum. Es war so friedlich.

»Vielleicht sollten wir einfach fliehen«, sagte ich und kickte einen Stein durch die Luft. Er schwebte einfach weiter.

»Wir könnten das tun«, sagte Kara. »Ohne dich hält mich hier nichts.« Ihre dunkelbraunen Augen funkelten im Licht der Glühwürmchen. »Wir könnten irgendwo ein neues Leben anfangen.«

Ich lachte. »Sind wir nicht zu jung, um das zu sagen.«

»Nein, das glaube ich nicht.«

Wir ließen uns auf den Waldboden sinken und da war er. Der Vogel, dem ich einmal vor gefühlt unendlich langer Zeit begegnet war.

Er hatte langes Gefieder und flog, als würde er schwimmen, indem er seine Flügel sanft und langsam auf- und abbewegte. Er leuchtete so hell, dass wir ins Licht getaucht wurden, und seine weichen Schwingen glühten in allen Farben.

Für einige Momente glühte der Wald taghell und der Vogel stieß einen markerschütternden Ruf aus.

Ein paar Runden drehte er um uns herum, dann verschwand er zwischen den Bäumen. Wie hypnotisiert starrten wir ihm nach. Langes Schweigen hüllte uns ein, ein warmes, angenehmes Gefühl durchflutete meinen Körper.

»Ich will nicht gehen, Kara«, sagte ich.

Sie sah mich an, immer noch erhellte das Licht des Vogels ihr Gesicht aus der Ferne und sie lächelte traurig.

»Ich weiß, ich will auch nicht, dass du gehst.« Sie nahm meine Hand und drückte sie.

Normalerweise hätten wir jetzt irgendwo betrunken gelegen und die Sterne angelacht, so wie wir es geplant hatten. Wir hätten den Abschluss gefeiert und es uns gut gehen lassen. Für ein paar Tage. Jetzt wünschte ich mir nichts mehr. Ich wünschte mir, hier bleiben zu können. Wäre Stan doch nie weggelaufen.

Die Zeit verging, sie verging viel zu schnell. Wir wussten beide, dass wir uns auf den Rückweg machen sollten, damit wir noch etwas Schlaf bekamen, bevor ich zur Anhörung gehen musste. Also standen wir auf und liefen schweigend zurück.

Kara sah sich um, bevor wir den Wald verließen. Es war niemand zu sehen. Sie begleitete mich bis zu meiner Hütte und umarmte mich lange, dann wartete sie, bis ich mich in mein Zimmer geschwungen und das Fenster geschlossen hatte. Ich blickte ihr hinterher, wie sie in eine kleine Seitengasse eilte und darin verschwand.

In dieser Nacht fand ich keinen Schlaf. Ich dachte darüber nach, wie alles hätte laufen können, wenn wir nicht erwischt worden wären. Wie selbstverständlich hatte ich angenommen, es würde vieles besser werden, wenn wir die Schule beendet hatten. Jetzt sah es nicht danach aus.

KAPITEL 17
HAPPY

25. September

Ich hatte geduscht und meinen Anzug angezogen, auch Illn trug einen Anzug und hatte sogar seine Haare nach hinten gekämmt und den Bart gestutzt. Er lächelte mir zu, wirkte aber nervös. Wir öffneten die Tür, es war ein schöner Tag. Die Sonne schien auf die Wiese und die Sonnenblumen vor unserer Hütte reckten ihr die Hälse entgegen.

Unser Türsteher musterte uns kurz gelangweilt und führte uns dann die Straßen entlang. Als wir um eine Kurve bogen, sah ich Lanee, die ein schönes Kleid trug und dicht hinter ihrer Mutter herlief. Ihre Mutter warf mir einen wütenden Blick zu und drehte den Kopf weg. Weil Lanee auf den Boden starrte, sah sie mich überhaupt nicht.

Lanees Vater lief hinter ihnen her. Er trug ein Hemd, das er nicht ganz zugeknöpft hatte, und hatte sich auch sonst nicht sonderlich viel Mühe gegeben, sich schick zu machen. Natürlich machte das bei seinem Aussehen keinen besonders großen Unterschied. Er drängte sich an uns vorbei und stieß mich im Vorbeigehen an. Illn biss wütend die Zähne zusammen, sagte jedoch nichts.

Lanee war blass, ich hoffte, dass wir noch einmal reden konnten, bevor die Anhörung begann.

Ich wollte sie beruhigen und ihr irgendwie helfen.

Doch bevor ich weiter darüber nachdenken konnte, was ich ihr denn sagen sollte, bemerkte ich die Leute.

Sie starrten aus den Fenstern und Vorgärten. Auf dem Marktplatz hatten sich Reporter mit Kameras und Mikrofonen versammelt. Sie riefen uns etwas zu und schnatterten wild durcheinander. Die Kameras klickten und machten Fotos von jedem Schritt, den ich tat.

»Sag nichts zu ihnen«, flüsterte mir Illn zu. Tatsächlich hatte ich das nicht vorgehabt.

»Glaubst du, deine Eltern wären stolz auf dich?«

»Bist du froh über den Tod deiner Eltern?«

Die Reporter schrien durcheinander.

»Sag uns, warum hast du es getan?«

»Wolltest du die Slonks dazu zwingen, dir deine Seele zu rauben, du Miststück?!«, rief ein älterer Mann aus einem Fenster heraus.

In mir kochte es. Am liebsten hätte ich mich wieder in meiner Hütte verbarrikadiert, doch hinter mir war ein weiterer Wächter in der typischen schwarzen Uniform erschienen. Es musste einer der obersten Krieger sein, denn er trug eine schwarze Maske und ich erkannte die roten Nähte, die in seine Uniform eingewoben waren.

Er schob mich weiter nach vorne und drückte gleichzeitig die Leute mit den Kameras beiseite – anscheinend war er, so wie unser Türsteher vor mir, für meine Sicherheit verantwortlich.

»Wie fühlt es sich an, der Vormund eines Kriminellen zu sein?«, rief nun jemand Illn zu.

Auch Lanee und ihre Eltern wurden beleidigt. Lanees Vater beantwortete tatsächlich einige der Fragen, lachend und mit seinem breiten Grinsen.

»Wie glaubst du, wie wird deine Verhandlung für dich ausgehen, Faldor Feyn?!«

»Meine Tochter hat nichts verbrochen! Sie ist unschuldig!«,

rief Lanees Mutter auf einmal. Sie stieß einen Mann mit Kamera von sich. Die Menge schrie auf und drängte uns näher zusammen.

Mehrere Leute aus dem Dorf hatten sich vor dem Gerichtsgebäude versammelt und starrten uns mit kalten Augen an. Ich sah Karas erschrockenes Gesicht unter den Gesichtern. Unsere Blicke trafen sich, sie würde nicht zu uns hindurchkommen. Sie blinzelte und verschwand dann zwischen den Leuten.

Ein Mann im Anzug spannte hinter uns ein Absperrband, das die Reporter daran hinderte, uns zu folgen. Gegen die Beleidigungen der Dorfbewohner half das allerdings nicht, die wurden mit jeder Minute lauter und lauter.

Wir standen jetzt vor der Tür des Gerichtsgebäudes. Daneben standen zu beiden Seiten vier Schüler, die sich, nach ihren hässlichen grauen Uniformen und Mänteln zu urteilen, gerade zu Kriegern ausbilden ließen.

Stan kam auf uns zugelaufen, ein Wächter eilte ihm hinterher. Dieser hatte seine Maske am Gürtel, neben einigen Messern befestigt. Die Nähte seiner Uniform waren weiß und nicht rot, doch ich konnte mich nicht mehr erinnern, wofür diese Farbe stand. Er sah ziemlich genervt aus, Stan hingegen grinste mich breit an.

Niemand war mit ihm gekommen, wahrscheinlich hatte er nicht mal erzählt, wo er hinging. Wahrscheinlich interessierte es seine Eltern sowieso nicht.

Wie Lanees Vater hatte auch Stan sich nicht sonderlich bemüht, sich schick zu machen. Er trug ein langes, schlabbriges Oberteil, eine ebenso lockere Hose und seine Schuhe waren mit Farbe verschmiert. Er sah furchtbar aus.

»Mann, die machen ja 'nen mega Aufstand wegen uns.«

Stan lachte. Er sah zu Illn hinüber und grinste ihm zu, doch Illn drehte sich weg.

»Wir sind sogar in der Zeitung.«

Illn schnaubte geräuschvoll, woraufhin Stan sagte: »Sorry, falls ich dich verärgert hab, Mann.«

Ich glaube, Illn hätte ihn am liebsten zerspringen lassen, doch er würdigte Stan keines weiteren Blickes.

Nach ein paar Sekunden Schweigen, in denen Stan mich anstarrte und seine Schuhe in den Boden stieß, um das Gras aus der Erde fliegen zu lassen, ertönte das bekannte Rufen der Dorfbewohner.

Wir wandten uns um.

Präsident Fillgert schritt von seinem Präsidentengebäude über die Wiese und lächelte kaum merklich, als er uns ansah.

»VERBANNT SIE! VERBANNT SIE!«, rief die Menge. Ich konnte nicht glauben, dass das wirklich passierte.

Fillgert wurde von zwei fertig ausgebildeten Wächtern begleitet. Er sah uns nicht mehr an, sein Blick war auf die Tür und die auszubildenden Krieger gerichtet, die zuvor noch miteinander gewitzelt hatten. Jetzt aber standen sie kerzengerade da und bewegten sich kein Stück, bis die Krieger die Türen des Gerichtsgebäudes öffneten und Fillgert hineinging.

Die Wächter schoben uns vorwärts. Mit jedem Schritt, den wir machten, wurde Lanee blasser und sie wischte sich eine Träne aus den Augen.

Genau wie das Präsidentengebäude war das Gerichtsgebäude strahlend weiß, es war ein rundes Bauwerk mit etlichen Verzierungen. Man konnte sich kaum vorstellen, dass in diesem schönen Gebäude Todesurteile gesprochen wurden.

Wir traten über die Schwelle und wurden durch einen breiten Gang geführt. Die Wände zu unseren Seiten waren aus Glas, Fische schwammen darin herum. Auch an der Decke zog sich das Wasser entlang und ich beobachtete einen riesigen goldenen Fisch, der über mich hinweg schwamm.

Er drehte sich und verschwand in einem anderen Gang. Für einen Moment verlor ich mich darin, wie die Fische so friedlich und geräuschlos durch die Wände glitten. So unbeschwert. Schließlich öffneten die Wächter eine Tür zu unserer Rechten, um uns hineinzulassen, und ich erkannte, dass sich ein schmaler Strahl Wasser durch den runden Gerichtssaal hindurchzog und in die Wände überging. In dem Raum saßen erstaunlich viele Zuschauer.

Der Saal war ebenfalls weiß, helles Licht durchflutete ihn. Die Richter und Richterinnen, die in der erhöhten Hälfte des Raumes an einem Steintisch saßen, starrten uns mit kalten Augen an. Fillgert nahm gerade auf einem Stuhl Platz, der sich ein wenig von den Stühlen der anderen Richtern abhob. Der Präsident wirkte somit größer und mächtiger, er wollte uns einschüchtern. Nicht nur uns – jeder, der gegen das Gesetz verstoßen hatte, würde zu Fillgert und den anderen Richtern hinaufschauen müssen.

Wir wurden eine Treppe hinaufgeführt und auf drei Stühle gesetzt, ich saß Fillgert direkt gegenüber, Lanee nahm links und Stan rechts von mir Platz.

Illn und Lanees Eltern setzten sich auf Stühle hinter uns. Ich musste mich zusammenreißen, um nicht zu Illn zu schauen, sondern nach vorne.

Die Türen wurden geschlossen und Stille trat ein. Mein Herz klopfte laut und mein Magen schmerzte. Ich befürchtete, man könnte meinen Herzschlag hören, und zuckte, als ein Schlag ertönte. Ich sah auf, nichts regte sich. Das Wasser in den Wänden hätte vielleicht Geräusche machen sollen, doch das tat es nicht. Es war viel zu leise hier drin.

»Hallo!«, sagte Fillgert und durchbrach so die Stille im Saal. Er setzte sich wieder und faltete seine Hände auf der Steinplatte vor ihm. Er blickte zu mir herüber und öffnete wieder den Mund. Mein Herz schlug immer schneller und die Angst, die der Trauer so ähnlich war, kroch in mir hoch. Leise versuchte ich, tief durchzuatmen. Mein ganzer Körper spannte sich an.

»Wir haben uns heute hier versammelt, um darüber zu urteilen, was mit Faldor Feyn, Lanee Avell und Stan Gluss passieren soll. Die Anklage lautet: Überschreitung der Schlucht, Betreten der Seite der Slonks.« Er legte eine kurze Pause ein. »Wir wissen, dass sie gerade auf der Seite der Slonks standen und vermutlich in dem Moment einen Weg zurück zu unserer Seite suchten, als meine Wachen sie erwischten und in das Präsidentengebäude brachten. Wir wissen nicht, was sie dort vorhatten, und auch nicht, wie viel Zeit sie auf der Seite der Slonks verbracht haben. Da es das Gesetz so befiehlt, dürfen die Angeklagten nun ihre Geschichte der Ereignisse berichten. Wer von euch möchte sprechen?«

Stan öffnete den Mund, doch ich unterbrach ihn, bevor er überhaupt etwas sagen konnte. Es war wahrscheinlich schlauer, wenn ich redete und nicht Stan, der sogar begeistert schien, hier zu sein.

»Lanee und ich haben uns auf die Suche nach Stan gemacht, nachdem er bei einem Streit weggelaufen und einige Tage nicht mehr aufgetaucht war«, begann ich. »Lanee und ich haben den Abschlussball früh verlassen, um ihn suchen zu gehen, weil wir uns Sorgen gemacht haben. Da er in den Wald gerannt ist, haben wir uns auf den Weg in den Wald gemacht ...«

Ich hielt kurz inne, um zu schauen, ob mich jemand unterbrechen wollte. Da es niemand tat, redete ich weiter.

»Nachdem wir schon eine ganze Weile gelaufen waren, hat es angefangen zu regnen und eigentlich wollten wir umkehren, doch dann wurden wir von einer Herde Sprigneers überrascht und sind vor ihnen weggerannt. Dabei sind wir in die Schlucht gefallen und haben Stan dort gefunden. Der einzige Weg aus der Schlucht raus war, die Wand hinaufzuklettern. Als wir erkannt haben, dass es die falsche Seite ist, wollten wir nach einem Weg suchen, um zurückzukommen, da wurden wir von den Wachen erwischt.«

Schweigen. Die Richter sahen mich an und machten still ein paar Notizen, nur Fillgert rührte sich nicht, er saß still da und starrte mich an.

Ich mied seinen Blick.

Vielleicht hätte ich nicht »erwischt« sagen sollen.

»Danke, Faldor«, sagte Fillgert mit seiner kalten Stimme. Er klang so anders als bei unserem Gespräch im Präsidentengebäude. »Nun werde ich meine weiteren Informationen mit den Richtern teilen.«

Ich warf einen Blick zu Illn. Seine Augen waren weit geöffnet und er hatte die Hände zu Fäusten geballt. Ich wandte den Blick wieder Fillgert zu, ein Grinsen huschte über sein Gesicht, doch es verschwand so schnell, wie es gekommen war.

»Ich weiß von Faldor höchstpersönlich, dass er und seine Freunde einige Nächte im Wald verbracht haben und sich dort gut auskennen, er hat es mir selbst gesagt.«

Lanee hatte den Kopf zu Boden gesenkt und ihre Haare verbargen ihr Gesicht.

Ich erinnerte mich an Illns Worte: »Er wird alles, was du sagst, gegen dich verwenden.«

Und in diesem Moment wusste ich, dass wir verstoßen werden würden.

Es war Fillgerts Plan gewesen, von Anfang an, er würde alles so drehen, dass wir keine Möglichkeit hatten, die anderen Richter von unserer Unschuld zu überzeugen. Das Urteil war schon lange gesprochen worden, es war schon entschieden gewesen, als Fillgert mich befragt hatte.

Wir hatten nie eine Chance gehabt.

»Also sagst du uns, dass ihr noch nie auf der Seite der Slonks wart oder sie aufgesucht habt, Faldor?«

»Ja«, sagte ich mit zitternder Stimme. »Wir haben so etwas noch nie getan und hatten es auch nie vor. Warum sollte ich die Wesen aufsuchen, die meine Eltern getötet haben?«

Fillgert lächelte. »Ich verstehe. Diese Ausrede hast du wahrscheinlich schon die ganze Nacht geprobt. Das Zittern ist sehr überzeugend, ich bin beeindruckt.« Er lächelte zufrieden.

»Warum sollte ich …«

Fillgert unterbrach mich. »Ich habe mich auch mit deinem Freund Stan unterhalten, Faldor. Er hat mir einiges erzählt.«

Mein Blick ruckte zu Stan. Er grinste mich an.

»Er sagte mir, dass er die Slonks schon einige Male besucht hat und euch an diesem Abend zu ihnen bringen wollte, jedoch schaffte er den Absprung nicht. Vor dieser Nacht, in der euer Plan zu Ende ging, habt ihr über Stan Informationen über Ratrous Sicherheitssystem weitergegeben. Ihr wolltet die Kräfte der Slonks erlernen und ihnen helfen einen Angriff auf Ratrou zu planen. An diesem Abend sollte ein erstes persönliches Treffen stattfinden. Ihr habt, so clever wie ihr gedacht habt zu sein, den Trubel des Schulballs genutzt, um unbemerkt davonzuschleichen.«

Ich starrte Fillgert mit offenem Mund an.

Ein Lächeln breitete sich auf seinem Gesicht aus und ich ballte die Hände zu Fäusten. Irgendjemand musste doch etwas tun, warum erkannte niemand, dass er log? Irgendjemand musste doch verhindern, dass wir verstoßen wurden!

Die Richter tuschelten miteinander, nur eine Richterin mit strammen Zopf sah mich und Lanee mitleidig an. Ihr Name war Stephanie Greene, doch das wusste ich damals noch nicht.

»Das ist nicht wahr«, stieß ich hervor. »Es ist gelogen.« Ich drehte mich zu Stan und sah ihm flehend in die Augen. »Stan … Du weißt, dass es nicht wahr ist, sag es ihnen …«

Regungslos erwiderte er meinen Blick. Warum log er? Warum riss er Lanee und mich in den Abgrund? Warum interessierte ihn nicht, was mit uns passieren würde?

War ihm denn wirklich alles egal, seine Familie, seine Freunde und seine Zukunft?

»Es tut mir leid, Fal.« Stan klopfte mir auf die Schulter. »Aber ich darf nicht lügen, das solltest du auch nicht tun.«

»Stan«, flüsterte Lanee entsetzt und sah an mir vorbei zu ihm hinüber.

»Es tut mir leid, Lanee. Aber wir hätten das nie tun dürfen.« Fillgert grinste, dann ertönte ein schriller Schrei hinter uns. Es war Lanees Mutter, sie war aufgesprungen und schrie: »NEIN! NEIN! Meine Tochter würde so etwas nie tun! Sie hat Angst vor den Slonks, sie könnte so etwas nicht tun. Glauben Sie mir, sie ist eine gute Schülerin, sie hat gute Noten, sie will Ärztin werden. Bitte, sehen Sie ...«

»Seien Sie still!«, herrschte Fillgert sie an. »Wenn Sie die Stimme noch einmal gegen mich erheben, werde ich Sie aus dem Gerichtssaal werfen müssen!«

»Setz dich hin, Jessica!«, zischte Lanees Vater und zog sie am Ärmel ihres Kleides auf ihren Stuhl zurück. Er hatte sich immer noch nicht die Mühe gemacht, sein Hemd zuzuknöpfen, und schien sehr gelangweilt von der Situation zu sein.

»Nun denn«, sagte Fillgert ruhig. »Wenn niemand mehr etwas sagen möchte, denke ich, ist es an der Zeit, ein Urteil zu sprechen.« Er nickte den Richtern hinter sich zu.

Er schwieg eine Weile und es schien, dass jetzt der Moment war etwas zu sagen, wenn man es denn wollte.

»Es ist alles gelogen«, sagte ich zu der Frau mit dem strammen Zopf. »Nichts von alledem ist wahr.«

»Mein Sohn ... mein Neffe würde so etwas niemals tun.«

Illn hatte sich erhoben.

Unsere Blicke trafen sich. Er hatte mich noch nie als Sohn bezeichnet. Ich wünschte, er hätte es in einer anderen Situation getan.

Mir stiegen Tränen in die Augen.

»Wie rührend«, sagte Fillgert gehässig. »Siehst ihn schon als deinen Sohn an. Weißt du, Illn Feyn, wenn du wirklich schlau bist, würdest du irgendwo noch einmal neu anfangen. Man wird ihn nicht gleich mit dir verbinden, er ist ja schließlich *nicht* dein Sohn. Überlege es dir.«

Illn starrte ihn hasserfüllt an. Ich sah die Richter an, sie blickten zu Boden. Wie konnte Fillgert nur so mit Leuten umgehen? Warum sagte niemand etwas? Nicht einmal die Reporter schrieben etwas auf, sie verhielten sich ganz still. Hatten sie schon so große Angst vor Fillgert? Was hatte ich bisher alles nicht beachtet und verpasst, wie konnte ich nicht gesehen haben, wie viel Macht er hatte und mit wie viel Angst er die Leute erfüllen konnte?

Es war schlimmer, als ich es mir je hätte ausmalen können.

»Wer stimmt dafür, die Angeklagten freizusprechen?«

Zwei Hände schossen in die Höhe. Es waren zwei ältere Männer, sie saßen ganz hinten auf ihren Stühlen und musterten mich mit ihren schwarzen Augen. Ich beobachtete die Frau, ihr Arm zuckte, doch ihr Blick schnellte zu Fillgert hinüber und dann sah sie auf den Boden. Ihr Arm blieb unten. Sie machte sich eine Notiz und strich sich über die Haare.

Ein siegessicheres Lächeln breitete sich auf Fillgerts Gesicht aus. »Wer stimmt für eine Gefängnisstrafe hier in Ratrou?«

Mehrere Hände meldeten sich, diesmal auch die Hand der Frau mit dem strammen Zopf. Die beiden Magier auf den hinteren Sitzen hoben erneut ihre Hände. Doch es waren nicht genug Stimmen, es war nicht einmal die Hälfte.

»Wer stimmt für die Höchststrafe: Verbannung aus dieser Welt auf die Erde?«

Die Hände schossen in die Höhe und es war eindeutig.

Mein Herz pochte so laut, ich wollte mich übergeben.

»Gut«, sagte Fillgert und betonte dann jedes Wort: »Das Urteil lautet: Verbannung. Die Verbannung findet heute Abend statt.« Er machte eine Handbewegung in Richtung der Wächter, die am Rand des Saales warteten. »Bringt sie nach unten.«

Lanee schluchzte auf. Ich konnte nur daran denken, dass ich doch mit Kara zusammen hätte fliehen sollen. Vielleicht wäre ja alles gut gegangen. Mir war schlecht, mein Magen war ein zusammengekrampfter Klumpen und die Angst pulsierte wie Gift durch meinen Körper.

Eine der Wachen packte mich am Arm und zog mich hoch. Sie führte mich durch den Saal, an Illn vorbei, und durch den Korridor mit den Fischen. Kurz darauf wurden wir in einen kleinen weißen Raum ohne Fenster gestoßen. Bevor irgendeiner von uns etwas sagen konnte, wurde die Tür wieder aufgestoßen und Illn und Jessica Avell stürmten herein.

Illn schloss mich in die Arme und drückte mich fest an sich.

»Du darfst dir noch etwas anderes anziehen und einige Sachen mitnehmen. Ich hole sie für dich, brauchst du noch etwas Bestimmtes?«

Die Tränen in seinen Augen brachen mir das Herz. Ich wusste nicht, was ich sagen sollte.

»Nein, keine Ahnung«, brachte ich schließlich heraus. »Ich lasse die Schuhe an, aber kannst du mir die Uhr mitbringen?« Merkwürdig, dass ich genau daran dachte. »Ich weiß nicht ... Illn ...?«

»Ist gut, mache ich«, sagte Illn, dann wurde er wieder gepackt und aus dem Raum gezerrt.

Die Tür schloss sich und der Boden begann zu beben. Das Beben hielt etwa eine halbe Minute an, dann öffnete sich die Tür quietschend. Wir befanden uns offenbar in einem Fahrstuhl, denn der Gang, der jetzt vor uns lag, hatte nichts mit dem Korridor gemeinsam, in dem die Fische so friedlich geschwommen waren. Er war kalt und grau, die Wände waren nass. Lose Steine knirschten unter meinen Füßen, als die Wachen uns hinausführten. Nur das Licht aus dem Fahrstuhl drang heraus.

Mehrere Korridore bogen nach rechts ab, dort verloren sie sich in der Dunkelheit.

Wir stolperten in einen dieser Korridore ein und eine Tür wurde geöffnet.

Das hier war das alte Gefängnis.

Ich erinnerte mich daran, dass ein Lehrer uns einmal erklärt hatte, dieses Gefängnis sei gebaut worden, als besonders viele Gefangene auf ihr Urteil warteten. Es wurde nur noch selten benutzt, deswegen sah es hier auch nicht besonders schön aus und wurde nicht mehr renoviert. Wir wurden in eine Zelle geführt und die Tür schlug ins Schloss.

Stille.

Lanee sank an der Wand hinunter und vergrub ihr Gesicht in den Händen.

Ich wollte zu ihr gehen, meine Beine rührten sich nicht.

»Wow, das ist echt so irre, Leute. Findet ihr nicht auch? Jetzt erleben wir endlich mal ein richtiges Abenteuer.« Stan strahlte mich an.

Ich ballte die Hand zur Faust und schlug ihm ins Gesicht. Er stolperte und fiel zu Boden.

»Wofür war das denn?!«, fragte er empört und hielt sich das Gesicht.

»Wofür das war?!« Ich konnte nicht glauben, dass er so dumm war. Ich konnte nicht glauben, dass er uns verraten hatte. Wir waren Freunde gewesen. Wie konnte er nur?

»Ja, Fal!«, sagte Stan. »Du solltest mir dankbar sein. Wir werden das krasseste Abenteuer erleben, das je jemand erlebt hat!«

»Du nennst von zuhause verbannt zu werden, in eine Welt, die wir nicht kennen, in der wir vielleicht sterben werden, EIN SCHEISSABENTEUER?!« Noch nie hatte ich so großen Hass für irgendjemanden empfunden.

Alles, was Bryce und seine Freunde je getan hatten, war nichts gegen das, was Stan gerade tat. Ich wünschte, er würde sterben, ich wollte ihn leiden sehen, ich wollte, dass er unerträgliche Schmerzen spürte.

Weil Stan zu vermöbeln aber wohl das Schlimmste war, was ich in dieser Situation hätte tun können, trat ich einen Schritt beiseite. Ich kochte vor Wut und immer noch schnürte mir die Angst die Luft ab.

Um mich zu beruhigen, achtete ich auf meinen Atem und schloss die Augen. Ich dachte mich an einen anderen Ort, weit weg von Stan, weit weg aus dieser Zelle.

KAPITEL 18
THE NOTE

25. September

Illn beeilte sich. Er stopfte Fals Lieblingskleidung in einen Rucksack und musste nicht lange nach der Uhr suchen, die er in eine der vorderen Taschen steckte. Fal hatte nicht verdient, verbannt zu werden. Er wischte sich eine Träne aus dem Augenwinkel und atmete tief durch.

Earl würde es schaffen, er würde Fal zu ihm zurückbringen. Doch da war auch die andere Stimme. Sie sagte ihm immerzu, er würde es nicht schaffen, es war das letzte Mal, dass sie sich sehen würden. Nein! Er schlug sich gegen den Kopf. Es würde nicht so kommen. Schon bald würden sie wieder vereint sein, es würde alles friedlich sein. Fal würde das überleben.

Illn richtete sich wieder auf, hing sich den Rucksack über die Schulter und nahm noch eine von Fals Jacken mit, die über seinem Kleiderschrank hing. In der Küche warf er sie auf den Esstisch, gleich neben die Schale, in der immer noch der Zettel herumschwamm. Er fischte den Zettel heraus und nahm sich ein Messer, mit dem er den Bund am rechten Ärmelende von Fals Jacke aufschnitt.

Er trocknete das Blatt Papier, auf dem nun endlich die Adresse stand, auf die er gewartet hatte, und führte den Zettel in den Bund des Ärmels ein. Dann verschloss er die Naht wieder und fuhr mit der Hand über die Stelle. Man konnte nichts fühlen. Er stopfte die Jacke in den Rucksack und saß für ein paar Sekunden reglos da.

Keine Tränen rannen mehr über sein Gesicht, er hasste es zu weinen. Es war das erste Mal in zehn Jahren, dass er geweint hatte. Jetzt brannte die Wut auf Fillgert in ihm. Er wusste, was er tun musste, wenn Earl es nicht schaffen würde.

Er würde Fillgert töten müssen. Das war die letzte Möglichkeit, Fal zurück nach Hause zu holen. Er konnte es nicht ertragen, Fillgert noch länger regieren zu sehen, er wollte derjenige sein, der ihn tötete. Die Gedanken erschreckten ihn, doch sie brannten in ihm wie Feuer. Und er wusste, er würde es tun. Es würde nicht sein erster Mord sein. Fillgert würde ihn nicht kommen sehen. Es gab genug Leute, die Fillgert ebenfalls hassten. Konnte er dem Gesetz entkommen? Konnte er eine Revolution anzetteln? Er allein? Er glaubte, er konnte es.

Er würde es schaffen, er würde sie alle retten.

Vielleicht konnte er sich den Rebellen anschließen. Sie wurden immer mehr und Illn hatte gehört, dass sogar hier in Ratrou eine Gruppe leben sollte. Marc wusste bestimmt mehr darüber.

Seine Gedanken wurden unterbrochen, als jemand laut an die Tür hämmerte. Er lief hinüber und öffnete sie.

Kara stand davor. »Ist es wahr, was alle sagen?«, fragte sie und ihre Stimme brach. »Werden sie wirklich ...«

Illn nickte. »Ja, es stimmt.«

Kara nickte ebenfalls.

»Ich bin mir sicher ...« Es fiel Illn schwer, darüber zu reden. »... du darfst dich noch von ihnen verabschieden.«

Kara nickte noch einmal und trat einen Schritt zurück.

»Leb wohl«, sagte sie leise.

»Kara, es ist vielleicht kein Abschied für immer.«

Sie sah ihn an, dann umarmte sie ihn plötzlich. »Danke.« Schnell drehte sie sich um und lief davon.

Verwirrt sah Illn ihr nach, schüttelte jedoch den Kopf. Jetzt war nicht die Zeit für Sentimentalitäten. Er eilte zum Esstisch, schnappte sich Fals Rucksack und verließ die Hütte.

Als er an der Avell-Hütte vorbeilief, begann sein Kopf zu schmerzen.

Lanees Mutter schrie im Vorgarten ihren Mann an: »Komm mit! Sie ist deine Tochter!«

»Es interessiert mich nicht!«, rief Terry Avell. Illn sah Lanees Schwester neben ihrem Vater.

»SIE IST DEINE TOCHTER!«, schrie Jessica erneut, ihre Stimme war ganz schrill.

Terry spuckte aus. »Ich habe noch eine Tochter, die keine Kriminelle ist. Bei der bleibe ich, das solltest du auch tun!« Nachbarn stupsten sich an und deuteten auf sie, während sie Fotos von den dreien machten. Lanees Schwester verschwand im Innern der Hütte.

Illn ging zu Jessica hinüber, die auf den Boden gesunken war und nun unaufhaltsam schluchzte. Er kniete sich neben sie.

»Es wird alles wieder gut werden«, sagte er. Noch nie hatte er sie so am Boden zerstört gesehen. Ihr sonst immer perfekt gerichtetes Haar war zerzaust und fiel in Strähnen in ihr Gesicht.

Sie schüttelte den Kopf und sank in seine Arme.

»Es sind doch nur Kinder, es sind nur Kinder.« Einen Klagelaut ausstoßend klammerte sie sich an seinen Arm.

Illn zog sie in die Höhe. »Ich weiß, ich weiß.«

Er hob die Tasche auf, die sie für Lanee gepackt hatte, und stützte sie, während sie gemeinsam zum Gerichtsgebäude zurückhasteten.

KAPITEL 19
LOST

25. September

Lanee hatte ihren Kopf an meine Schulter gelehnt und endlich aufgehört, zu weinen. Von Illns Plan hatte ich ihr noch nichts erzählt und dass wir nicht auf uns allein gestellt sein würden. Ich wollte es nicht riskieren, von jemandem gehört zu werden und Illn damit in noch größere Schwierigkeiten zu bringen.

Mit einem lauten Quietschen wurde die Tür geöffnet und wieder standen Illn und Jessica davor. Ich lief hinaus und umarmte ihn. Wir wurden in verschiedene Räume geführt, in denen wir uns umziehen durften.

Als ich meine Jacke angezogen hatte, drückte Illn mein rechtes Handgelenk und umarmte mich noch einmal lange.

»Alles wird gut werden«, flüsterte er in mein Ohr. »Ich verspreche es.«

Ich nickte. Kämpfte mit dem Kloß in meinem Hals. Brachte kein Wort heraus.

Abermals wurden wir in die Zelle gesteckt, unsere Kleidung und Rücksäcke wurden untersucht, doch die Wachen konnten nichts finden und warfen unsere Sachen achtlos zur Seite.

»Alles sauber«, sagte eine der Wachen und grinste uns hämisch zu. Dann wurde die Tür wieder geschlossen und erst nach einer ganzen Weile, in der wir wartend in der Dunkelheit saßen, öffnete sie sich wieder.

Illn lächelte mir zu. Wie er das schaffte, war mir ein Rätsel, ich konnte nur die Kiefer zusammenpressen. Lanee und ich setzten unsere Rucksäcke auf und traten aus der Zelle. Stan hatte kein Gepäck bei sich. Ich durfte neben Illn gehen, doch dicht hinter uns beobachteten uns die Wachen.

Illn hatte sich etwas anderes angezogen und auch Lanees Mutter trug nicht mehr ihr schickes Kleid. Noch nie hatte ich Illn so blass gesehen, er sah aus, als hätte er in den letzten zwei Tagen die Hälfte seines Gewichts verloren.

Wir wurden eine steinerne Treppe hinaufgeführt. Aus einem der Gänge hinter uns hörte ich ein Zischen und Schreie und ein Schauer lief mir den Rücken hinunter. Ich warf Illn einen Blick zu, doch er schüttelte nur den Kopf.

Lanees Mutter weinte stumm.

Eine Holztür wurde aufgeschlossen und wir betraten eine Wiese. Die untergehende Sonne blendete mich, während wir hinter den strahlenden Gebäuden entlanggeführt wurden.

Fillgert wartete schon auf uns.

Die Bewohner Ratrous hatten einen Halbkreis um ihn herum gebildet und immer mehr stießen dazu, die Stimmen wurden lauter und lauter.

Ich wollte nicht weitergehen, doch meine Füße trugen mich selbstsicher voran, einen Schritt nach dem anderen. Was blieb mir auch anderes übrig?

Das konnte doch alles gar nicht wahr sein.

Lanee weinte wieder, sie klammerte sich an den Arm ihrer Mutter. Jessica war noch blasser als Illn, sie hatte dunkle Ringe unter den Augen. Die Einzigen, die lächelten, waren Stan und Fillgert.

Stan winkte sogar einigen Dorfbewohnern zu. Eine der Wachen stieß ihn an und bedeutete ihm damit aufzuhören. Ich wünschte, Stan würde nicht mit uns verbannt werden, sondern allein an einen einsamen Ort geschickt werden.

Nun ja. Niemand zwang mich, in seiner Gesellschaft zu bleiben. Er würde schon sehen, was er davon hatte.

Zwischen den Leuten konnte ich Kara nicht entdecken.

»Es fällt ihr bestimmt schwer.« Illns Stimme war schwach und klang ganz anders, als ich sie gewohnt war.

Ich nickte stumm. Ich hätte mich gerne von Kara verabschiedet. Vielleicht war es besser so, Abschiede fielen mir immer schwer.

Wir standen nun in der Mitte des Halbkreises, der sich immer weiter schloss. Die Verbannung von Karas Vater damals hatte fast genauso ausgesehen.

Enna tauchte zwischen den Leuten auf. Sie schien gerade aus dem Bett aufgestanden zu sein, sie trug eine offene, große Jacke über ihrem Top und eine Jogginghose. Sie schlang die Jacke enger um sich, als ein kalter Windstoß durch die Menge peitschte. Ihr Blick traf meinen und sie schüttelte erschrocken den Kopf. Sie konnte wohl nicht glauben, was hier gerade passierte, und flüsterte ihrer besten Freundin, die mit ihr hergekommen war, etwas zu. Diese nickte und warf mir einen mitleidigen Blick zu.

Ich kannte sie, sie hatte lockige schwarze Haare, ihr Name war Georgina. Wir hatten uns nie wirklich gut verstanden.

Es war auch egal, ich würde sie wahrscheinlich nie wieder sehen. Ich musste mir keine Gedanken mehr darüber machen, ob mich jemand mochte oder nicht. Das halbe Dorf hasste mich so oder so schon.

Ich versuchte, die Feindseligkeit um mich herum zu ignorieren und wandte mich meinem Onkel zu.

»Es tut mir leid, Illn.«

»Es ist okay, alles wird gut werden. Bleibt zusammen, trennt euch nicht, egal was passiert.« Er umarmte mich, drückte noch einmal mein Handgelenk, dann wurde er von den Wachen ein paar Meter weggeführt.

Jessica flüsterte Lanee etwas zu und begann wieder zu schluchzen. Lanee nickte und wischte sich die Tränen aus dem Gesicht. Die Wache packte Jessica an den Armen.

Sie warf mir einen Blick zu. »Lass sie nicht allein! Lasst euch nie allein!« Ihre Stimme brach und sie sank neben Illn auf dem Boden zusammen. Er packte ihren Arm, um sie wieder nach oben zu ziehen, und hielt sie aufrecht.

»Um Toverun vor den Menschen geheim zu halten, werde ich Stan Gluss eine menschliche Form geben, damit er unser Geheimnis nicht verraten kann«, verkündete Fillgert. Ich hatte gar nicht bemerkt, dass er so dicht an uns herangetreten war.

Ich nahm Lanees Hand.

Sie rückte näher zu mir und ich konnte ihr sanftes, blumiges Parfum riechen. Es war mir im Keller gar nicht aufgefallen.

Fillgert zog ein kleines, mit blau schimmernder Flüssigkeit gefülltes Fläschchen aus seiner Jackentasche und reichte es Stan. Der schüttete die Flüssigkeit in einem Zug hinunter.

Für einige Zeit passierte gar nichts. Er wackelte mit den Augenbrauen und grinste.

Dann zuckte er zusammen und keuchte, seine Knie gaben nach und er sank auf dem Boden zusammen.

Die Menge brach in Getuschel aus, als Stan von innen heraus zu leuchten begann. Das blaue Licht erhellte die Gesichter um uns herum.

Stan hustete und krümmte sich, dann richtete er sich wieder auf. Fillgert trat einen Schritt beiseite.

Ganz langsam zog sich Haut, wie Fäden, über Stans Körper. Sie schloss seine Hände ein, verklebte seine Finger und verschmolz sie miteinander. Große Hautklumpen hingen an seinen Armen herab. Sie zogen sich in die Länge und ihr Gewicht zog Stan nach unten. Lanee schlug sich die Hand vor den Mund. Stan wollte etwas sagen, doch die Haut zog sich über seinen Mund und sein Gesicht. Wie Schlamm tropfte sie von seinem

Körper herunter und er gab unverständliche Laute von sich, während sein Gesicht ebenfalls zu einem matschigen Hautklumpen wurde, von dem es auf den Boden tropfte. Seine Hände, die keine Hände mehr waren, versuchten, sein Gesicht freizuschaufeln, doch es gelang ihm nicht.

Wie gebannt starrte die Menge auf Stan, während Fillgert fasziniert schien. Ich sah Bryce neben Enna auftauchen, er rief etwas, das ich aber nicht verstehen konnte. In meinem Kopf herrschte ein Brummen, ich atmete tief die kalte Luft ein, um das Brummen zu vertreiben, doch es wurde lediglich leiser, verschwand aber nicht ganz.

Ich wandte meinen Blick zurück zu Stan, der immer noch versuchte, sein Gesicht freizuräumen und wieder in Form zu bringen, doch nichts passierte.

Mit einem Röcheln fiel er nach vorne und schlug auf dem Boden auf. Die matschige Haut spritzte umher und Stan rührte sich nicht mehr. Wie Blut breitete sich die dickflüssige Masse um ihn herum aus. Entsetzenslaute gingen durch die Reihen der Bewohner und Lanee schluchzte auf.

»Wie schade«, sagte Fillgert und wollte sich gerade von der Stan-Masse abwenden, da begann Stan wieder zu atmen. Zwar nur leise und stockend, aber wir hörten es, er atmete.

Bewegungen zuckten durch seinen Körper und der Matsch wurde in seinen Körper gesogen, hüllte ihn ein und spannte sich, als wäre es schon immer ein Teil von ihm gewesen.

Das konnte doch nicht gesund sein.

Stan richtete sich wieder auf. Durch seinen gläsernen Schädel brachen Haare hervor und seine Augen nahmen Farbe an.

Seine Haut war blass und sehr dünn, doch wenn man nicht wusste, dass er eigentlich aus Glas bestand, konnte man glauben, dass er schon immer aus Fleisch und Knochen gewesen war. Er sah immer noch aus wie Stan und doch sah er so anders aus.

Lanee starrte ihn an und auch ich konnte meine Augen nicht von ihm wenden. Er blickte an sich hinunter und zog sich die Ärmel hoch, um seine neue Haut zu bewundern. Seine Augen leuchteten und füllten sich mit Tränen.

Ein Flüstern ging durch die Menge und die Leute stießen sich an, Enna hatte den Arm ihrer besten Freundin gepackt, ihre Augen waren weit aufgerissen.

Ian starrte Stan an und warf einen Blick zu Mina, die mit Tränen in den Augen neben ihm aufgetaucht war. Ich sah zu Illn hinüber, er schüttelte den Kopf und hielt immer noch Jessica fest, die offenbar kurz davor war, in Ohnmacht zu fallen.

»Wie ist das möglich?«, rief eine Stimme aus der Menge. Fillgert grinste breit, er hatte erreicht, was er wollte.

»Ich glaube es nicht. Ich bin ein Mensch«, sagte Stan und begann sein Oberteil zu öffnen, um seine Brust zu betrachten, doch Fillgert hielt ihn auf und auch ich konnte auf Stans Striptease verzichten.

»Nicht ganz.« Fillgert packte Stans blasse Hand und mit einer schnellen Bewegung brach er seinen linken Zeigefinger ab. »Siehst du«, sagte er, als Stan aufschrie und sich mit schmerzverzerrtem Gesicht die Hand hielt. »Immer noch aus Glas.«

Er ließ den Finger fallen und beugte sich dann ganz nah zu seinem Ohr hinunter. »Du solltest mir dankbar sein«, flüsterte er und grinste. Lanee und ich standen so nah bei ihnen, dass wir verstehen konnten, was er sagte. »Ich war es, der dich erst zu jemandem gemacht hat, Stan Gluss. Vergiss das nicht.«

»Das bin ich, das bin ich«, keuchte Stan und wischte sich eine Träne von der Wange und seine Hand blieb darauf liegen.

Er strich sich über sein Gesicht und lächelte.

Fillgert richtete sich auf. »Bringen wir es hinter uns.«

Ich war immer noch abgelenkt von dem, was mit Stan gerade passiert war. Unsere Blicke trafen sich. Stans Augen leuchteten voller Freude und Faszination.

Wieder stieg Angst in mir empor und ich fühlte mich so allein wie noch nie, wie ein Kind, das auf dem Markt verloren gegangen war. Ich hatte das Gefühl, als wüsste ich nichts. Ich hatte es immer gehasst, wenn die Leute mich als Kind angesehen hatten, ein dummes Kind, das nichts konnte. Das genau deswegen hier stand.

Aber jetzt wünschte ich, Illn würde mit mir kommen, damit ich mich wie ein Kind nach ihm richten konnte. Ich wollte nicht derjenige sein, der Lanee beruhigen musste, ich wollte nicht derjenige sein, der alles erklären musste, ich wollte den Weg nicht aussuchen, nicht für alles verantwortlich sein. Ich wollte nicht allein sein.

Die Wachen traten vor, sie hielten kleine Flaschen in den Händen, gefüllt mit pinkfarbener Flüssigkeit. Sie zogen unsere Köpfe an den Haaren nach hinten und schütteten uns die Tränke in den Mund. Dann traten sie eilig zurück.

Der Trank schmeckte nach gar nichts, doch er war eiskalt und es fühlte sich an, als würde er mein Inneres einfrieren.

Lanee keuchte neben mir und ich drückte ihre Hand fester.

»Alles wird gut«, sagte ich zu ihr und versuchte, selbst daran zu glauben. Etwas regte sich in mir, es war wie ein Summen, und die Menschen um mich herum, die jubelten und uns Dinge zuriefen, konnte ich kaum erkennen. Fillgerts Stimme hallte in meinen Ohren, schlagartig wurden die Menschen wieder zu scharfen Umrissen. Nur das Summen verschwand nicht.

»Die heutigen Verstoßenen sind Lanee Avell, Stan Gluss und Faldor Feyn. Verbannt wegen Hochverrats. Überschreitung der Schlucht der Drachen.«

Dann ging ein Raunen durch die Menge und ich sah ganz deutlich eine Person durch die Reihen hindurchbrechen. Wie in Zeitlupe kam sie auf mich zugerannt.

Es war Kara. Einige Wachen versuchten, sie zu packen, doch sie wich ihnen geschickt aus. Gras wirbelte auf, während sie über das Bein von einer der Wachen sprang. Sie grinste, als sich unsere Blicke trafen.

Hinter ihr war noch eine Person, die ihr hinterherschrie: »Tu es nicht, Kara!« Es war Ian. Doch Kara rannte weiter und fiel mir um den Hals.

Die Wachen, die sie packen wollten, wagten es nicht, näher zu treten, aus Angst, mit uns mitgerissen zu werden.

Unentschlossen starrten sie uns an, wandten sich zu Fillgert. Der stand jedoch reglos da. Es schien ihn nicht zu kümmern. Ich packte Karas Arm mit der rechten Hand. Sie grinste wieder und öffnete den Mund. »Mein Vater ist da draußen!«

Ich konnte nur nicken, denn in diesem Moment durchzuckten meinen Körper die schlimmsten Schmerzen, die ich je gespürt hatte. Als würde ich von innen heraus von Scherben zerschnitten werden. Jeden einzelnen Schnitt spürte ich überdeutlich und ich glaubte, Blut würde an meinen Armen herunterfließen, doch da war kein Blut.

Ich warf noch einen letzten Blick zu Illn. Er hatte die Hände zu Fäusten geballt und Lanees Mutter war wieder am Boden zusammengesunken. Illns Gesicht verschwamm vor meinen Augen.

Ich tauchte in den Boden ein, fiel nach hinten.

Schwerelos schwebte ich umher und der Schmerz wollte nicht enden. Er wurde stärker und stärker, bäumte sich auf, zerriss meinen Körper, ertränkte mich, begrub mich in sich, bis nichts mehr da war außer Schmerz.

Und ich schrie auf, doch mein Schrei blieb ungehört.

Ich war allein.

Dann wurde alles schwarz.

EPILOG

Ich schwebte durch endlose Dunkelheit.

Karas Griff wurde schwach und löste sich dann vollständig, auch Lanees Hand entglitt meiner und ich versuchte, nach ihnen zu greifen, doch ich konnte sie nicht mehr erreichen. Regen prasselte auf meinen Kopf und vor mir entstand langsam eine Umgebung.

Es war eine dunkle Gasse, die nur schwach von einer Straßenlaterne beleuchtet wurde. Der Regen fiel dicht und verdunkelte meine Sicht. Ich war vollkommen allein. Niemand war bei mir. Panik durchflutete mich. Ich spürte den Regen kaum, der auf meiner Haut landete. Da hörte ich eine Stimme.

Sie gehörte zu einem Mann, der auf dem Boden kniete. Neben ihm lag ein Messer. Blut rann an seinen Armen hinab, vermischte sich mit dem Regen, der seine Kleidung und Haare durchnässt hatte.

Vor dem Mann, im Dunkeln verborgen, stand eine andere Gestalt. Sie war groß und dürr, ein langer Mantel verdeckte ihren gesamten Körper. Das Gesicht lag im Schatten eines Hutes. Ich hörte ein Lachen aus dem Schatten.

Die Gestalt beugte sich ein wenig nach vorne und ich glaubte, sie sagte etwas, doch ich konnte nichts verstehen. Nur ein undeutliches Murmeln drang durch das Tosen des Wassers zu mir hindurch.

Der Mann schrie. Er nahm das Messer und schnitt sich in den Arm. Die andere blutende Wunde musste auch von ihm selbst stammen. Frisches Blut tropfte nun in das am Boden stehende Wasser und wieder lachte die große Gestalt. Langsam und ohne einen weiteren Ton von sich zu geben, verschwand sie in der Dunkelheit.

Dann zuckte urplötzlich ein Schmerz durch meinen Körper. Es war kein scharfer Schmerz, es war ein Schmerz, der alles andere einnahm und mich betäubte.

Ich konnte mich nicht mehr aufrecht halten und stürzte zu Boden, ich schmeckte Blut. Meine Finger zitterten, als ich meine Hand nach dem Mann am Boden ausstreckte, in der Hoffnung, er würde mir helfen. Doch er war verschwunden.

Hilflos griff ich nach irgendetwas, das mich retten konnte, das diese Hoffnungslosigkeit vertreiben würde, doch da war nur der nasse Boden und das Wasser, das zu steigen begann.

Im Nu schloss es mich ein, ich verlor den Boden unter den Füßen. Ich schluckte Wasser, als ich nach Luft schnappte, und trieb dahin, verloren in den Schmerzen, von denen ich nicht wusste, woher sie kamen.

Schließlich schlug das Wasser über mir zusammen und ich wurde abermals in die Dunkelheit gerissen.

Fortsetzung folgt ...

ENDE VON TEIL 1

ÜBER DEN AUTOR

Konstantin Helfrich, geboren 2002, wuchs in ländlicher Idylle mit seinen drei Schwestern auf. In diesem Umfeld begann er schon früh, zu zeichnen, zu schreiben und mystische Figuren zu erfinden. So entstand auch die Grundidee für FEYN, an der er seitdem arbeitet. Jetzt wohnt er zusammen mit seinem Partner und der Hundedame Bonnie in einer Kleinstadt, wo er fleißig Mandoline spielt und weitere Geschichten kreiert. FEYN ist sein erstes Buch.

Folge ihm hier:
◎ konstantinhelfrichauthor